U0529929

金蔷薇

帕乌斯托夫斯基写作课

[苏联] 帕乌斯托夫斯基
К. Г. Паустовский 著

曹苏玲
孟宏宏 译

人民文学出版社

Константин Георгиевич Паустовский. Собрание сочинений в девяти томах. Том 3. Москва, «Художественная Литература», 1982.

图书在版编目(CIP)数据

金蔷薇/(苏)帕乌斯托夫斯基著；曹苏玲，孟宏宏译. —北京：人民文学出版社，2022

（帕乌斯托夫斯基写作课）

ISBN 978-7 02-017232-0

Ⅰ.①金… Ⅱ.①帕…②曹…③孟… Ⅲ.①散文集—苏联 Ⅳ.①I512.65

中国版本图书馆CIP数据核字(2022)第108827号

责任编辑　柏　英
装帧设计　陶　雷
责任印制　任　祎

出版发行　人民文学出版社
社　　址　北京市朝内大街166号
邮政编码　100705

印　　刷　北京盛通印刷股份有限公司
经　　销　全国新华书店等

字　　数　211千字
开　　本　880毫米×1230毫米　1/32
印　　张　11.75　插页1
印　　数　1—5000
版　　次　2022年9月北京第1版
印　　次　2022年9月第1次印刷

书　　号　978-7-02-017232-0
定　　价　138.00元

如有印装质量问题，请与本社图书销售中心调换。电话：010-65233595

目 录

译本序　　陈方 *1*

断想数章（代序）　*1*
珍贵的尘埃　*1*
圆石上的铭文　*13*
刨　花　*25*
第一篇短篇小说　*31*
闪　电　*45*
人物的反叛　*53*
一部中篇小说的由来　*61*
　　"火星"　*61*
　　利夫内的大雷雨　*66*
　　研究地图　*81*
　　心灵的印痕　*87*
宝石般的语言　*101*
　　矮树林里的泉源　*101*
　　语言和大自然　*105*

花草簇簇　　112

　　辞　典　　119

阿尔什万格商店事件　　137

好似小事　　145

车站小吃部的老人　　165

白　夜　　173

生命力的发端　　183

夜行的公共马车　　201

早就想写的一本书　　219

　　契诃夫　　222

　　亚历山大·勃洛克　　231

　　居·德·莫泊桑　　245

　　伊万·布宁　　250

　　马克西姆·高尔基　　272

　　维克多·雨果　　275

　　别在纽襻儿中的一朵小小玫瑰花（尤里·奥列沙）　　279

　　米哈伊尔·普里什文　　289

　　亚历山大·格林　　298

　　爱德华·巴格里茨基　　301

看见世界的艺术　　309

在卡车的车厢里　　325

自我寄语　　335

译 本 序

陈 方

一

早在二十世纪五十年代,帕乌斯托夫斯基的名字就为中国读者所熟知,他和他的《金蔷薇》——一代人的枕边书,用"维罗纳晚祷的钟声"唤醒了无数人冰封已久的温情,用抒情、唯美、浪漫的文字与宏大叙事、理想主义的激情对话,为当时略显平淡的时代氛围注入了一缕如诗般温暖的微风。

帕乌斯托夫斯基一八九二年生于莫斯科,后在基辅度过整个青年时代。他的父亲是一个铁路统计员,本该精确、理性的他却是一个不可救药的、彻头彻尾的幻想家,是一个向往远方、渴望动荡生活的人,这种特质似乎也遗传到了儿子身上。帕乌斯托夫斯基早年生活漂泊不定,从莫斯科到基辅,从俄国腹地到黑海之滨的敖德萨,再从俄国南方到北方,他的足迹几乎遍及俄国,晚年则延伸至世界各地。伴随着时空路线的更迭,则是他丰富得让人有些眼花缭乱的人生轨迹:基辅大学历史系学生,莫斯科大学法律系学生,一战初期的前线卫生兵,电车司机,水手,渔工,记者,编辑……直到十九世纪三十年代,他才正式成为一名专业作家。

有必要特别提一提帕乌斯托夫斯基就读的基辅第一中学，这所学校由俄国外科医学之父皮罗戈夫创建，优秀的师资为学校营造了独特的文学艺术氛围。帕乌斯托夫斯基的同学中，最著名的要数布尔加科夫，这位杰出校友后来把话剧《图尔宾一家的日子》的情节放在了母校。在《文学肖像》中关于布尔加科夫的那一篇文章中，帕乌斯托夫斯基记录下了很多中学回忆。他说，第一中学和其他"那些单调乏味的俄国古典中学形成了鲜明对比"，后来"很多从事科学、文学，特别是戏剧工作的人"，如导演别尔森涅夫和作曲家利里多森斯基，都毕业于此。帕乌斯托夫斯基日后选择从事文学创作，或许也受到了基辅第一中学校园文化潜移默化的影响。

帕乌斯托夫斯基的创作始于中学最后一年，他在基辅的文学杂志上发表了短篇小说处女作《在水上》。十九世纪二十年代中期，在几家工厂当工人的间隙，他开始了他第一部中篇小说《浪漫主义者》的创作。谈及早年习作时，帕乌斯托夫斯基写道："对于幻想中的世界的神往，以及由于不可能见到这种世界而产生的忧郁……占据了我青年时代写的绝大多数诗歌和第一篇不成熟的小说。"虽然作家后来焚毁了他的大多数早期作品，但其中的浪漫主义却留在了他的几乎全部创作之中。

帕乌斯托夫斯基真正的成名之作是一九三二年问世的中篇小说《卡拉-布加兹海湾》。在后来收入散文集《金蔷薇》的《一部中篇小说的由来》一文中，帕乌斯托夫斯基详细叙述了《卡拉-布加兹海湾》的成书经过。这部小说描写里海畔的社会主义建设事业，与当时苏联的生产题材文学一样诉诸改造自然的主题，但优美的文笔和浪漫的气息却使得这部作品在当时的同类题材文学中显得有些另类。

  在帕乌斯托夫斯基的创作中，有很大一部分是和大自然有关的。他热爱旅游，一生中几乎走遍了俄罗斯的每一寸土地——西伯利亚、中亚、北方、远东，他把所见所闻，更主要的是对俄罗斯大自然的爱、对故土的赤子之情，毫无保留地献给了读者。在他的笔下，静谧威严的北方森林，风光绮丽的黑海，摄人心魄的里海海岸，原始神秘的普拉河，美丽的梅晓拉地区……俄罗斯大自然的美景以这样或那样的方式动人地展现在我们眼前。帕乌斯托夫斯基对自然的亲近不经意地流露在他的字里行间——为了辨别和记住森林中的一草一木，他的林间小木屋变成了乡间巫医的住所，他可以像普里什文那样"把秋天的每片落叶写成一首长诗"。

  在帕乌斯托夫斯基到过的地方之中，最能够引起他心灵振荡的是莫斯科和梁赞州附近的梅晓拉地区，这是他一生中"最主要的爱"，留存到生命最后一刻的"对大地的依恋"。在他的笔下，这个流淌着林间小溪、遍布着大大小小湖泊的地区，散发出如此耀眼的光芒，传达出俄罗斯中部地区大自然如此迷人的魅力，以至于在帕乌斯托夫斯基之后许多作家都不敢轻易触及这个地方。帕乌斯托夫斯基的成就，不仅在于他在文学上从梅晓拉汲取了无数灵感，为读者贡献出《梅晓拉地区》《森林的故事》等优秀文集，以及《夏日》《破旧的独木舟》《电报》《烟雨霏霏的黎明》《273护林所》《独面秋天》等小说，更为主要的是，他让人们发现了原来就在"鼻子前面"的风景。有意思的是，以热爱自然著称的普里什文曾经在信中气愤地说帕乌斯托夫斯基是"疯子"，因为他担心旅游者在看过这些关于梅晓拉的随笔之后会把这里践踏得寸草不生!

　　仔细地探究帕乌斯托夫斯基笔下的大自然,我们会发现其中体现出的意境与俄罗斯"情绪风景画家"列维坦的作品有着同质的美,而他丰富的想象和对大自然的本能热爱,又使他的创作继承了来自屠格涅夫、列夫·托尔斯泰、列斯科夫和布宁等文学大师的景物描写传统。从本质上说,帕乌斯托夫斯基善于挖掘平凡事物中不寻常的美,善于发现平素不易被发觉的现实生活中的诗意,善于表现普通人美好心灵的创作风格,是与他对大自然那种细心感悟、与其融为一体并感同身受的能力(或者是本能)密不可分的。大自然是帕乌斯托夫斯基的诗神,是他笔下永恒的主人公。而作家频繁诉诸大自然主题,更是让我们能够感知到他对城市文明的审慎态度,对回归大自然所代表的自由、静谧和独立的空间的渴望,这似乎构成了他对现实生活的某种独特反叛。

二

　　《金蔷薇》是帕乌斯托夫斯基的扛鼎之作,尤其在中国,提起这位作家,读者们首先想到的就是它。《金蔷薇》这一标题在中国流传甚广,然而,如果我们细读开篇《珍贵的尘埃》就不难发现,老清洁工让·沙梅用首饰作坊的尘埃中簸扬的金粉打造出来的,是一朵饱含爱、温情和悲悯的玫瑰花。在俄语以及欧洲的诸多语言中,玫瑰、蔷薇、月季均为一个词,而在世界通行的所谓"花语"中,能够象征"爱"的花显然非玫瑰莫属。

《金蔷薇》原来有个副标题——"论作家技艺和创作心理",这是帕乌斯托夫斯基在高尔基文学研究所讲授创作技巧和心理学课程的主要内容,虽然作家本人称这是一部中篇小说,但作品并没有情节上的相互联系和连续性,更像是中国传统意义上的散文集,然而《金蔷薇》的主题十分集中,即写作的方方面面。帕乌斯托夫斯基在《金蔷薇》的自序中写道:"这本书不是理论研究,更不是指南。这里只不过记下了我对写作的理解和我的写作经验。"不过,帕乌斯托夫斯基不仅介绍了自己的写作经验,还独到地解读了许多文学大家的创作。

《金蔷薇》的开篇《珍贵的尘埃》是帕乌斯托夫斯基看待文学创作本质的提纲挈领之作。它以年迈的巴黎清洁工让·沙梅从尘埃里淘金、最终积攒成一朵金蔷薇的故事,来隐喻文学创作的艰辛过程,来形容作家们从粗粝的现实中寻觅素材,最后向世人呈现经典的创作本质。在文章的最后,帕乌斯托夫斯基假借一位后来购得这朵金蔷薇的法国作家之口写道:"每一个瞬间,每一个偶然投来的词语或眼神,每一个缜密的思想或一句戏言,每一个人类心灵的细微活动,以及杨树的飞絮,夜间映在水塘里的点点星光,这些同样都是金粉的碎屑。我们文学家在几十年里搜寻这无数的细沙,为自己悄悄把它们收集起来,熔成合金,然后铸成自己的'金蔷薇'——中篇小说、长篇小说或长诗。"

帕乌斯托夫斯基用简洁鲜活的文字和亲切温暖的语调,将宝贵的创作经验和盘托出。在《闪电》一文中,帕乌斯托夫斯基将构思形容成闪电,来回答其产生的先决条件。"构思就是闪电。电在地面上空积聚多日。当大气中的电积聚到极限,一团团白云变成了阴森可怕的雷雨云,在浓稠的带电水汽中就会产生第一个火花——闪电。……构思就如同闪电,产生于一个富有思想、情感和记忆片段的人的思维中。这一切都是一步步慢慢积累的,直到那种需要必须放电的极限。那时,这整个压缩的、还有点儿混乱的世界就会产生闪电——构思。"帕乌斯托夫斯基借助这个自然界的现象,绝妙地解释了构思以及灵感产生的基础——不可脱离生活,要矢志不渝地接触现实,积累素材,才能形成成熟的构思,灵感的诞生也是同理。这与让·沙梅从尘土中筛出金粉,最后铸成玫瑰花有异曲同工之处。

在《金蔷薇》中,帕乌斯托夫斯基还表达了自己对创作语言的关注。他对语言给予了高度重视,关于这一点,他在《文学肖像》中有过这样的表述:"有一句千真万确的话:'在真正的文学中没有微不足道的东西。'每个词汇,甚至是乍看上去毫无意义的每个词、每个逗号和句号,都是必须的,有特色的,它们确定整体并有助于更精湛地表达思想……一个适时给出的逗号能够产生多么震撼人心的效果。"他认为作家要掌握俄语丰富多彩而又含义确切的词汇,还要去探索"一个最主要的、永不枯竭的语言源泉——人民自身",因为"他们说出的任何一个词语都是字字珠玑"。在《金蔷薇》的《好似小事》一文中,帕乌斯托夫斯基简略提及了盖达尔一边踱步、一边字斟句酌的写作方式,以及他能几乎一字不差背诵自己作品的本领。而在《文学肖像》的《与盖达尔的几次会面》中,帕乌斯托夫斯基对此做了更为详尽的记录,他认为,盖达尔对作品中的每一个词汇都经过反复斟酌,它们的位置和搭配是唯一的,所以,作品能够被记住是自然而然的事情。用这样的词汇写成的文章非常严谨，没有一点多余的东西，帕乌斯托夫斯基称之为"浇铸的散文"。他又以库普林的作品为例，说明了富有特色的语言对于传达人物形象的典型性、表达作家的思想所起到的巨大的作用，库普林作品中的各种"行话"、人物之间的对话方式、接近口语的语言，使作家笔下的某一特定群体的特征跃然纸上。其实，帕乌斯托夫斯基叙述这一切的目的，就是在说明作家对自己的语言应该持有的态度。他本人的作品就体现了对待语言的严谨态度。读他的作品，我们会发现其语言的优美，这当然不仅仅得来于他笔下细腻、优美的风景描写和浪漫主义色彩，我们在其中看不到当今俄语中泛滥的外来词语、不规范词汇、过剩的形容词，他使用的是纯正的俄语，来自俄罗斯民间的语言，他的语言就是真正的俄罗斯语言。这是帕乌斯托夫斯基的作品十分耐读的主要原因。

在帕乌斯托夫斯基的创作理念中，有一个关键词就是想象力，他在不同阶段的文字中一再谈论这一主题，足以说明想象力，或曰幻想，对于其创作的重要作用，这也成为他评判一位作家的主要尺度。帕乌斯托夫斯基认为，善于幻想是一个作家最可贵的天赋之一，想象乃是"艺术生命力的发端"，是艺术"永恒的太阳和上帝"。他感叹于爱伦·坡说过的"幻想是我一生中唯一的事业"；他在格林的作品中看到了幻想对一个作家的作品产生的巨大力量，虽然格林描写的都是地球上并不存在的国度，但是那里的每一寸土地都被作家走了无数遍，他知道每一个街道的转弯、每一株植物的特征，能指出所有街道和楼房的位置。阅读格林的作品，使人产生对他笔下的神奇国度的向往，他的故事"像美酒一般使人头晕目眩"。安徒生的作品也是其作者善于幻想的结果。童年时的安徒生所做的唯一事情就是幻想，他幻想他所能想象到的一切事情。他自由的想象力把成百上千个生活中的细节化做了栩栩如生的童话故事。丰富的想象力使作家无法控制自己体内奔涌的思绪，安徒生和布尔加科夫都有即兴写作的天赋，也许，这就是他们的想象力在呼唤自由，要求被释放并获得外在的表现。

丰富的想象力能够使人们看到平凡生活中的不平凡之处，能够看到生活中那些在表面的或是疲惫的目光下会溜走的特征。对于一个善于幻想的人来说，世界上没有乏味的东西，脚下的每一寸土地都饱含着美妙和快乐。帕乌斯托夫斯基呼唤人们保持幻想的天赋，他认为我们的时代需要幻想者。因为幻想是一个"强有力的源泉"，"这种源泉能产生文化、艺术、科学，以及为美好的未来而斗争的愿望"。假如认为一部作品因为其中过多的幻想就丧失了其社会意义，是有失偏颇的。我们不难看出安徒生童话所包含的只有成年后才能理解的"第二个童话"，以及童话中体现的现实意义。这样的例子还能举出很多。作品的好坏在于它唤起了一种什么样的思想感情和行为，是否能够以其知识丰富我们的身心。

这说明，帕乌斯托夫斯基认为，无论幻想还是浪漫主义，都不能脱离现实，"想象脱离了现实，是不会结出果实的"。它们与"'粗糙'生活"和对这种生活的爱并不矛盾。帕乌斯托夫斯基就是一个扎根于现实的作家，在充盈着浓厚浪漫主义色彩的作品中，我们可以看到现实生活的闪光。他同时也极力褒扬那些能够在作品中反映现实、表达对普通人的爱,用自己的作品折射文学和社会生活的作家。他喜爱莫斯科生活的编年史家吉里亚罗夫斯基,他高度认同库普林,因为他们用每一部作品呼唤人性,对人类的深厚的爱使他们用准确的洞察力对现实生活中的所有现象进行长久不衰的关注,所以他们才能写出一些绝妙的现实主义作品。

《金蔷薇》的内容还涉及素材的选取、细节的呈现、人物性格的塑造等一系列重要的环节和因素,此书出版后深受欢迎,一度被包括中国作家和读者在内的世界多国文学爱好者当作创作指南。然而,《金蔷薇》不仅仅是创作谈,或者说,如果我们仅把它当作写作指南来看,会忽略这部集子中的另一朵"金蔷薇"。刘小枫在《重温〈金蔷薇〉》一文中这样谈及这部作品:"它不是小说,而是启迪,是充满了怕和爱的生活本身","如果把这本书当作创作谈来看,那就会抹去整部书跪下来亲吻的踉跄足迹,忽视了其中饱含着的隐秘泪水"。的确,在帕乌斯托夫斯基娓娓道来的写作技艺背后,其实是他推崇的生活哲学,即对受苦和不幸的下跪,同时越过一切苦难,把目光投向更为高远的天空,诗意地生活。在无处不在的生活中发现诗意是帕乌斯托夫斯基所擅长的,他曾说过,"一个人越博学,他对现实的接受就越全面,他和诗歌就靠得更近,他也就越幸福"。二十世纪的俄罗斯文学中始终不乏一些个性十足的存在,他们或者被现实撞得头破血流,或者为捍卫自己的权利遭遇多舛的命运,帕乌斯托夫斯基显然不是这样的作家,他以一种中立、和缓、润物无声的立场,捍卫着自己的文学理念和作为一个人的良知。在《金蔷薇》中,我们能充分感受他的这种生活哲学。

三

在《金蔷薇》中,有《早就想写的一本书》这样一篇文章,文中写道:"很久以来,十多年前,我就考虑写一本非常难写的书,我当时就认为,甚至至今仍认为,这本书是有趣的。这本书应当由一些杰出人物的奇闻逸事组成。"在这篇文章中,帕乌斯托夫斯基"简单地记叙了"他对几位作家的"杂感",那是他关于契诃夫、勃洛克、莫泊桑等著名作家的笔记,这些似乎是随手记下的文字给作家自己未来的书开了一个头。《文学肖像》应该可以算作那本"有趣的"书的继续和充实。在这本由俄国作家和外国作家组成的"画册"中,有我们十分熟悉的如爱伦·坡、席勒、安徒生、亚历山大·格林、布尔加科夫、爱伦堡、库普林等作家的二十五幅肖像。它们是由帕乌斯托夫斯基在一九三七年至一九六六年发表的文字组成的一个主题画廊。虽然这些文字肖像体裁丰富、风格各异,但是,每一幅画中的主人公都与帕乌斯托夫斯基作为一个作家或者作为一个人的生活发生过密切的关系,他们中的每个人都以不同的方式让帕乌斯托夫斯基感到亲近。

把帕乌斯托夫斯基和他的朋友们联系在一起的,首先是他们对诗歌和文学的共同热爱。帕乌斯托夫斯基在青年时代和许多作家,如洛斯库托夫、盖达尔,组成了一个作家大家庭,作者难忘和他们的聚会,难忘"有趣的争论、交锋和大胆的文学构想",他们"每个人都把给其他所有人朗读自己的新作当作神圣的职责",难忘他们共同组织起来的大大小小的"科诺托普"(文学聚会)。透过作者的字里行间,我们不难想象,那些年轻而精力旺盛的作家是怀着怎样纯洁的感情和崇高的虔诚来参加这一次次文学盛宴的。文学爱好所产生的力量是巨大的,这种爱能让人忘记饥饿和艰苦的生活,有时候,"一天的食物就是淡淡的茶水和一块面饼,但生活却是美好的。普希金和莱蒙托夫、勃洛克和巴格里茨基、丘特切夫和马雅可夫斯基的诗行,使妙不可言的现实生活更加充实。世界对我们来说就像是诗,而诗就是我们的世界。"那时,文学就是他们生活中的一切,文学创作拉近了帕乌斯托夫斯基和他的朋友们的距离,他写到了他和盖达尔、罗斯金、格罗斯曼等作家每年夏天在索罗特恰的集体生活,写到他们陶醉在民间诗歌的世界之中,接触到无数民间语言的宝藏。

帕乌斯托夫斯基热爱大自然,我们在他的作品中时刻可以感受到这一点,透过《文学肖像》我们更可以感受到,他还热爱与他怀有同样感情的人,热爱能够带着同样的情感描写大自然的人。这就是帕乌斯托夫斯基选择库普林作为自己画像主人公的原因之一。"库普林对大自然的爱虔诚而平静,十分富有感染力,从中可以感觉得到他的天分所传达出来的力量。库普林如此描述大自然、森林和波列西耶树脂工人住的小屋,以致忧郁开始啃噬你的心灵,这种忧郁源自你现在不在那儿,不在那些地方,源自一种想立刻见到其天然的冷峻与美丽的渴望。"这也是帕乌斯托夫斯基选择费定作为写作对象的原因之一,因为费定也是一个以全部身心融入大自然的人,他"并不仅仅像一个旁观者那样去喜爱大自然,而且也像一个林务员,像一个园艺家，像一个种菜人和一个花匠那样去爱它"。除了库普林和费定，在帕乌斯托夫斯基所记叙的卢戈夫斯科伊、托佩恰努等作家身上，热爱自然成了一种品质，成了他们的一种共性，也成了帕乌斯托夫斯基与他们感到亲近的一种亲缘关系。

体验大自然的最好方式就是亲身融入其中，帕乌斯托夫斯基一生中走过了很多地方，我们可以在《断想数章》中看到他的足迹。他在旅行的同时，也在体验不同的生活方式，结交并了解不同阶层的人。一方面，这为他日后的创作提供了很好的素材，另一方面，这些经历大大丰富了他的人生，成就了他做一名优秀作家的理想。帕乌斯托夫斯基认为，好的作家意味着好的生平，反之，好的生平对于一个人来说多半意味着他有成为作家的可能。帕乌斯托夫斯基在《伊里亚·爱伦堡》这篇文章中，毫不掩饰地表达了他对爱伦堡的羡慕，羡慕爱伦堡能够在有生之年目睹欧洲各国发生的重大事件，爱伦堡的作家命运使得他有资格和整个世界对话，使得他笔下道出的一切能在千百万人心中激起回响。在帕乌斯托夫斯基的画廊中，以这种"好的生平"，或曰丰富的生平使他的心灵产生剧烈震颤的，还有亚历山大·格林、克里斯蒂安·安徒生、奥斯卡·王尔德等。当然，激发帕乌斯托夫斯基创作灵感的还有很多因素，比如对某位作家身上某种品质的认同，如茨维塔耶娃身上的那种"农妇和普通女性的美"，阿赫马托娃的伟大天赋，马雷什金"面对世界和真实的人类生活所表现出的崇高的激动"，等等。帕乌斯托夫斯基和一些作家的共同生活经历也同样促成他写作《文学肖像》中的一些篇章，在《布尔加科夫和戏剧》中，除了布尔加科夫在戏剧创作方面的成就以及他对戏剧的热爱，我们还知道布尔加科夫和帕乌斯托夫斯基曾经是同班同学，曾经一起为看戏逃出校门，曾经一起捉弄学校的学监，曾经一起在第涅伯河上荡舟，在水上咖啡馆度过一个个充满了幻想的夜晚。这些都是促使帕乌斯托夫斯基拿起"画笔"的原因。另外，更为可贵的是，在帕乌斯托夫斯基写作这些文字的时候，有一些作家正在遭受着不公正的待遇，并不是每个人都能从容、公正地评论他们，就像帕乌斯托夫斯基在《文学肖像》中所做到的那样。一九五七年，他写作了《生命的湍流——关于库普林散文的札记》，那时，库普林的创作刚刚开始被文学界承认，而且是有所保留的承认；一九六二年，帕乌斯托夫斯基发表了《布尔加科夫和戏剧》一文，并号召大家，"无论我们怎样对待布尔加科夫的创作，接受或是不接受他，我们都应该向他鞠躬致敬，因为这是一名作家，一个以全部思想和身心忠诚于祖国及其艺术事业的人，他度过了并不轻松的一生，真实，坦诚，从不背叛自我。"要知道，布尔加科夫完全被文学界接受、他的作品全部得以发表，是在帕乌斯托夫斯基写作这篇文章的二十年之后！对这些作家和他们创作的客观叙述，表现了帕乌斯托夫斯基作为一个作家所怀有的正义感和勇气以及面对文学的责任感，他不允许任何人玷污文学、蔑视真正的文学家。正是由于帕乌斯托夫斯基的积极斡旋，像库普林、布尔加科夫、巴别尔、格林这样的伟大作家才及早地得到了公正的待遇，他们的作品才得到了全面的接受和理解。

《文学肖像》是由关于作家的回忆片段和生活逸事组成的，我们从中可以了解到一些在文学史书中读不到的珍贵资料，此外，作为一名有着丰富创作经验的作家，帕乌斯托夫斯基不可避免地在行文中流露了自己的文学观和美学观，他对幻想、浪漫主义及其与现实的关系的思考，对语言的态度问题的思考，等等。这些思考既和他所叙述的作家有联系，也和他自己的创作有密切关系。这些内容和《金蔷薇》相互补充，形成了某种呼应，表达了作家创作理念的延续性和一致性。如果说《金蔷薇》聚焦于文学作品中的某些技艺，那么《文学肖像》则聚焦于掌握这些技艺的人，两部作品从不同角度表达作家的理念，并无本质上的不同。

*　　*　　*

帕乌斯托夫斯基的创作风格可以通过这两部文集得以窥见，或者说，《金蔷薇》和《文学肖像》这两部篇幅并不太大的散文集，就是帕乌斯托夫斯基文学创作的最典型体现。在帕乌斯托夫斯基诞辰一百三十周年之际，人民文学出版社以姊妹篇的形式推出《金蔷薇》和《文学肖像》，我们阅读这两部散文集中的文字，既是在重温帕乌斯托夫斯基所处时代的浪漫和激情，也是在体味帕乌斯托夫斯基钟情于生活和艺术的审美精神。

断想数章（代序）*

通常，作家对自己的了解要胜过批评家和文学理论家对他的了解。这就是我答应出版社的建议，为自己的作品集写一个简短序言的原因。

但是，从另一个角度讲，作家阐述自己的可能性又是有限的。有很多难题束缚着他，首当其冲的就是，对自己的书进行评价，总是让人感到有些尴尬。

除此之外，期待作家解释自己的作品，也是一件毫无益处的事情。契诃夫在这种情况下说过："请去阅读我的作品吧，我的一切尽在其中。"我很愿意重申契诃夫的这句话。

因此，我只想简单说说有关自己创作的一些看法，简单谈一谈自己的生平。详细地叙述生平是没有意义的。我从幼年起到三十年代初的全部生活，都已写入六卷本的自传体小说《生活的故事》，那部小说也被收入这部作品集。《生活的故事》的写作，我仍在进行。

一八九二年五月三十一日，我出生在莫斯科市格拉纳特胡同一

---

* 此文是帕乌斯托夫斯基为他的九卷文集（国家文学出版社，莫斯科，1981）写的代序。

个铁路统计员的家里。

我的父亲是扎波罗热哥萨克的后代,那些哥萨克在谢恰溃败后迁居到了离白教堂①不远的罗西河两岸。我的祖父祖母在那里生活过,我的祖父曾是一名尼古拉军队的士兵,我的祖母是土耳其人。

虽然从事着需要冷静看待事物的统计员工作,我的父亲却是一个不可救药的幻想家和抗议者。由于自己的这些品质,他不能在同一个地方待得太久。莫斯科之后,他还在维尔诺②和普斯科夫工作过,最后,多少有些稳定地落户到了基辅。

我的母亲,一名糖厂工人的女儿,既威严又厉害。

我们的家庭成员多,构成也很复杂,喜欢艺术。我们经常在家里唱歌、弹钢琴、争论,我们诚挚地热爱戏剧。

我在基辅第一中学上过学。

我上六年级时,我们家分崩离析。从那时起,我得自己挣钱维持生活和学业。我靠非常艰难的工作——做所谓的补习教师——来勉强维持生活。

中学的最后一年,我写作了第一篇短篇小说,并将它发表在基辅的一本文学杂志《星火》上。根据我的记忆,那是在一九一一年。

中学毕业后,我在基辅大学上了两年学,之后转到莫斯科大学,来到了莫斯科。

第一次世界大战开始时,我在莫斯科有轨电车上做电车司机和

---

① 白教堂,白俄罗斯的一个村庄名称。
② 维尔诺,即现在的维尔纽斯。

售票员，之后，在后方和战地救护列车上当过护理员。

一九一五年秋天，我从救护列车转到野战卫生支队，和支队一起走过了漫长的撤退之路，从波兰的卢布林一直撤到白俄罗斯的小城市涅斯维日。

在支队中，我从偶然见到的一小块儿报纸上得知，我两个身处不同战线的兄弟在同一天阵亡了。我回到母亲身边，她那时住在莫斯科，但是我不能在一个地方待得太久，于是又重新开始了漂泊的生活：我到了叶卡捷林诺斯拉夫，在布良斯克公司的冶金工厂工作，然后又从那里来到尤佐夫卡①的新俄罗斯工厂，而从那里又到了塔甘罗格的涅辅－维里德锅炉厂。一九一六年秋天，我离开锅炉厂来到亚速海上的渔业合作社。

空闲的时候，我开始在塔甘罗格写作自己的第一部长篇小说《浪漫主义者》。

后来，我来到莫斯科，二月革命开始的时候，我正好在那里，我开始从事记者工作。

我是在苏维埃政权下成长为一个人和一名作家的，这种历程确定了我未来的生活之路。

我在莫斯科亲历了十月革命，成为一九一七年至一九一九年许许多多事件的见证人，听过几次列宁的讲话，过着紧张的杂志编辑生活。

但是，很快我就"掉进了旋涡"。我来到母亲身边（她又一次迁

---

① 尤佐夫卡，顿涅茨克市一九二四年前的名称。

回了乌克兰),在基辅经历了几次巨变后,我又从基辅到了敖德萨。在那里,我第一次进入了一个年轻作家的圈子——伊利夫,巴别尔,巴格里茨基,申格里,列夫·斯拉温①。

但是,"远游的缪斯"并没有使我平静,我在敖德萨待了两年后,去了苏呼米,之后去了巴统和梯弗里斯。我从梯弗里斯去过亚美尼亚,甚至到过波斯北部。

一九二三年,我回到莫斯科,在那里当了几年罗斯塔通讯社的编辑。那时我已经开始发表作品了。

* * *

我第一部"真正的"作品是短篇小说集《迎面驶来的船》(1928年)。

一九三二年夏天,我开始着手创作中篇小说《卡拉·布加兹海湾》。写作《卡拉·布加兹海湾》和其他几部作品的历程,我在随笔集《金蔷薇》中进行了非常详尽的叙述。因此,我将不在这里重述。

《卡拉·布加兹海湾》问世后,我辞职了,从那时起,创作成了我唯一的工作,它占据了我全部的身心,它有时是折磨人的,但却永远是我钟爱的。

我和从前一样,走过很多地方,甚至比从前更多。在自己作家生活的许多个年头中,我到过科拉半岛,在梅晓拉林区生活过,走遍了高加索和乌克兰,到过伏尔加河、卡马河、顿河、第聂伯河、

---

① 列夫·斯拉温(1896—1984),代表作是长篇小说《继承人》。

奥卡河、杰斯纳河、拉多加湖和奥涅加湖，到过中亚、克里米亚、阿尔泰、西伯利亚，还有我们神奇的西北部——普斯科夫、诺夫哥罗德、维捷布斯克，到过普希金的故乡米哈伊洛夫斯科耶村。

伟大的卫国战争期间，我在南线做战地记者，同样走过很多地方。战争结束后，我仍旧到处旅游。在五十年代和六十年代初期，我访问了捷克斯洛伐克，在保加利亚的两个童话般的渔业小城内塞勃尔（梅塞梅里亚）和索佐勃尔生活过，走遍了波兰，从克拉科夫到格但斯克，乘船环游了欧洲，到过伊斯坦布尔、雅典、鹿特丹、斯德哥尔摩，到过意大利（罗马、都灵、米兰、那不勒斯、意大利的阿尔卑斯山区），见到了法国，包括普罗旺斯，见到了英国，去过牛津大学和莎士比亚的故乡斯特拉特福。一九六五年，由于自己顽固的气喘病，我在卡普里岛生活了很长时间，那里有巨大的峭壁，上面茂密地长满了芳香的绿草、油脂很多的地中海松果树，峭壁上有水瀑布（确切地说是鲜花瀑布），还长满了鲜红的热带九重葛，我生活在浸沉于地中海温暖而清澈海水中的卡普里岛。

这些为数众多的旅行，和各种各样、各有其趣味的人的每一次相遇，给我留下了许多印象，它们成了我很多短篇小说和旅行札记的素材（《风景如画的保加利亚》《双耳罐》《第三次见面》《海滨的人群》《邂逅意大利》《一闪即逝的巴黎》《拉芒什海峡的灯火》等等），这些作品，读者也可以在这部作品集[①]中找到。

我一生中写下了不少东西，但是，有一种感觉一直萦绕于我的

---

① 指1981年莫斯科版九卷文集。

脑海，这种感觉就是，我还有很多的事情要做，我感觉到，只有在成熟的年纪，作家才能学会了解生活的某些方面和某些现象，才能学会讲述它们。

青年时代，我体验了对新奇的迷恋。

对不平凡事物的向往，从童年时就一直追随着我。

在基辅，在度过了我童年生活的那套枯燥的房子里，不平凡事物刮起的风时常在我身边喧响。我用自己小男孩式的想象力量去呼唤它。

这种风吹来了杉树林的气息、大西洋海浪的泡沫和热带雷雨的隆隆声，还吹来了风鸣竖琴的叮咚声。

但是，五彩缤纷的异国世界仅仅存在于我的想象之中。我从来没见过幽暗的杉树林（除了有一次在尼基塔植物园见过几株杉树），我也从未见过大西洋，没见过热带，更是从未听过风鸣竖琴的演奏。我甚至不知道那竖琴看上去是个什么样子。过了很久之后，我才从米克卢霍－马克莱[①]的旅行随笔中了解了风鸣竖琴。在新几内亚他自己的小茅舍旁，马克莱用竹竿做了一架竖琴。风在空心竹竿里猛烈地呼啸，吓坏了迷信的土著人，于是他们就不去打扰马克莱的工作了。

在中学，我最喜爱的学科是地理。它平静地使人相信，在地球上存在着一些不同寻常的国度。我知道，那时我们贫困而又杂乱无章的生活不会给我亲眼看见那些国家的机会。我的理想显然是无法实现的。但是，这种理想并没有因此而消亡。

---

① 米克卢霍－马克莱（1846—1888），民族学家。

我的状态可以用两个词语来定义——对于幻想中的世界的神往，以及由于不可能见到这种世界而产生的忧郁。这两种感觉占据了我青年时代写的绝大多数诗歌和第一篇不成熟的小说。

随着时间的推移，我远离了对新奇的迷恋，远离了它的华美、芬芳、昂扬，和它对芸芸众生以及微不足道的人的冷漠。但是，在我的中篇小说和短篇小说中，仍然长久地遗留下了它不经意间滞存的镀金的思绪。

我们经常会把两种不同的概念错误地联系成一个整体，一个就是我们所谓的新奇，另一个是我们所谓的浪漫主义。我们用纯粹的新奇不合理地替代了浪漫主义，忘记了前者只不过是浪漫主义的众多表象之一，忘记了前者已丧失了独立的内容。

对新奇的迷恋，不言自明，脱离了生活，然而，浪漫主义却以自己的全部根茎深入到生活之中，汲取着它全部的宝贵甘露。我远离了对新奇的迷恋，但是我没有远离浪漫主义，并且永远都不会离开它，不会远离它富含净化力量的火焰，对人性和无私的心灵所怀有的激情，不会远离它时常出现的躁动。

浪漫主义情怀不允许人们成为虚假、无知、怯懦和残忍的人。在浪漫主义中包含着一种使人变得高尚的力量。在为了未来所做的斗争中，甚至是在我们日常的劳动生活中，没有任何理性的理由能够让我们拒绝浪漫主义。

自然，这种对新奇的向往可以在《浪漫主义者》《亮闪闪的云彩》和我早期的许多浪漫主义短篇小说中找到。我认为在晚些时候改写这些作品是没有必要的。在那些作品中，留有那一时代的烙印，还有我那时的世界观的烙印。因此，它们就是以它们问世时的样子被发表在这里的，只是不得不在某些地方对一些明显的错误和修辞上的不当之处做了修改。

和对新奇的那种纯粹向往决裂的时候，我不无内心的抵触，我把这些写进了一篇叫作《海洋疫苗》的短篇小说。

在这次决裂中，最后一个推动力是参观莫斯科天文馆。天文馆当时刚刚建成。天文馆的建设者，建筑师西尼亚夫斯基领我来到了人造星空的第一个展台。我像所有人一样，被这种景观深深地吸引住了。

我们从天文馆出来时，天已经很晚了。正是干爽的十月。街道上散发着落叶的味道。突然，就好像第一次一样，我在自己头顶上看见了一片广阔、生动、星光灿烂的天空。轻盈的云烟飘向高处，但是没有遮住星星。秋日里黑色的空气，仿佛更加强了苍穹的辉煌。

就这样，几乎所有在这个夜晚之前我描写的天空，都让我觉得是人造的了，就如同天文馆里的天空那样，是一个饰有仿造星座的水泥穹顶。最初，它使人吃惊，但是，那里面没有深度，没有空气，没有规模，没有和宇宙空间的融合。

那个晚上之后，我毁掉了自己一些非常华丽而又造作的小说。

但是后来，在未来生活的许多年间，我确信了一个通俗的真理，那就是，任何东西，哪怕是最微不足道的东西，都不会白白地从我们身边走过。我在青年时代对新奇的爱好，在某种程度上教会了我在周围环境中寻找并发现美丽如画的，有时甚至是不同凡响的景象。

从那时起，与现实一道，在我面前总是跃动着轻盈的浪漫主义构想，它就像一道附加的，并不十分明亮的光线。它照耀着，就像画上的一道微光，如果没有它，有一些细节恐怕就不会被人发现。由于那道微光，我的内心世界变得更加丰富了。

在我写作《卡拉·布加兹海湾》《科尔希达》《黑海》以及其他一些中短篇小说时，这种构想的轻盈介入给了我很大帮助。

对新奇的向往结束了。对真理和质朴的追求替代了它。

但是，就在不久前，我又一次思索起新奇的实质来。那是在我进行环欧洲航行的时候。

我们乘坐的轮船从敖德萨离港，我们行驶了两天两夜，穿过因乌云密布的天空而变得阴沉的黑海海面。船尾后面水花翻滚，好像在拖缆上拉着一串蜷缩着红色爪子的海鸥。

地平线上笼罩着一片雾气。只是在靠近博斯普鲁斯海峡的时候，雾气才变得亮了起来，而在它身后，呈现出了荒蛮的、覆盖着黑色森林的安纳托利亚山脉。

轮船转了一个急弯，进入了博斯普鲁斯海峡。

我们面前展开了一幅画卷，它仿佛是沿海国家的一种古老而又蓬勃的装饰品。这个装饰品有些地方的镀金已经脱落了，有些地方用新鲜的颜料又做了修整。群山、古老的塔楼、清真寺、峭壁、拱顶、城堡、灯塔、橄榄林、帆船、野玫瑰、古老的柏树、桅杆，还有横桁，在落日的霞光中，这一切构成的杂乱无章在我看来仿佛是刻意的，仿佛是一片特别富有节日韵味的景色，而这种景色是一个不知疲倦的快乐艺术家构思出来的。

几十只三桅船像鹦鹉一样绚丽多彩，有胭脂红色、黄色、绿色、白色、蓝色和船舷上镶着金边的黑色,它们朝我们的轮船迎面驶来,泛起了阵阵水花。

我们在玩具模型般的小城旁停泊下来。夜晚,家家户户都燃起了灯光。灯光透过绿树,微弱地闪烁着。

我从甲板上看见了一条狭窄的街路,它通向山上。缠绕在架上的葡萄藤搭成的幕帐十分浓密,近乎黑色,把那条路全都遮住了。一串串大葡萄低垂在路上。葡萄下面走着一只脖子上挂灯笼的小驴。那是一只电灯笼,光线耀眼。

这个小城是伊斯坦布尔的前厅。从悬浮在水上的小咖啡馆露台上,传来了悠长的音乐声。身着艳丽衣裙的土耳其姑娘斜倚在船舷旁,眺望着海峡。在望远镜中看得一清二楚,她们的脸庞显得非常苍白。从岸边飘来夹竹桃的味道。在暗淡的天空上,一轮新月泛出微光,它和无数小清真寺圆顶上的新月是一模一样的。

这一切于我看来仿佛是某种不真实的东西,它们使我想起了青年时代的构想。但与此同时,这一切却又都是现实的。

我终于相信,在我面前的就是神奇的博斯普鲁斯海峡,我相信,我正站在甲板上,地球最古老的部分——小亚细亚、神奇的特洛伊和赫勒斯蓬托斯①海峡,正置身于我身旁的昏暗之中。

越是目睹那些不久前还仅仅存在于我想象之中的异国图景,我越是清晰地觉得,这个从幻想领域转移到认知领域的世界要更有趣,更富有意义,我可能会说,这个世界要比我想象的更为神奇。

① 赫勒斯蓬托斯,达达尼尔海峡的古希腊名。

从那时起，我在整个路程中都没有放弃对这种现实的认知，在地平线上宏伟地绵延着一串玫瑰色岛屿的浅紫色的爱琴海，在仿佛是用蜂蜡建成的雅典卫城，在空气中飘荡着炫目蓝色的墨西拿海峡，在罗马——在万神殿的拉斐尔棺木上放着一株干丁香花，在大西洋，在沸腾的巴黎，在拉芒什海峡，当浮标上的古老铃铛对着迎面驶来的轮船叮当作响时——我一直没有放弃这种认知，无论身在何处。

我觉得，我的小说最典型的特点之一就是其中的浪漫主义情怀。

这当然是一种性格特征。要求任何人，其中包括作家，要求他拒绝这种情怀，都是荒谬的。这种要求只能用无知来解释。

浪漫主义情怀与对"粗糙"生活的强烈兴趣、对这种生活的热爱并不构成矛盾。在现实生活和人类活动的所有领域，在罕见的意外情况的背后，都包含着浪漫主义的种子。

可以对这些种子视而不见，并去践踏它们，或者与此相反，也可以给它们生长的机会，装点它们，让它们的花朵去使人的内心世界变得高尚。

浪漫性是包括科学和认知在内的一切事物所固有的。一个人越博学，他对现实的接受就越全面，他和诗歌就靠得更近，他也就越幸福。

相反，无知让人对世界冷漠，而这种冷漠滋生的速度非常缓慢，但却像肿瘤一样，是无可救药的。在冷漠者的意识中，生活迅速枯萎暗淡，它的一些巨大的层面消亡了，最终，冷漠者将一个人单独面对自己的无知和自己卑微的幸福生活。

真正的幸福首先是知识渊博者的财富，是探索者和幻想者的财富。有一种情况使我非常高兴，那就是在不久前批评界进行过的猛烈争论之后，浪漫主义在我们的文学生活中又得到了自己应有的位置。

在这篇作品集序言里，我试图探究自己走过的路，使这条路更加清晰（同时也是为了我自己），确定那些催生我的此部或彼部作品诞生的现象。

必须知道，哪些动机在作家创作中起了主导作用。这些有力而纯净的动机直接产生作用，导致人们或去承认一名作家，或者冷淡他，甚至直接否定他做的所有事情。

了解一切，看见一切，云游四方，成为各种事件的参与者，成为人类激情碰撞的参与者，我的这些愿望化成了一种幻想，那就是从事某种不同寻常的职业。这种职业一定要和这沸腾的生活联系在一起。

但是，世界上存在这样的职业吗？我对这个问题思考得越多，一个接一个的职业就越来越迅速地消失了。它们没有完全意义上的自由。它们无法完整地包罗正在急速发展的生活万象。

有一段时间，我认真地考虑过去做一名船员。但是很快，关于写作的理想挤走了其他所有理想。

写作集世界上所有迷人职业于一体。它是一项独立、勇敢、高尚的事业。

但是，那时我还不知道，写作也是一种劳动，它沉重而又耗费人的精力，我不知道，作家哪怕是对人民隐藏起一丝一毫的真理，都是在自己良心面前的犯罪，而他将不可回避地为此负责。

所有人的痛苦和快乐都是作家的财富。他应该拥有独立认识世界的天赋、在斗争中百折不挠的精神，拥有抒情的力量，将生活与自然合而为一的能力，更不用说许多其他的品质，哪怕是最普通的心理承受力。

决心已定。未来变得明朗起来。所选择的路看起来是美好的，虽然也不无艰辛。在许多年间，我从来没有尝试过背叛这条道路。

* * *

我已经说了，我的创作生涯始于了解一切、目睹一切的愿望。显然，这种生涯也将以这种愿望结束。

旅行的诗意和未经修饰的现实交织在一起，为创作作品构成了一块最优秀的合金。几乎在我的每一个中短篇小说中，都可以看见漂泊的痕迹。

首先是南方。和它有联系的是《浪漫主义者》《亮闪闪的云彩》《卡拉·布加兹海湾》《科尔希达》《黑海》以及其他一些短篇小说，其中包括《从殖民地运来的商品的标签》《失去的一天》《帆船大师》《蓝色》等等。

我第一次北方旅行，去的是列宁格勒、卡累利阿和科拉半岛，那次旅行简直使我惊呆了。

我了解到了北方迷人的力量。涅瓦河上的第一个白夜，比起数十部作品以及关于那些作品数十小时的思考来，使我更多地了解了俄罗斯诗歌。

原来,"北方"的概念并不仅仅表示静谧美丽的大自然,它不知道为什么还意味着普希金在普斯科夫森林深处写下的诗歌《我严酷岁月的女友……》,意味着诺夫哥罗德和普斯科夫威严的教堂,肃穆而又娴娜的列宁格勒,艾尔米塔什博物馆窗外的涅瓦河,说书人的歌声,北方女孩宁静的眸子,黑色的针叶林,闪着云母光泽的湖泊,稠李树的白花,树皮的气味,伐木人拉锯的声音,深夜翻动书页时发出的沙沙声,那时,芬兰湾上已经泛起早霞,勃洛克的诗行在记忆中歌唱:

> ……一道霞光
> 牵着另一道霞光的手,
> 两个天空的姐妹在编织
> 时而粉红时而天蓝的雾,
> 那团渐渐沉入大海的乌云,
> 带着临死之前的愤怒,
> 眼中射出了或红或蓝的火。

可以用这些构成北方清晰轮廓的模糊特征写下很多页文字。比起南方,北方更能引起我的兴趣。

似乎,没有一个画家能够描画出北方湿润黑夜中那种神秘的寂寥,那时,每一滴露水,每一片草原小湖中篝火的投影,都能引起一阵非常突然而又隐秘,羞涩而又深沉的对俄罗斯的热爱,以至于心灵都会因为这种爱而狂跳不止。为了欣赏这片像野菊花一样淡白的北方美景，真想活上几百年。

北方激发出这样一些作品，比如《查里·隆谢维里的命运》《湖上前线》《北方的故事》，还有一些短篇小说，如《打成碎块的糖》和《仓促的会面》等。

但是，最让我感到充实和幸福的是我对俄罗斯中部地区的认识。我很晚才了解这个地区，那时我已经快三十岁了。当然，在这之前我到过俄罗斯中部，但总是顺路而过，并且十分匆忙。

有时会有这样的情形：你看见一条乡间小路或者是山坡上的一株小树，你突然想起，很久很久以前，你见过它，那可能甚至是在梦中，然而，你却全身心地一下爱上了它。

我与俄罗斯中部的相见就是这样的情形。它迅速并永远地占据了我的心灵。我感受它，就像感受自己真正的、古老的故乡，我觉得自己是一个地地道道的俄罗斯人。

从那时起，我知道，没有什么能比我们质朴的俄罗斯人更让我感到亲近，没有什么能比我们的大地更加美好。

我不会用俄罗斯的中部去换取地球上最著名、最惊人的美景。现在，我面带宽容的微笑，回想起自己青年时代关于杉树林和热带雷雨的幻想。我不惜放弃那不勒斯海峡的盛装以及它缤纷的色彩，为了奥卡河沙岸上被雨淋湿的柳树丛，或是蜿蜒的小河塔鲁斯卡——我如今常常在它朴素的岸边住上很久。

树丛，因小雨淅沥而变得阴沉的天空，村庄里的烟火，草原上潮湿的风，现在这一切都和我的生活紧密相连。

> 在这里，我再次回到亲爱的家，
> 我的大地，沉思、温情的大地……

最大、最普通、最单纯的幸福，我是在梅晓拉林区找到的。那是一种因为亲近自己的大地而产生的幸福，因为全神贯注、内心自由自在、思想任意驰骋和紧张的工作而产生的幸福。

我把自己创作的大部分作品归功于俄罗斯中部，也只归功于它一个。列举这些作品会占用很多空间。我只列出主要的一些：《梅晓拉地区》《伊萨克·列维坦》《森林的故事》；一组短篇小说：《夏日》《破旧的独木舟》《十月的夜》《电报》《烟雨霏霏的黎明》《273护林哨所》《在俄罗斯的深处》《独面秋天》和《伊里亚的旋涡》。

在梅晓拉林区，我接触到了俄罗斯民族语言最纯净的源泉。为了避免重复，我在这里不再赘述。关于我对俄罗斯语言的态度以及关于它的思考，我在《金蔷薇》那本书中进行了表述（《金刚石般的语言》）。

可能，这篇文章的读者会对一种情形感到奇怪，那就是，作者主要在讲述其作品情节发生的外部环境，但是对自己的主人公却几乎只字不提。

我无法给自己的主人公做出一个不偏不倚的评价。因此，我很难讲述他们。就让读者自己来对他们做出评价吧。

我能说的仅仅是，我总是和自己的主人公共命运，总是试图在他们身上发现善良的品质，展示他们的本质和他们身上有时不为人察觉的独特性。这些我做得是否成功，不该由我自己来评价。

我总是和自己喜爱的主人公共处在他们生活中的一切场景——共处在痛苦与幸福中，共处在斗争与忧虑中，共处在胜利与失败中。我热爱最微不足道、最朴实无华的主人公，热爱他们身上真正的人性的东西，我以同样的力量憎恨人类的积怨、愚昧和无知。

我的每一本书都是各种年纪、各种民族、各种职业、各种性格和行为的人们的集合。因此，某些批评家指责我写人的时候很潦草，很冷淡，这使我感到有些惊讶。

是啊，这一切验证起来很容易。为此，随便拿一本我的作品，哪怕是自传体系列小说，看一看我们在作品中会遇到的是些什么样的人。

杰出人物们的生活总是使我感兴趣。我曾试图找出他们性格中的共同特点，那些推动他们进入到人类最优秀代表行列之中的特点。

除了关于列维坦、吉普林斯基、塔拉斯·谢甫琴科的专门作品外，我还有一些中长篇小说的章节、短篇小说和特写，它们写到了列宁、高尔基、柴可夫斯基、契诃夫、施密德中尉、维克多·雨果、勃洛克、普希金、克里斯蒂安·安徒生、莫泊桑、普利什文、格里格、盖达尔、沙尔·德·科斯特、福楼拜、巴格里茨基、穆尔塔图里①、莱蒙托夫、莫扎特、果戈理、爱伦·坡、弗鲁别利、狄更斯、格林和马雷什金。

我还越来越频繁、越来越愿意写一些朴实无华的人，写手工业

---

① 穆尔塔图里（1820—1887），荷兰作家，批判现实主义代表。穆尔塔图里为笔名，意为"我遭受过很多痛苦"。

者、牧人、摆渡手、护林巡查员、浮标手、更夫，还有乡村的孩童——我真挚的朋友。

在自己的工作中，我十分感谢各个时代和各个民族的诗人、作家、艺术家和学者。我不想在这里列举他们的姓名，从《伊戈尔远征记》的无名作者和米开朗琪罗，到司汤达和契诃夫，这些名字为数众多。

但是，我最想感谢的是生活本身，简单而又意义重大的生活。我有幸成了它的见证人和参与者。

最后，我想重申，我是在苏维埃制度下成为一名作家和一个人的。

我的国家，我的人民，以及他们创造的崭新的、真正的社会主义社会，这就是我为之服务的最崇高的东西，过去、现在和将来，我都在用自己写下的每一个词语去为之服务。

（陈方 译）

献给我忠实的朋友

塔季雅娜·阿列克谢耶夫娜·帕乌斯托夫斯卡娅

文学不受腐朽规律的制约。唯有文学永垂不朽。

——萨尔蒂科夫-谢德林

永远都要追求美好。

——奥诺雷·巴尔扎克

这本书中的很多内容是零散的，或许也是不够清晰的。

很多内容也定会引起争议。

这本书不是理论研究，更不是指南。这里只不过记下了我对写作的理解和我的写作经验。

这本书并未涉及我们作家工作思想基础的重要问题，因为我们在这方面没有任何重大分歧。文学的英雄主义和教育意义是众所周知的。

在这本书中只是谈了一些我目前来得及谈的内容。

如果我让读者获得了哪怕一点点有关作家劳动的美好本质的认识，那我会觉得尽了对文学应尽的义务。

珍贵的尘埃

想不起我是从哪里听说清洁工让·沙梅的故事的。他靠清扫他居住街区的一些小手工业作坊为生。

沙梅住在城郊一间破旧的小屋里。当然可以对这一地区详细地描述一番,这样可以将读者从故事的主线上引开。不过需要说明,巴黎城郊至今还保留着一些古旧的城堡。在本故事发生的年代,这些城堡还在金银花和山楂之类灌木丛的掩映之中,灌木丛里栖息着鸟类。

清洁工的小屋就紧靠在北面城堡的墙脚下,与铁匠、鞋匠、捡烟头的和乞丐的小屋为邻。

倘若莫泊桑当时对这些棚户居民的生活多一些兴趣,他可能会多写几篇优秀的短篇小说。这也许会在他已经取得的成就上增添新的桂冠。

遗憾的是除了密探之外,没有人对这里看上一眼。即使密探也只有在搜查赃物时才会光顾。

左邻右舍给他取了个绰号叫"啄木鸟",单凭这一点就可以想到他干瘦,尖鼻子,帽子下边总支棱出一绺头发,像鸟的冠毛。

以前，让·沙梅也有过好日子。那是墨西哥战争时期，他在"小拿破仑"军团里当兵。

沙梅很走运。他在韦拉克鲁斯染上了严重的热病。这个患病的士兵没有与敌人遭遇就被遣送回国了。团长借机托沙梅把自己八岁的女儿苏珊娜带回法国。

团长是个鳏夫，因此无论到哪里都把女儿带在身边。这次他决心和女儿分开。因此把她送到鲁昂姐姐家去。墨西哥的气候对欧洲的孩子是致命的。况且混乱的游击战争中会出现许多意想不到的危险。

沙梅回国途中，大西洋上正是热浪滚滚。小姑娘一路沉默不语。甚至看到鱼从油乎乎的海水里跳出来，她也没有笑容。

沙梅对苏姗娜悉心照顾。他当然明白，她不仅需要他的关怀，还需要他的抚慰。但作为殖民军中的一名士兵，他又能想出什么办法来抚慰她呢？用什么办法让她高兴呢？掷骰子吗？还是唱军营里粗俗的小曲？

但总这样回避也不是办法。沙梅觉察到小姑娘总用一种困惑的目光看他。于是他决心把自己的身世断断续续地讲给她听。讲拉芒什海峡岸边的那个小渔村，不放过一点点细节，讲流沙，讲退潮后的水洼，讲村里那所带破钟的小教堂，讲给街坊四邻诊治胃病的他的母亲。

在回忆往事时，沙梅找不出一点儿能使苏珊娜开心的事。可让他感到惊奇的是小姑娘听得津津有味，竟逼他反复讲，要他讲得更详细。

沙梅拼命回忆，竭力从记忆中搜索所有的细节，最后连他自己都不敢相信这些细节是否真的有过。这已经不是回忆，而是回忆的淡淡的影子。这些影子像一团团的雾，很快就消散了。沙梅万万没有料到自己有一天会去重温一生中这段多余的生活。

有一次他突然模模糊糊地想起金蔷薇的故事。不知是沙梅看到一个老渔妇家耶稣受难像十字架下边挂着那朵雕工粗糙的发黑的金蔷薇呢，还是听周围的人讲过关于那朵金蔷薇的故事。

不，好像有一次他甚至看见那朵金蔷薇，而且记得它熠熠生辉，当时窗外没有阳光，海峡上一片昏暗，暴风雨大作。沙梅越来越清楚地回想起在低矮的天花板下闪烁的几点亮光。

全村人都纳闷：为什么这个老太婆不肯把这件珍宝卖掉。卖掉可以为她赚一大笔钱。只有沙梅的母亲说，出卖这朵金蔷薇是罪过，因为那是老太婆的情郎送给她的祝福礼物，当时老太婆还是一个爱笑的小姑娘，在奥杰伦一家沙丁鱼罐头厂当工人。

"像这样的金蔷薇，世间少有，"沙梅的母亲说，"谁家要是有这么一朵，肯定走运。不仅这家人，无论谁，轻轻碰它一下，都会走运。"

沙梅当时还是个孩子，他非常盼望老太婆时来运转。但是连一点儿要走运的迹象都没有。老太婆的小屋被风吹得摇摇晃晃，天黑了屋里连灯火也没有。

沙梅没有等到老太婆转运就离开了村子。一年以后，一个在哈佛尔邮轮上当司炉的熟人告诉他，老太婆的画家儿子突然从巴黎回来了。那人蓄着大胡子，很开朗，但是古里古怪。从那时起小破屋就完全变了样。小屋里欢声笑语，生活富足。据说，当画家的随便涂上几笔就能赚大钱。

一次，沙梅坐在甲板上，用铁梳子为苏珊娜梳理被风吹乱的头发，苏珊娜问：

"让，会有人给我送金蔷薇吗？"

"一切都可能，苏姬①，"沙梅回答说，"你也会碰到一个怪人的。我们连里原来有一个干巴瘦的士兵。他太走运了。他在战场上捡到半副金牙。我们全连用它换酒喝光了。那是安南战争的时候。炮手们喝得醉醺醺的，拿打炮寻开心，一炮打出去，炮弹从炮膛里直落到一座死火山的山口上爆炸了。突如其来的意外使火山口也开始喷发。鬼晓得这座火山叫什么名字。好像叫喀拉喀塔卡火山吧。喷发得可真厉害啊！当地老百姓有四十人丧生。想想看，为这半副金牙竟然死了这么多人！后来才知道这半副金牙是我们上校丢的。事情当然暗中了结了，军团的威信高于一切嘛。不过当时我们可真喝了个够。"

"那是在什么地方发生的？"苏姬怀疑地问。

"我说过了，在安南。在中南半岛。那里的海冒着火，像地狱一样，水母像芭蕾舞女演员镶花边的短裙。那里潮湿极了，一夜之间我们靴子里就长出了蘑菇！我要是撒谎，你把我吊起来！"

这事以前沙梅听过许多士兵撒谎，但他自己从来不说谎话。

① 苏姬，苏珊娜的昵称。

并不是因为他不会，而是感到没有必要。但是现在他认为让苏珊娜开心是他义不容辞的责任。

沙梅把小姑娘带到鲁昂，亲手交给一个撇着发黄的嘴唇的高个子妇女，那是苏姬的姑妈。老妇人的衣服上浑身上下缀满了黑玻璃珠，像马戏团的一条蛇。

小姑娘一见她就紧贴着沙梅，抓住他退色的军大衣。

"不要紧！"沙梅小声说，轻轻推了一下苏珊娜的肩膀，"我们这些普通士兵不能选择我们连长。苏姬，就忍着点儿吧，你是女兵啊！"

沙梅走了。他好几次回头看了看这所孤寂的房子的窗口，连风都不来吹动这里的窗帘。狭窄的街道上，可以听到两旁小店里传出忙乱的钟声。沙梅的军用背包里收藏着苏姬的纪念品——她扎辫子用的一条揉皱了的蓝色缎带。不知为什么，缎带散发出一股淡淡的幽香，好像它在一篮紫罗兰里放了许久。

墨西哥的热病损害了沙梅的健康。他没有拿到军衔就从军队复员了，从一名士兵去当普通老百姓。

多年来他始终生活在贫困之中。沙梅尝试过多种卑贱的职业，最终当上了巴黎的清洁工。从此尘土和污水味就和他结下了不解之缘。他甚至从塞纳河吹来的微风中，从林荫道上干净利落的老太婆们出售的一束束鲜花上，都能闻到这股味道。

日复一日的生活汇聚成黄色的云团。但是在沙梅的内心深处偶尔也会浮出一片缥缈的粉红色的云，那是一件苏珊娜的旧连衣裙。它散发出一股清新的春天的气息，仿佛它也曾在一篮紫罗兰里放了许久。

苏珊娜,她在哪里?她怎么样?沙梅知道,她现在已经长成大姑娘了,她父亲因伤去世了。

沙梅一直打算去鲁昂看望苏珊娜。可他每次都推迟了行期。最终他明白自己已经错过了时机,苏珊娜肯定已经把他忘了。

每当他回想起他们分别时的情景,他总责骂自己是蠢猪。他不是去亲吻小姑娘,而是把她朝那个臭老婆子推过去,说:"苏姬,就忍着点儿吧,你是女兵啊!"

都知道,清洁工是夜里干活儿的。这里有两个原因:一是一整天紧张的但不一定对人们有好处的活动所产生的垃圾,要在一天结束时才能汇总;二是巴黎人的视觉和嗅觉不容玷污。夜里除了老鼠,几乎没有人会留意清扫垃圾的工作。

沙梅已经习惯夜里干活儿,甚至喜欢一天中的这段时间,尤其是巴黎破晓的那一刻。塞纳河上雾气迷蒙,但它从不漫过桥栏。

一次,就是在这样一个雾蒙蒙的黎明,沙梅在走过残废军人桥时,看到一位少妇穿一件淡紫色镶黑花边的衣服。她站在桥栏旁,凝望着塞纳河。

沙梅停下脚步,摘下满是灰尘的帽子,说:

"夫人,这个时候塞纳河河水很凉。还是让我送您回家吧。"

"我现在已经没有家了。"妇人匆匆地回答说,朝沙梅转过身来。

沙梅一失手把帽子掉到地上。

"苏姬！"他悲喜交集，说，"苏姬，我的女兵！我的小姑娘！我总算又见到你了。你大概把我忘了吧。我是让·欧内斯特·沙梅，第二十七殖民军团的普通士兵。是我把你带到鲁昂你那个可恶的姑妈家的。瞧你出落成一个美人儿了！你的头发也梳得真漂亮！我这个当勤务兵的可一点儿也不会梳！"

"让！"那妇人尖叫了一声，扑到沙梅怀里，搂住他的脖子大哭起来，"让，您还跟过去一样好心肠。我都记得！"

"哎呀，说傻话！"沙梅喃喃地说，"我的好心肠能给谁带来好处。你怎么了，我的小姑娘？"

沙梅把苏珊娜拉到身边，抚摸并亲吻了一下她那光亮的头发，这是他在鲁昂时不敢做的。他立即闪开，生怕苏珊娜会闻出他衣服上的鼠腥味。但是苏珊娜在他肩上贴得更紧了。

"你怎么了，小姑娘？"沙梅不知所措，又说。

苏珊娜没有答话。她止不住恸哭。沙梅明白，现在什么也不要问。

"我在城堡边上有一间小屋。离这里不算远。当然，屋里一无所有。但是可以烧热水，在床上睡觉。你可以在那里洗洗脸，休息一下。总之，你愿意住多久，就住多久。"沙梅急急忙忙说。

苏珊娜在沙梅那里住了五天。这五天巴黎上空升起了一轮非同寻常的太阳。所有的建筑物，甚至包括一些最古老的被烟熏黑的建筑物，所有的花园，连沙梅的小棚屋，都像宝石一样在这轮太阳的光辉照耀下熠熠生辉。

没有体验过少妇熟睡时几乎听不到的轻微呼吸声带给你的激

情，你就不会懂得什么是温馨。她的双唇比含露的花瓣还要鲜亮。夜里流下的泪花在她的睫毛上闪烁。

是的，苏珊娜的遭遇不出沙梅所料。她的情人，一个年轻演员负心了。但是苏珊娜在沙梅家度过五天足够让他们和好。

沙梅也参与了此事。他不得不替苏珊娜送信给那个演员，而当那个演员要塞几个苏①的茶钱给他时，他又把那个懒散的花花公子教训了一顿，教他要讲礼貌。

不久，演员就乘出租马车来接苏珊娜了。一切都按照常规：一束鲜花、亲吻、含泪的笑、追悔和存有芥蒂的轻松。

这对年轻人临走时，苏珊娜显得那样匆忙。她忘记跟沙梅道别就跳上了出租马车。但她即刻想起来，涨红了脸，歉疚地向沙梅伸过手去。

"既然你按照自己的趣味选择了生活，"末了，沙梅埋怨说，"那就祝愿你幸福吧。"

"我还一点儿都不知道呢。"苏珊娜说，眼眶里闪着泪花。

"你别激动，我的小宝贝儿，"年轻演员不以为意地曼声说，接着又说，"我迷人的小宝贝儿。"

"假如有人送我一朵金蔷薇就好了！"苏珊娜叹气说，"那样才会幸福呢。我记得您在船上讲的故事，让。"

"天晓得！"沙梅回答说，"不管怎么说送给你金蔷薇的不会是这位先生。对不起，我是当兵的，我不喜欢虚有其表而腹中空

---

① 苏，法国辅币，二十苏为一法郎，1947年起停止使用。

空的人。"

一对年轻人面面相觑。演员耸了耸肩。马车启动了。

沙梅通常把一天从手工艺作坊扫出的垃圾全部倒掉。但是自从他这次遇到苏珊娜之后，他就不再把从首饰作坊扫出来的碎屑倒掉了。他开始悄悄把这些碎屑装到一个口袋里，带回家去。街坊们都说这个清洁工"疯了"。很少有人知道这些碎屑中掺有金屑，因为首饰匠在加工时总会锉掉一些金子。

为了苏珊娜的幸福，沙梅决心从加工珠宝的粉尘中把金屑筛出来，用金屑铸成金锭，然后再用金锭打成一朵小小的金蔷薇。也许，正像母亲对他说过的，这朵金蔷薇会给许许多多普通人带来幸福。谁知道呢！他决心在这朵金蔷薇没有做成之前，不再和苏珊娜见面。

这事沙梅对谁也没有说。他害怕政府和警察。这帮刁钻的鹰犬什么都想得出来。他们会说他是贼，把他关进监狱，没收他的金子。不管怎么说，这金子毕竟是别人的。

沙梅入伍前曾在村中本堂神甫农场里当过雇工，因此懂得怎样扬谷子。如今他学到的那套本领派上了用场。他想起怎样簸谷子，沉甸甸的谷粒落到地上，而轻飘飘的谷糠则被风吹走。

沙梅装了一只小簸扬机，每天深夜在院子里扬珠宝的粉尘。在没有看到斜槽里有几乎看不见的金屑以前，他心里很着急。

过了许久他才积攒出够铸一小块金锭的金屑。但他并没有立刻把它交给首饰匠打金蔷薇。

这并不是因为他缺钱，只要把金锭的三分之一作加工费，任何一个首饰匠都会满意地接下这件活计。

问题不在这里。和苏珊娜见面的日子一天天临近了。沙梅却不知从什么时候起，开始害怕那一刻的到来。

他想把早已被他深埋在心底的柔情只献给她，献给苏姬。可谁又稀罕一个形容枯槁的丑八怪的温情呢！沙梅早就发现，凡是遇到他的人，唯一的愿望就是赶快走开，忘掉他那张皮肤松弛、消瘦发灰的脸和刺眼的目光。

他的小屋里有一块破镜子。沙梅有时也照一下，但是刚照就骂骂咧咧地把镜子扔了。他这副丑陋的样子，两条害风湿病的腿走起路来一瘸一拐，还是不看为好。

当金蔷薇终于打成以后，沙梅才听说苏珊娜已于一年前离开巴黎到美国去了，而且据说永远不会回来了。没有人能说出她的地址。

最初沙梅甚至感到松了一口气。可是后来，企盼与苏珊娜亲切而又轻松会面的愿望，不知为什么变成了一块锈铁。这块刺人的铁片堵在沙梅胸口，正好在心脏旁边，沙梅祈求上帝尽快让铁片刺入他衰弱的心脏，好让心脏永远停止跳动。

沙梅不再去打扫作坊了。他在自己的草棚里，面壁躺了好几天。他一直沉默，只有一次他用破衣服的袖子紧紧捂住眼睛笑了。但是没有人看见。街坊四邻甚至没有人来看望沙梅——家家都在忙自己的事。

关心沙梅的只有那个上了年纪的首饰匠。正是他用金锭给沙梅打了一朵非常精致的蔷薇花，花枝上还有一个尖尖的小花骨朵儿。

首饰匠常来看望他,但是没有给他带药来。他认为药对沙梅不起作用。

果不出所料,就在一次首饰匠来探望的时候,沙梅悄悄地死去了。首饰匠抬起清扫工的头,从发灰的枕头下边拿出用皱巴巴的蓝缎带裹着的金蔷薇,随手带上吱吱作响的门,从从容容地走了。缎带散发出一股老鼠的气味。

正值晚秋时节。苍茫的暮色在晚风和时明时灭的灯火中摇曳。首饰匠想起沙梅死后的面容改变了许多,变得严峻而平静。首饰匠觉得那张面孔上的痛苦表情甚至很美。

"生活没有给予他的一切,由死神给予了。"首饰匠就喜欢瞎琢磨,他大声舒了一口气。

首饰匠很快就把这朵金蔷薇卖给了一位上了年纪、落拓不羁的文学家。据首饰匠看来,这人并不富裕,没有能力买这样贵重的东西。

显然,首饰匠对这位文学家讲金蔷薇的故事,在这次交易中起了决定性的作用。

我们应该感谢这位老作家,正是由于他的札记,从前第二十七殖民军团士兵让·欧内斯特·沙梅这段心酸的经历才为人所知。

这位作家在他的札记中写道:

> 每一个瞬间,每一个偶然投来的词语或眼神,每一个缜

密的思想或一句戏言，每一个人类心灵的细微活动，以及杨树的飞絮，夜间映在水塘里的点点星光，这些同样都是金粉的碎屑。

我们文学家在几十年里搜寻这无数的细沙，为自己悄悄把它们收集起来，熔成合金，然后铸成自己的"金蔷薇"——中篇小说、长篇小说或长诗。

沙梅的金蔷薇啊！我认为它多少可以说是我们创作活动的示范。奇怪的是，竟然没有一个人花力气去探究，怎样从这些珍贵的微尘中诞生出汹涌澎湃的文学洪流。

但是，正如那位老清洁工的金蔷薇是为了给苏珊娜带去幸福，我们的创作也同样是为了祝愿大地变得美丽，召唤人们为争取幸福、欢乐、自由而战斗，愿人类心胸宽广，愿理性的力量战胜黑暗，愿它像不落的太阳永放光芒。

（曹苏玲　译）

圆石上的铭文

> 对于作家而言,只有他确信自己与他人的良心和谐一致时,他才会满心欢喜。①
>
> ——萨尔蒂科夫-谢德林

我住在滨海沙丘上的一座小房子里。整个里加海滨白雪茫茫。积雪一刻不停地从高耸的松树上一长缕一长缕地飞落下来,散成细细的雪粉。

积雪飞落,一半因为风吹,一半因为松鼠在松树间跳来跳去。万籁俱寂之时,可以听得见松鼠啃食松果皮的声音。

房子紧靠海边。但要想看见海,须得走出篱笆门,顺着雪地上踩出的小径稍稍走一段,绕过钉得结结实实的别墅。

这座别墅的窗上还挂着夏天的窗帘,随着微风轻轻晃动。或

---

① 引自萨尔蒂科夫-谢德林的《寄语波谢洪尼耶人》。原文是:"作家不是在漆黑的洞里履行天赋使命的田鼠,而是社会的人,爱好交往的人,对于作家而言,只有他确信自己与他人的良心和谐一致时,他才会满心欢喜。"

许，风从不易察觉的缝隙吹进了空荡荡的别墅，但是从远处看，似乎是有人正撩起窗帘，偷偷地看着你。

海水没有结冰。白雪覆盖着大地，一直延伸到海边。雪地上能看到兔子的脚印。

海上起浪时，听到的不是哗哗的拍岸涛声，而是冰破碎时发出的咯吱咯吱声和雪落下时的簌簌声。

冬天的波罗的海空旷而阴郁。

拉脱维亚人把波罗的海称作"琥珀之海"（"晶塔拉悠拉"）。或许，这不仅是因为波罗的海盛产琥珀，还因为海水泛起琥珀一般黄莹莹的光彩。

海平线上整天弥漫着层层浓雾，遮蔽了低低的海岸轮廓，只能在这浓雾中隐约看见海面上空飘落着毛茸茸的白丝绦——那里正在下雪。

偶有今年早早赶来的野雁飞落水上，不停地鸣叫着。它们焦急不安的叫声沿着海岸传至远处，却没有引起一声应和——因为冬天海边的林子里几乎没有鸟。

白天，在我居住的房子里，生活千篇一律——五颜六色的瓷砖砌成的火炉里，木柴噼啪作响，我的打字机发出轻轻的敲击声，沉默寡言的清扫女工莉莉娅坐在舒适的前厅里钩着花边——一切都那么平淡而简单。

但是到了晚上，房子笼罩在一片漆黑中，松树好像离房子更近了。当你从灯火通明的前厅走到外面时，孑然一身面对着寒冬、大海和深夜，你便被一种孤独的感觉所包围。

大海延伸至几百俄里外乌黑的远方。海面上看不到一点儿光亮，也听不到一丝涛声。

小房子仿佛是最后一座灯塔，矗立在雾蒙蒙的深渊边缘，大地突然在这里消失。因此，房子里的灯光安静地亮着，收音机唱着歌，柔软的地毯减轻了脚步声，而桌子上堆放着打开的书籍和手稿，这幅景象看起来很是奇怪。

由此往西，在通往文茨皮尔斯①的方向，隔着一层雾气坐落着一座小渔村。这是一个普普通通的小渔村：一张张渔网迎风吹干，一座座低矮房子的烟囱里冒着低低的烟柱，一艘艘小汽艇被拉拽到沙滩上，一只只容易上当的、毛茸茸的狗四处游荡。

拉脱维亚渔民在这个村子里生活了几百年，一代又一代。金发姑娘们眼神羞怯，说起话来像唱歌一样，她们慢慢变成饱经风霜、粗大壮实、裹着厚实头巾的老太婆。两颊绯红、戴着漂亮考究的鸭舌帽的小伙子，也渐渐变成胡子拉碴、眼神安详的老头儿。

但是，渔民们还是像几百年前一样出海，去打波罗的海鲱鱼，也像几百年前一样并非都能生还。尤其是秋天，波罗的海在风暴中波涛汹涌，如同恶魔之锅，冰冷的泡沫浮沉翻腾。

但是不管发生什么，不管多少次不得不脱帽悼念葬身大海的同伴，他们还是要继续自己的事业，这是祖辈相传的事业，尽管充满千难万险，但决不向大海屈服。

村子附近的海里矗立着一块巨大的花岗岩圆石。还在很久以

---

① 文茨皮尔斯，拉脱维亚西海岸的港口城市。

前,渔民们就在上面刻下铭文:"悼念所有命丧大海和终将命丧大海之人。"这行铭文远远就能望到。

我知道这行铭文后,觉得就像其他所有悼词那样令人伤感。但是跟我讲述这行铭文的一位拉脱维亚作家却不认同,他对我说:

"恰恰相反。这是一行英勇无畏的铭文。它说明,人们永远不会屈服,不管什么情况下都会坚持自己事业。我想把这行铭文作为引言写进任何一本歌颂人类劳动和坚韧不拔精神的书中。于我而言,这行铭文仿佛是在说:'悼念那些战胜并即将战胜这片大海之人。'"

我同意他的说法,于是就想,这句引言也适用于赞颂作家劳动的书。

面对痛苦,作家一分钟都不能屈服,也不会在困难面前退缩。不管发生什么,他们都应该坚持自己的事业,这是先辈嘱托的事业,也是同时代人托付的事业。难怪萨尔蒂科夫-谢德林说,如果文学开始沉默,哪怕只有一分钟,也会无异于人民死亡。

写作既不是一门手艺也不是一份工作。写作是一份使命。如果我们深入理解某些词,了解它们真正的发音,我们就会发现它们最初的含义。"使命"一词正是源于"召唤"这个词。

召唤一个人的从来不是手艺,召唤他的只有履行的职责和艰巨的任务。

究竟是什么使得一个作家从事尽管有时痛苦却美好的劳动呢?

首先,这是他本人内心的召唤。良心的声音和对未来的信心,不会让一位真正的作家如一朵无实花一样苟活在大地上,而不将充溢着自己内心丰富多彩的思想情感向人们和盘托出。

一个作家如果不为人们的视力增加哪怕是一丁点儿敏锐，就不能算是一个作家。

一个人成为作家不仅仅是因为内心的召唤。我们大多是在青少年时期听到这种心声，那时还没有什么能够束缚我们鲜活的情感世界，也没有什么能将其撕成碎片。

但是成熟期一旦来了，我们就能清晰地听到，除了自己内心的召唤，还有一种强有力的新的召唤：这就是时代和人民的召唤，是人类的召唤。

使命的召唤和内心的愿望，能够激励一个人创造奇迹，经受种种沉重考验。

有个例子可以证明这一点，这就是荷兰作家爱德华·德克尔的命运。他的笔名是穆尔塔图利，在拉丁语中是"饱经苦难之人"的意思。

我正是在这阴郁的波罗的海岸边想起了德克尔，或许是因为他的祖国尼德兰也绵延着同样暗淡的北方海滨吧。谈及祖国，他满怀痛苦和羞耻地说："我是尼德兰的儿子，一个横在弗里斯兰和海尔德之间的强盗之国的儿子。"

荷兰当然不是文明的强盗之国。强盗是少数，他们无法反映人民的面貌。这是勤劳人民的国家，是造反"乞丐"[①]和梯尔·欧

[①] 造反"乞丐"，指弗兰德斯爱国人士，曾掀起反对西班牙统治的起义。

伦施皮格尔①后代的国家。至今"克拉阿斯的骨灰敲击着"②很多荷兰人的心,也敲击着穆尔塔图利的心。

穆尔塔图利出身于世代相传的水手家庭,他被任命为爪哇岛的政府官员,不久以后甚至被任命为这个岛屿一个区的驻扎官。他的前途将会是各种荣誉、奖赏、财富,甚至有可能会任总督一职,但是……"克拉斯的骨灰敲击着他的心"。因此穆尔塔图利对这些好处不屑一顾。

他凭着非凡的勇气和坚韧试图从内部粉碎荷兰当局和大商人对爪哇人的长期奴役。

他总是保护爪哇人,不使他们受欺凌。他对贪污分子严惩不贷。他嘲笑总督及其近臣,当然,这些人都是虔诚的基督徒,他便引用基督对亲人之爱的道义来辩护自己的行为。虽然他无可辩驳,但却可以被消灭。

爪哇人爆发起义时,穆尔塔图利站到起义者这边,因为"克拉斯的骨灰继续敲击他的心"。他怀着感人肺腑的爱描写爪哇人,描写这些天真烂漫的孩子,同时满腔愤怒地控诉他的同胞。

他揭露荷兰将军们想出来的卑劣的军事行动。

爪哇人极爱清洁,厌恶污秽,荷兰人把这一点也算计上了。

① 梯尔·欧伦施皮格尔,比利时作家沙尔·德·科斯特(1827—1879)《欧伦施皮格尔和拉姆·戈查克在佛兰德和其他地方的光荣、快活、英勇的奇遇和传说》一书中的主人公。
② 引自梯尔·欧伦施皮格尔的话:"克拉阿斯的骨灰在敲击着我的心。"克拉阿斯是梯尔之父。

进攻时,他们命令士兵往爪哇人身上抛掷粪便。爪哇人迎战猛烈的枪火时毫不畏惧,却无法抵抗这样的战斗,于是就撤退了。

穆尔塔图利遭免职,被遣送至欧洲。

他连续几年向荷兰国会为爪哇人争取公平正义。他四处宣扬这一主张。他给各个部长和国王写请愿书。

但是白费力气。别人都是不耐烦地勉强听他说完。很快,他就被称为一个危险的怪人,甚至还有人说他是一个疯子。他无处求职。他的家人都在挨饿。

那时,穆尔塔图利听从心声,换言之,听从心中早就怀有但当时仍模糊不清的使命,他开始写作了。他写了有关爪哇荷兰人的揭露性长篇小说《马克斯·哈弗拉尔,或咖啡贩子》。但这只是小试牛刀。在这本书里他似乎还在摸索他尚未牢牢掌握的基本文学技巧。

而他的第二本书《情书》却是以惊心动魄的力量写成的。这种力量源于穆尔塔图利对自己正义感的狂热信念。

书中有些章节像一个人看到骇人听闻的不公平而抱住头发出的痛苦呐喊,有些章节像尖锐且机智的抨击性寓言,有些章节像对所爱之人的温柔慰藉却又带着悲伤幽默色彩,有些章节像为恢复自己童年天真信念而做出的最后尝试。

"没有上帝,否则他应该是善良的,"穆尔塔图利写道,"何时才能彻底停止对穷人的盗劫!"

他离开荷兰,希望在异国挣得一口饭吃。妻儿留在阿姆斯特丹,因为他没有多余的一分钱把家人带在身边。

这个嬉笑怒骂、受尽磨难、与体面社会不相容的人，贫困交加地浪迹于欧洲各个城市，他写啊写啊，不停地写。他几乎收不到妻子的来信，因为她甚至没有足够的钱来买邮票。

他思念妻儿，尤其是蓝眼睛的小儿子。他担心这个小男孩不会再对人们露出天真烂漫的笑脸，希求大人不要让他过早地流下眼泪。

没有人想出版穆尔塔图利的书。

终于，有了转机！一家大型出版社同意购买他的手稿，但条件是他不再去别处出版这些书。

历经苦难的穆尔塔图利同意了。他返回祖国。出版社甚至还给了他一点儿钱。但是购买手稿只是为了让这个人卸下武装、无法反抗。手稿出版数量有限且价格无人企及，这就无异于毁了这本书。荷兰商人和当局不控制住这个"火药桶"，是不会感到安心的。

穆尔塔图利终究没等到公平正义就去世了。他本来能写出更多的一流作品，这种作品正如常言所说，不是用墨水而是用心血写就的。

他拼尽全力地斗争，一直到死。但是他"战胜了大海"。或许，很快在独立的爪哇岛上，在雅加达，将会为这位无私受难者树立起纪念碑。

这就是一个把两项伟大使命集于一身的人的一生。

在狂热地忠实于自己的事业这一点上，穆尔塔图利有一位同行，也是荷兰人，而且是同时代人，这就是画家文森特·梵·高。

很难找到一个比梵·高一生为了艺术而这样忘我的例子了。他梦想在法国建立"画家联盟",在这种公社团体里,什么都无法阻止画家献身绘画事业。

梵·高历尽艰辛。他在自己的两幅画作《吃土豆的人》和《囚犯放风》中陷入人类绝望的谷底。他认为,画家的事业就是竭尽全力、竭其所能与痛苦对抗。

画家的事业是创造快乐。他用自己最擅长的手段——色彩——来创造快乐。

他在自己的画布上改变大地的模样。他仿佛用有灵之水冲洗了大地,整个大地呈现出鲜艳饱满的色彩而熠熠发光,每一棵老树都变成了一件雕塑作品,每一块三叶草田野都变成画作里朴素花环的阳光。

他用自己的意志使变化多端的色彩定格,这样我们才能尽情欣赏各种色彩的美。

难道可以就此断定梵·高对人漠不关心吗?他把所拥有的最好的东西——在这繁花似锦、争奇斗艳、变幻多姿的大地上生活的才能,献给了人们。

他贫穷、高傲,不切实际。他把最后一口吃的分给无家可归的人,他亲身体会到什么是社会不公。他对微不足道的成就不屑一顾。

当然,他不是一个战士。他的英雄主义在于狂热地相信庄稼人、工人、诗人和学者这些劳动人民必定会有美好的未来。他没能成为一个战士,但是他想为未来宝库贡献自己的一份力量——

献出自己赞颂大地的画作，他也做到了。

在各种各样美的形式中，梵·高只选了一种：颜色。他总是惊叹于大自然完美的色彩关系、色彩的千变万化，以及那种总是在变化却又一年四季处处都美的大地色彩。

是时候对梵·高，对弗鲁贝尔①、鲍里索夫－穆萨托夫②、高更③这样一些画家，以及很多其他画家重新公正评价了。

我们需要一切能够丰富社会主义人民内心世界的东西，需要一切能使其情感生活高尚起来的东西。难道需要证明这个尽人皆知的道理吗？！

实际上，我们应该掌握所有时期和所有国家的艺术。我们应该把那些只因为美不取决于他们的意志而反对美的伪君子和恶人从我们的国家驱逐出去。

请原谅我从文学领域跑题到了美术领域。我认为，所有艺术门类都有助于作家完善自己的技巧。关于这一点还会另谈。

* * *

不要丢掉使命感。无论是冷静思考还是文学经验都代替不了

---

① 米哈伊尔·阿列克谢耶维奇·弗鲁贝尔（1856—1910），俄国画家。
② 维克多·埃利皮季弗罗维奇·鲍里索夫－穆萨托夫（1870—1905），俄国画家。
③ 保罗·高更（1848—1903），法国画家，后印象派代表人物。

使命感。

　　真正的作家使命完全不包括那些微不足道的怀疑论者给作家凭空捏造的品质，例如，虚伪的激情，作家自认为的高人一等。

　　普里什文是一个具有绝对的作家使命感的人。他一生听从于作家使命。然而，正是他说了一句至理名言：

　　　　作家最大的幸福不是觉得自己是与众不同的孤家寡人，而要做一个无异于众人的人。

（孟宏宏　译）

刨 花

每当我思考自己从事的文学工作时,我就常常问自己:这究竟始于何时?总体上是怎样开始的?最初是什么使得一个人一旦拿起笔就不再放下,直至生命的终点?

最难的事莫过于回想起这始于何时。显而易见,一个人的写作欲望作为一种精神需求,远远早于他写满几令纸前即已萌生,萌生在少年时代,甚至可能在童年时代。

在童年和少年时代,世界对我们来说是和成年时期完全不同的。在童年时代,太阳更炽热,青草更茂盛,雨水更丰沛,天空更晴朗,每个人都有趣极了。

对孩子而言,每个大人都有点儿神秘:无论是手持一套散发刨花气味的工具的木匠,或是知道草为何染成绿色的科学家。

诗意地理解生活和我们周围的一切,这是童年时代赠予我们最大的礼物。

如果一个人在漫长而理性的岁月里没有丢失这件礼物,那么他就是一个诗人或作家,诗人和作家归根结底是没有太大差别的。

能够感觉到生活不断更新,这就是艺术赖以开花结果的肥沃土壤。

当我是一名中学生时,不用说,我写过诗,而且写了好多好多诗,一个月就能写满整整一厚本练习簿。

那时的诗写得很糟,夸张华丽,可当时我却自以为写得相当美。

这些诗现在我都忘了,只记得个别诗行。比如下面这些:

啊,快从低垂的枝条上摘下花朵!
雨水正静悄悄地在田野间洒落。
片片黄叶飞向暮色朦胧的天涯,
那里燃烧着红彤彤的秋日晚霞……

越往后写,我在诗里堆砌的形形色色、华而不实的辞藻就越多:

追忆最爱的萨迪勾起忧伤惆怅,
在缓缓流逝的岁月篇章里像蛋白石一样闪光……

为何忧伤惆怅"像蛋白石一样闪光",无论当时还是现在我都无法解释。我只是迷恋于词语本身的发音,而未曾思考其意义。

关于海的诗我写得最多,可那时我对海几乎一无所知。

我写的并非某个具体的海,诸如黑海、波罗的海或者地中海，而是洋溢着节日气氛的"笼统的海"。这种海将所有缤纷的色彩和一切远离现实生活和时空的不羁浪漫集于一身。当时在我看来，这种浪漫就像浓稠的大气一样包围着整个地球。

这是泡沫飞溅、欢心愉悦的大海，是飞驰的轮船和勇敢航海家的故乡。海岸上一座座灯塔闪耀着绿宝石般的光芒，每个码头都沸腾着逍遥自在的生活景光，一个个皮肤黝黑的绝色女郎都在我的笔下坠入残酷煎熬的情网。

的确，时过经年，我写诗所用的华丽辞藻越来越少，诗中的新奇也开始慢慢消失。

但是，说实话，童年和少年时代总是免不了向往新奇，这新奇或者来自热带国家，或者来自国内战争。

在童年时代，谁不曾围攻过古老的城池高墙，谁不曾战死在麦哲伦海峡或新地岛岸边挂着破烂不堪白帆的海船上，谁不曾与恰巴耶夫一道乘着马车疾驰在外乌拉尔山的草原上，谁不曾找寻过被史蒂文森巧妙藏于神秘岛屿的宝藏，谁不曾听过博罗季诺战役[①]中的旗帜猎猎作响，谁又不曾帮助过莫格利穿越印度斯坦寸步难行的林莽？

新奇赋予生活几分非同寻常的色彩，这对每个年少而敏感的人都是不可或缺的。

---

① 1812年9月7日（俄历8月26日）发生在波罗金诺村附近的一场战役，俄军在米·依·库图佐夫的统率下以顽强英勇的防御打破了拿破仑歼灭俄军的计划，为法军战败奠定了基础。——帕乌斯托夫斯基注

狄德罗①所言不虚，他说，艺术就是于平凡中发现不平凡，于不平凡中发现平凡。

无论如何，对于自己童年时代曾迷恋于异国情调，我毫不后悔。

当然，我的这种迷恋并非突然消失，而是持续了很久，如同丁香花的芬芳久久弥漫在花园里。这种迷恋甚至使我眼中熟悉到有点儿厌烦的基辅改变了模样。在基辅的一座座花园里，金色的晚霞绚丽灿烂。在第聂伯河对岸，漆黑的夜空不时打着闪电。我仿佛觉得那里坐落着一个神秘莫测的雷雨之国，处处树叶呼啸。

春天把黄灿灿的栗子花撒满了整个基辅城，花瓣上布满了红点点。花儿数量之多，以致下雨时落花成堆，挡住了水流，于是有些街道竟成了小小的湖泊。

雨过天晴，基辅上空像月亮石砌成的穹顶一样光辉灿烂。此情此景，我出乎意料地回忆起这些诗句：

> 春天的神秘力量，连同额上繁星点点
> 　　主宰着万物。
> 温柔的你啊，在这纷纷扰扰的人世间
> 　　许我以幸福。②

---

① 德尼·狄德罗（1713—1784），法国哲学家、作家、百科全书派创始人，主编《百科全书》。
② 引自阿·阿·费特诗作《五月之夜》。——帕乌斯托夫斯基注

此时的我第一次萌动了对爱情的憧憬,那是一种奇妙的状态,我觉得几乎所有的姑娘都是那么美好。在大街上、花园中、电车里与少女萍水相逢时,她们身上任何一个转瞬即逝的特征——羞涩而专注的明眸秋波,秀发散发的淡淡香味,双唇微启间的皓齿微露,微风拂过露出的娇小膝盖,无意间碰到的冰凉手指——这一切都令我遐想,我的生命中迟早也会邂逅爱情。我对此深信不疑。我愿意这样浮想联翩,而且我的确也是这样想的。

每一次这样的相遇都会引发我莫名的惆怅。

我贫困的、事实上也是相当痛苦的青年时代中的大部分时光,都是在诗歌和懵懂的激动不安中度过的。

很快我就放弃了写诗,因为我明白了,我写的诗是漂亮的彩条拉花,是涂色华丽的刨花,是闪闪发光的金箔纸。

放弃诗歌后,我写出了自己的第一部短篇小说,这部小说有自己的故事,我会在下一章讲述这个故事。

(孟宏宏 译)

第一篇短篇小说

我乘坐轮船顺着普里皮亚季河从切尔诺贝利镇回到了基辅。这个夏天我是在切尔诺贝利近郊退休将军列夫科维奇荒芜的庄园里度过的。我的班主任推荐我到列夫科维奇家做家庭教师,辅导将军愚顽的小儿子准备两场秋季补考。

老式的地主宅第建在洼地上。每到晚上,周围就笼罩着凉飕飕的雾气。青蛙在周围的泥塘里不停地聒噪,杜香的气味熏得让人头痛。

列夫科维奇的儿子们爱胡闹,每到傍晚茶时分,就直接从凉台用枪打野鸭。

列夫科维奇本人身材肥胖,蓄着灰白色的小胡子,凶狠刻薄,鼓着一双黑眼睛,整天坐在凉台上柔软的圈椅里气喘吁吁,偶尔嘶哑着嗓子喊道:

"哪像个家,就是一帮二流子!就是个酒馆!我把你们都赶到鬼婆子那儿去!一个子儿都不给你们留!"

但是没人理睬他嘶哑的喊叫。庄园和宅第由他的妻子"列夫科维奇夫人"掌管,她还不老,爱卖俏,但为人非常吝啬。整个夏天她都穿着一件咯吱作响的紧身胸衣。

除了几个淘气的儿子，列夫科维奇还有一个女儿，一个二十岁左右的姑娘。大家叫她"圣女贞德"。她从早到晚都像男人一样骑着一匹深栗色的烈马，做出一副女魔头的样子。

她最喜欢重复"鄙视"这个词，但大多数情况下毫无用意。

我和她相识时，她从马背上向我伸出手，盯着我的眼睛，说："鄙视！"

我一直没想过能逃离这个疯狂的家庭，因此当我终于上了马车，坐在用家织粗布盖着的干草上时，我感到了无比的轻松。马车夫"依纳爵·罗耀拉"①（列夫科维奇家所有人都用历史人物的名字起个绰号，也可以随便点儿，叫他伊格纳特）猛地一拉缰绳，我们就一步步地向切尔诺贝利出发了。

我们刚刚驶出庄园的大门，便是一片长满矮树林的低洼地，这里的寂静立刻扑面而来。

我们直到日暮时分才缓缓来到切尔诺贝利，投宿在一家大车店里。因为轮船晚点了。

大车店的主人是一个上了年纪的犹太人，姓库舍尔。

他安排我睡在小客厅里，这里挂着祖先的遗像，是一群戴着丝制小圆便帽的花白胡子老头和戴着假发、披着黑色花边披肩的老太婆。

厨房的小灯散发着煤油的臭味。我一躺到厚实闷热的羽毛褥子上，臭虫就从所有缝隙里成群结队地向我爬来。

---

① 依纳爵·罗耀拉（1491—1556），天主教耶稣会创始人。

我跳起来，急忙穿上衣服来到门廊。房子坐落在河滩旁。普里皮亚季河不时闪着昏暗的光。岸上放着成堆的木板。

我坐在门廊的长凳上，竖起中学生外套的领子。夜晚寒气逼人，我全身发冷。

台阶上坐着两个陌生人。一片漆黑，我看不清他们。一个抽着黄花烟，另一个弯腰坐着，好像在睡觉。院子里传来依纳爵·罗耀拉如雷的鼾声，他躺在马车里的干草上，我现在很是羡慕他。

"是臭虫吗？"抽黄花烟的人高声问我。

听嗓音我认出了他。这是个身材矮小、满面愁容、光脚穿着套鞋的犹太人。我和依纳爵·罗耀拉抵达时，他给我们开了院子的大门，为此要了十戈比。我给了他一枚十戈比的硬币。库舍尔看到之后透过窗户喊道：

"滚出我的院子，叫花子！跟你说了一千遍了！"

但是穿套鞋的人甚至没回头看一眼库舍尔。他向我使了个眼色，说道：

"您听到了吗？别人的每个戈比都让他睡不着觉。他早晚会因为贪婪丧命，记着我说的话！"

当我问库舍尔这是个什么人时，他勉为其难地答道：

"啊，是约西卡！一个疯子。嗯，依我看，如果你生活没着落，那至少要尊重别人。别像大卫王[①]那样从自己的宝座上把人

[①] 大卫王，即以色列犹太国王（公元前11世纪—公元前10世纪）。

看扁。"

"就为那些臭虫，"约西卡对我说，他深吸了一口烟，我看到他两颊的胡子，"您还得给库舍尔加钱。一个人要是想拼命发财，他就什么都干得出来。"

"约夏①！"那个驼背的人突然沙哑着嗓子恶狠狠地说，"你为什么害死赫里斯佳？都一年多了，我还睡不着……"

"这是活该，尼基福尔，你说这些糊涂话有没有点儿脑子！"约夏气呼呼地大声说道，"我害了她？！去您教父米哈伊尔那儿问问，到底谁害了她。或者去县警察局局长苏哈连科那儿问问也行。"

"我的宝贝女儿！"尼基福尔绝望地说道，"我的太阳永远落到沼泽后面去了。"

"够了！"约夏呵斥了他一声。

"给她办个祭祷仪式，连这都不让！"尼基福尔不理约夏，继续说道，"我到基辅直接去找都主教。要是不宽恕，我就缠着他。"

"够了！"约夏又嚷道，"为了她一根头发，我情愿出卖我整个一条贱命。您还说这话！"

他突然哭起来，强忍着，抽噎着。由于克制自己，他嗓子里发出微弱的呲呲声。

"哭吧，坏蛋，"尼基福尔平静甚至赞许地说道，"要不是赫

---

① 约夏，即约西卡。

里斯佳爱上你这个倒霉的拉皮条的人,我早就一下子把你干掉了。我可就作下孽了。"

"来啊!"约夏大叫一声,"快点儿!兴许我就想要这个呢。我在坟墓里烂掉更好。"

"你以前是个傻瓜,现在还是,"尼基福尔伤心地回答,"等我从基辅回来就把你干掉,免得你伤我的心。我是全完了。"

"您把房子扔给谁了?"约夏停止哭泣,问道。

"谁也不给。钉死就完了!我现在住那个房子,就像死人要闻鼻烟一样!"

听着这场谈话,我感觉莫名其妙。普里皮亚季河上空慢慢升腾起浓重的雾气。潮湿的木板散发着刺鼻的药味。整个镇子都能听见懒洋洋的狗叫声。

"要是能知道,那个魔鬼的瓦罐,我是说那个轮船,什么时候来就好了!"尼基福尔丧气地说,"约西弗[①],不然咱们就喝上半瓶,心里也就好受了。可现在去哪里弄上半瓶呢?"

我穿着外套暖和过来了,开始靠在墙上打盹。

早上轮船没来。库舍尔说,轮船因为大雾不知道在哪儿过夜了,没什么可担心的,毕竟轮船要在切尔诺贝利停泊几个小时。

我喝足了茶。依纳爵·罗耀拉驾车走了。

我闲着无聊在镇子上溜达。主街上的小店铺都开着,散发出鲱鱼和洗衣皂的气味。一家理发店门口的大方钉上挂着招牌,门

[①] 约西弗,即约西卡。

口站着一个满脸雀斑的理发师，嗑着瓜子。

由于没事可做，我顺道进去刮脸。理发师一边叹着气，把冰凉的泡沫抹到我的两颊上，一边开始了外省理发店常见的那种客套盘问：我是什么人，为啥来到这个镇子。

突然，一群孩子一边打着口哨一边扮着鬼脸，沿着木板人行道从窗户旁飞跑过去，这时传来了约西卡熟悉的声音：

  我唱着豪放的歌儿也叫不醒
   我那美人儿美好的梦。

"拉扎里！"木隔板后面有个女人叫了一声，"把门闩上！约西卡又喝醉了。这是闹哪一出啊，天啊！"

理发师闩上门，拉上窗帘。

理发师叹了口气解释说："他一看到有人在理发店，马上就进来，又是唱，又是跳，又是哭。"

"他怎么回事啊？"我问道。

但是理发师没来得及回答。从隔板后面走进来一个头发蓬乱的年轻女子，两眼激动得闪着奇异的光。

"听着，顾客！"她说，"首先跟您问个好！其次，拉扎里也讲不出什么来，因为男人不懂女人心。什么？！别摇头，拉扎里！那就听着，好好想想我说的话。您也好知道，一个姑娘爱上一个小伙子，为了爱情，哪怕是下地狱她都愿意。"

理发师说："玛尼娅，别没完没了。"

约西卡已经在远处什么地方叫道:

> 我死后请把我看望,
> 来到我的坟茔,
> 别忘给我带些香肠,
> 再加烧酒一瓶!

"多惨啊!"玛尼娅说,"这个约西卡!那个本应在基辅上学当医生的约西卡,是切尔诺贝利最善良的女人佩霞的儿子。谢天谢地,她死得早,没看到这种丢人的事。您知道吗,顾客,一个女人得有多爱一个男人,才会为他受尽折磨!"

"玛尼娅,你在说些什么!"理发师大声说道,"顾客一点儿都不懂你在说什么。"

"以前我们这儿有个集市,"玛尼娅说道,"光棍护林员尼基福尔带着他的独生女赫里斯佳从卡尔皮洛夫卡来赶集。哎呀呀,要是您看到她就好了!您一定会掉了魂儿!我跟您说啊,眼睛蓝莹莹的,就跟那天空一样,辫子闪闪发亮,像在金水里洗了一样。那个温柔!那个苗条!我都不知道该怎么形容!就说约西卡吧,见到她都不会说话了。爱上她了。我跟您说,我没觉得这有什么大惊小怪的。就是沙皇本人遇见她,也会害相思病。奇怪的是她也爱上了约西卡。您见过约西卡吗?长得小小的,就像那个红头发男孩,说话尖声尖气,满脑子古怪念头。总之,赫里斯佳扔下父亲,住到了约西卡家。您去看看这个家!欣赏欣赏!一只山羊住着都挤,更别说他们三个住了。只是有一点,很干净。您猜怎么着,佩霞像是迎公主一样把她接进了门。于是赫里斯佳和约西卡一起过日子,像他妻子似的。约西卡多高兴啊,满面红光,像盏灯笼。您可知道,一个犹太人和一个东正教教徒生活在一起,会怎么样吗?他们不能举行婚礼。整个镇子就像一百只老母鸡一样咕咕叫起来。于是约西卡决定受洗,就去了教堂找米哈伊尔神父。神父对他说:'应该先受洗,然后再糟蹋一个信基督教的姑娘。你正好反过来了,如今没有都主教的允许,我是不会给你一个耶路撒冷贵族受洗的。'约西卡骂了他一句不好听的话就走了。当时,我们的拉比、我们的先生介入了。他听说约西卡去受洗了,因此在犹太教堂诅咒了他十辈祖宗。尼基福尔也来了,跪在赫里斯佳脚下,求她回家。她就是一直哭,怎么都不回去。嗯,当然,有人背地里教唆男孩子们。他们一看到赫里斯佳就喊:'哎,赫里斯佳,你是犹太人的洁食!想来块禁肉尝尝吗?'接着对她竖中指。大街上所有人都在回头看,一边看着她的背影一边笑。有一次有人一下子隔着栅栏朝她后背扔了一块牲口粪。佩霞大娘的整个房子抹满了柏油,您能想象吗?"

"哎,佩霞大娘!"理发师深吸了一口气,"这才叫个女人呢!"

"别打岔,听我说完!"玛尼娅对他大喊一声,"拉比把佩霞大娘叫到自己这里来对她说:'尊敬的佩霞·伊兹拉伊列夫娜,您在自己家里闹起淫乱之事。您违反了教规。因此我要诅咒您全家,耶和华会把您视为出卖灵魂的女人而惩罚您。可怜可怜自己一头的花白头发吧。'您知道她回答了什么！她说：'您不是拉比，您是个警察！人家相亲相爱，而您向他们伸出沾满脂油的油乎乎的大爪子，关您什么事！'啐了一口就走了。那时拉比在犹太教堂也诅咒了她。瞧，我们这儿多会整人。只是这件事您可谁都别说。整个镇子就靠这事儿活着啦。最后县警察局局长苏哈连科把约西卡和赫里斯佳叫到他那儿说：'约西卡，因为亵渎侮辱希腊俄罗斯教堂神父米哈伊尔，我要把你送交法庭审判。你要在我这里服苦役。我强制把赫里斯佳返还给父亲。给你三天时间考虑。你们把全县都搅得不安生。因为你们我准会受到省长大人的斥责。'

"苏哈连科当时就把约西卡关进了看守所，他后来说，只是想吓唬吓唬。您能想到会出什么事吗？我说了，您都不信，赫里斯佳伤心过度，死掉了。你都不忍心看她。看一眼，好人的心就会碎。她哭了好几天，后来她眼泪都哭不出来了，眼睛就干了，她也不吃不喝。只求让她去约西卡那里。赎罪日当天，也是最后审判日，她晚上睡着就再也没醒过来。她躺在那儿，那么洁白，那么幸福，可能是在感谢上帝带她离开这个卑鄙的尘世。为啥要给她那样的惩罚，非让她爱上那个约西卡？您倒是告诉我：为啥？！难道世上就没有别人可以爱了？苏哈连科立刻就把约西卡释放了，但是他精神已经完全错乱了，从那天起就开始喝酒，向人家讨饭吃。"

"我要是他，宁可死掉，"理发师说道，"给自己脑门来一枪。"

"嚆，您可真勇敢！"玛尼娅惊叹道，"要真是摊上事，您得躲开死神一百俄里。您是不明白，爱情能把女人心烧成灰。"

"什么女人心,什么男人心,"理发师回答,耸耸肩,"有啥区别!"

从理发店出来我去了大车店。不管是约西卡还是尼基福尔都不在那里。库舍尔穿着一件破旧的西装背心坐在窗户旁喝着茶。房间里肥硕的苍蝇嗡嗡叫。

小轮船直到傍晚才到,在切尔诺贝利停泊到夜间。他们在乘客室一个掉色的漆布沙发上给了我一个位置。

夜里又起雾了。轮船船头紧靠着岸边。就这样停到早晨晚些时候,直到雾散尽。我在轮船上没找到尼基福尔。或许,他和约西卡喝过头了。

我之所以不厌其详地讲述这件事,是因为回到基辅后马上把自己最早写诗的练习本付之一炬。我毫不怜惜地看着精美的句子变成灰烬,"泡沫水晶"、"蓝宝石天空"、小酒馆和吉普赛女人的舞蹈一去不复返。

我恍然大悟,原来,伴随爱情的不是"百合慢慢枯萎的折磨",而是一摊摊牲口粪,人们把这些牲口粪扔到一位美丽的、一往情深的女子背上。

想到这里,我就决定写出我的第一篇小说,就像我曾对自己说的那样,写出一篇描写赫里斯佳命运的"真正的短篇小说"。

我绞尽脑汁写了很久,我不明白,为什么我把这篇小说写得了无生气、苍白无力,尽管内容凄惨悲痛。后来我找到了答案。首先是因为小说是根据别人的转述写的;其次是因为我沉溺于赫里斯佳的爱情而忽略了惨无人道的小镇习俗。

我开始重写小说。让我感到惊讶的是，里面再也"容不下"精美的词句。小说需要的是真实和质朴。

我把我的第一篇短篇小说带到过去出版过我诗歌的杂志编辑部，编辑说：

"年轻人，白费力气。这篇短篇小说不可能出版。一个县警察局局长就会让我们吃个大苦头。不过小说整体上写得很扎实。给我们带点儿别的作品吧。请署个笔名吧。您毕竟是个中学生。学校会因为这个把您给开除的。"

我拿走小说藏了起来。直到第二年春天我才又拿出来，读了一遍，又明白了一件事：小说里感受不到作者的存在，既没有他的愤怒，也没有他的思想，更没有他对赫里斯佳爱情的敬仰。

当时我又重写了小说，送到编辑那里，不是为了出版，而是想得到评价。

编辑当场读完了小说，然后站起来，拍了拍我的肩膀，只说了两个字：

"祝贺！"

就这样，我第一次坚信，对一个作家而言，最主要的就是在任何作品中，甚至是这样一篇短短的小说中，都要毫无保留、不惜笔墨地表达自己，从而表达自己的时代和自己的人民。任何情况——无论是假惺惺地羞于面对读者，还是害怕重复别的作家已经说过的内容（但要换个方式），以及因为批评家和编辑而瞻前顾后——都不应该阻止作家表达自己。

写作时要忘记一切，就像为了自己或者为了世上最珍视的一个人写作一样。

要给自己的内心世界以自由,为其打开所有闸门,你就会突然惊异地发现,你的意识中关着太多思想、情感和诗意的力量,远远超乎你的预料。

创作过程本身在其进程中就会获得新的特质,日渐复杂,不断丰富。

这就像大自然中的春天。阳光的温度不变,但是却融化了雪,温暖了空气、土壤和树木。大地一派喧闹,水珠滴滴答答,解冻的水哗哗啦啦,真是万种春信,处处春光。然而,我再说一遍,太阳的温度并未变化。

创作也是如此。意识就其本质而言是不变的,但是写作过程中却能刮起旋风,带来文思泉涌,新的思想、形象、感受和词句汩汩而出。因此,有时作者本人都会惊讶于写出的东西。

只有能告诉人们新鲜、重要和有趣的东西的人,只有能看见很多未被别人察觉的东西的人,才能成为作家。

至于我,当时我很快就明白了:我能说的东西少得可怜。假若不为创作热情提供养料,它会很容易熄灭,就像它很容易产生一样。我的生活观察储备太过贫乏和狭隘。

那时对我来说,是书高于生活,而不是生活高于书。需要尽一切可能让生活充实自己。

明白了这一点,我就完全放弃了写作,一放就是十年,就像高尔基所说,"去了人间",开始游历俄罗斯,不停变换职业,与各种各样的人打交道。

但是，这不是伪造的生活。我不是一个职业观察家或者资料收集者。

不！我只是生活，不着力于创作将来的作品，哪怕是记录或者回忆什么东西。

我生活，工作，恋爱，痛苦，期望，梦想，只知道一点：到了成年时期，或者也可能甚至到了老年，我迟早会开始写作，但完全不是因为我给自己制定了这样一项任务，而是因为我的生命要求我这样做，还因为文学于我而言是世上最华美壮丽的事情。

（孟宏宏　译）

闪　电

构思是如何产生的？

几乎没有两种构思是以同样的方式产生并发展的。要回答"构思是如何产生的"这个问题，显然不能一概而论，而是要结合每一个具体的小说来谈，无论篇幅长短。

产生构思需要什么呢，或者说得更正式一点儿，产生构思的前提条件应该是什么，这个问题更容易回答。构思的产生总是由作家内心的状态孕育而出的。

要解释构思的产生，看来，最好莫过于借助于比喻。比喻有时能让最复杂难懂的东西变得出奇地清晰明了。

一天，有人问天文学家金斯[①]，我们的地球多大年纪。

"你们想象一下，"金斯回答，"有一座巍峨的高山，比如说，高加索的厄尔布鲁士峰。再想象一下，还有一只小麻雀，无忧无虑地跳来跳去，啄着这座山。那么，这只麻雀想要啄光厄尔布鲁

---

① 詹姆斯·霍普伍德·金斯（1877—1946），英国物理学家，提出天体演化假说。

士峰大约需要多长时间，地球就存在多长时间了。"

用于理解构思产生的比喻要简单得多。

构思就是闪电。电在地面上空积聚多日。当大气中的电积聚到极限，一团团白云变成了阴森可怕的雷雨云，在浓稠的带电水汽中就会产生第一个火花——闪电。

几乎紧随闪电之后，地上就下起了倾盆大雨。

构思就如同闪电，产生于一个富有思想、情感和记忆片段的人的思维中。这一切都是一步步慢慢积累的，直到那种需要必须放电的极限。那时，这整个压缩的、还有点儿混乱的世界就会产生闪电——构思。

构思的出现，正如闪电的出现，往往需要的就是轻轻一碰。

谁知道这轻轻一碰是什么呢，或许是一次偶遇，或许是一个铭记在心的词语，或许是一场梦，或许是远方的一声呼唤，或许是水滴映射的一缕阳光，或许是轮船的一声汽笛。

存在于我们周围世界和我们自身的一切，都可能是这轻轻一碰。

列夫·托尔斯泰看见被折断的牛蒡，于是爆发了闪电：产生了有关哈吉·穆拉特[①]这部令人称奇的中篇小说的构思。

但是，假如托尔斯泰没去过高加索，也没听说过哈吉·穆拉特，那么，牛蒡当然也就不会让他产生这个构思。托尔斯泰内心

[①] 哈吉·穆拉特（18世纪末—1852年），阿瓦尔汗国的执政者之一，沙米尔副手。参与高加索山民反对俄国统治者的解放斗争，多次大败俄军。1851年投诚俄军，准备逃返山林时被俄军杀害。

已经准备好了这个主题，因此牛蒡才给了他必要的联想。

如果闪电是构思，那么暴雨就是构思的体现。这是形象和词语和谐的洪流。这就是一本书。

但是，与耀眼炫目的闪电不同，最初的构思往往是模糊不清的。

> 那时，透过水晶球的魔法，
> 我还不能够很明白地看清，
> 一部自由体小说的远景。①

构思只能渐渐成熟，慢慢占据作家的头脑和心灵，反复思考，日渐复杂。但是这种所谓的"酝酿构思"与某些幼稚的人想象的完全不同，并不是表现为：作家坐着，双手抱头，或者独自徘徊，古里古怪，口中对自己的想法念念有词。

完全不是！构思的凝结，构思的丰富，都是持续不断的，每时每天，时时处处，发生于我们"时光飞逝的生活"里所有的偶然、劳动和喜怒哀乐中。

为了让构思成熟，作家永远都不应该脱离生活，完全"孤芳自赏"。恰恰相反，构思要不断接触现实才能盛开，就如同得到大地浆液的浇灌。

---

① 引自普希金诗体小说《叶甫盖尼·奥涅金》第八章第五十节。采用王智量译文。

*　　*　　*

　　一般说来，关于作家创作存在很多成见和偏见，其中有些可能庸俗到让人绝望。

　　最被庸俗化的是灵感。

　　一知半解的人几乎总是把灵感看作诗人怀着莫名的狂喜，鼓起双眼望着天空，或者牙齿紧咬着鹅毛笔。

　　不用说，很多人都记得《诗人和沙皇》这部电影。在这部片子里，普希金坐着，心驰神往地抬头望着天空，然后激动不安地拿起笔，开始写，停下，又抬起头，咬着笔，接着又奋笔疾书。

　　我们见过多少普希金的画像，画中的他都像是一个兴高采烈的躁狂者！

　　在一次艺术展上，有一座普希金雕像。这个普希金身材矮小，头发好似烫过一样，眼神充满"灵感"。就在这座雕像旁，我听到一个有趣的谈话。一个小女孩皱着眉头，看了这个普希金大半天，然后她问母亲：

　　"妈妈，他是在幻想吗？还是在干什么？"

　　"是的，小宝贝，普希金伯伯在幻想。"妈妈温柔地答道。

普希金伯伯"耽于幻想"！正是这个普希金在谈到自己的时候说：

> 我所以永远能为人民敬爱，
> 是因为我曾用诗歌，唤起人们善良的感情，
> 在我这残酷的时代，我歌颂过自由，
> 并且还为那些倒下去了的人，祈求过宽恕同情。①

如果作曲家"神圣的"灵感"忽至"（必然是"神圣的"，也必然是"忽至"），那么，他会扬起双眸，从容不迫地为那些此时此刻无疑还响彻在心灵的天籁音符打着拍子，这副模样与莫斯科那座甜腻腻的柴可夫斯基纪念碑一模一样。

不！灵感——这是一个人严肃的工作状态。情绪高涨不是表现为做作的姿势和兴奋。尽人皆知的"创作痛苦"同样如此。

普希金对灵感的描述言简意赅："灵感就是心灵敏捷地接受印象，进而快速理解概念的情绪，这也有助于解释这些概念。"他又补充说："批评家们把灵感和兴奋混为一谈。"② 读者也正是如此，有时混淆了真实和逼真。

这还无关紧要。但是某些画家和雕塑家将灵感与"欣喜若

---

① 引自普希金诗作《纪念碑》。采用戈宝权译文。
② 引自普希金的一篇札记，这篇札记所谈的是维·卡·丘赫里别凯尔选集《记忆女神》中的一篇文章。普希金原文中不是"批评家们"而是"批评家"，指文章作者丘赫里别凯尔。

狂"混为一谈,那么,这看起来简直就是对作家的辛苦劳动一无所知,也毫不尊重。

柴可夫斯基断定,灵感就是一个人像一头牛那样竭尽全力工作的状态,而完全不是卖弄风情地挥挥手。

请原谅我跑题了,但是,我以上所讲的内容都不是小事。因为还存在着鄙俗之辈。

每个人在自己一生中,哪怕只有几次,也都能感受到灵感状态:激情澎湃,生气勃勃,敏锐地感知现实,文思泉涌。

是的,灵感就是这样一种严肃的工作状态,但是这种状态有自己的诗意色彩,用我的话来说,有自己诗意的潜台词

我们获得的灵感就像闪亮的夏日清晨:刚刚扯去寂静深夜的浓雾,洒满露珠,打湿了灌木丛的片片树叶。清晨小心翼翼地向我们的脸倾洒着有益健康的清凉。

灵感就像初恋:心怦怦直跳,盼着奇妙的相遇,等着见到盈盈秋波、莞尔一笑和欲言又止。

那时,我们的内心世界就像一种神奇的乐器,变得细腻准确,能够奏响一切,甚至是最隐秘、最微小的生活音符。

作家和诗人写过很多关于灵感的绝妙诗句。"但绝妙的语言刚一触及敏锐的耳朵"[1](普希金),"那时,我不安的灵魂便安静下来"[2](莱蒙托夫),"一个声音越来越近。灵魂顺从于这哀愁的

---

[1] 引自普希金诗作《诗人》。
[2] 引自莱蒙托夫诗作《当金黄的田地泛起波浪……》。

声音，年轻起来"①（勃洛克）。费特对灵感做了精确描述：

>只要轻轻一推，生气勃勃的大船
>　　就离开退潮抚平的沙滩，
>只要一个浪头，就让生活变了模样，
>　　迎风闻见岸边的花香。
>
>只要一个声音，就惊破一场苦闷之梦，
>　　猛然陶醉于说不清的热诚，
>让生活得以喘息，让隐痛化为甜蜜，
>　　转瞬间生人变作知己……

屠格涅夫把灵感称作"神之降临"②，称作一个人思想和感觉的顿悟。他曾惊恐不安地说起一个作家将这种顿悟变为预言时所经受的那种前所未有的痛苦。

关于灵感的说法，最言简意赅的莫过于托尔斯泰："灵感在于

---

① 引自勃洛克一首无题诗作，该诗收入组诗《祖国》。
② 引自娜·奥斯特洛夫斯卡娅的《忆屠格涅夫》。原文是："有些时候，你觉得想要写作，虽然还不知道到底要写什么，只是感觉一定会写。诗人们正是把这种情绪称为'神之降临'。这种时刻是艺术家莫大的享受。如果没有这种时刻，谁都不会去写作了。此后，当不得不把活跃在头脑中的一切整理就绪时，当不得不把一切诉诸笔端时，痛苦便马上随之而来。"

突然发现可以做出什么。灵感越鲜明,就越需要细心地工作去实现灵感。"

但是,不管我们如何定义灵感,我们知道,灵感会开花结果,如若没有馈赠于人,是不应该销声匿迹的。

(孟宏宏 译)

人物的反叛

旧时，人们搬家时，有时雇用当地监狱里的犯人搬东西。

我们这些小孩子总是迫不及待、充满好奇又满怀怜惜地等待着这些犯人的出现。

犯人们由留着小胡子、腰间别着"斗牛犬"大口径左轮手枪的看守押送来。我们瞪大眼睛，目不转睛地盯着这些穿着灰色囚衣、戴着灰色圆帽的人，他们腰上的小皮带绑着做工精细的镣铐，丁零作响。不知为何我们打量着这些犯人时总是怀着特别的尊重之情。

这一切都很神秘。但最奇怪的情形是，几乎所有犯人都是一脸疲惫的普通人，他们都那么善良，无论如何都无法相信他们是坏蛋和罪犯。恰恰相反，他们不仅彬彬有礼，甚至是温文尔雅，生怕搬运大件家具时碰伤谁或者损坏什么。

我们孩子和大人商量好，制定了一个妙计。妈妈带看守去厨房喝茶，而我们就急忙往犯人口袋里塞面包、香肠、糖、香烟，有时还塞钱。我们的钱是父母给的。

我们觉得这是一件冒险的事，看到犯人一边悄悄感谢我们，一边往厨房使眼色,并把我们的小礼物再藏得更深一些,藏到衣服里面的暗袋里时,我们就兴高采烈。

有时犯人们偷偷塞给我们信。我们贴上邮票,然后就成群结队跑去把信投进邮箱。在投邮箱前,我们四处张望:附近有没有警察啊?仿佛他们能猜到我们在寄什么信一样。

我记得犯人中间有一个长着花白大胡子的人,他被称作领班。

他指挥搬东西。有些物品,特别是柜子和钢琴,卡在门口很难转弯,有时不管犯人们怎样想方设法,都无法搬到预留好的新地方。物品在公开表示抗议。这种情况下,领班就会指着这个柜子说:

"把它放到它想去的地方吧。你们为啥要折磨它呢!我搬了五年东西,了解它们的性格。既然东西不想在这儿,不管你怎么逼它,它都不会让步。哪怕坏了也不让步。"

由于作家提纲和文学人物的关系,我想起了老犯人的这句箴言。物品和这些人物的行为有某些共通之处。文学人物常常对抗作者,而且几乎总是战胜作者。不过关于这一点,还要等下文再谈。

当然,几乎所有作家都会给自己将来的作品列提纲。有些作家的提纲详细而准确,而另外一些作家制定的提纲则很简略,甚至有些作家的提纲只有几个词,而且这些词好像彼此之间毫不相关。

也有的作家拥有即兴写作才能,他们写作无须预先列提纲。在俄国作家中,普希金深具这种才能,而在我们当代小说家中,则要首推阿列克谢·尼古拉耶维奇·托尔斯泰。

我认为，天才作家也能不用任何提纲就能写作。他内心的灵感如此丰富，任何主题，任何想法、事件或者物品，都能激发他无穷无尽的如泉文思。

年轻的契诃夫对柯罗连科说：

"现在您桌子上有个烟灰缸。如果您愿意，我立刻就能写出一篇关于这个烟灰缸的短篇小说。"

可想而知，他当然能写出来。

可以想象一下，一个人在街上捡起一张皱皱巴巴的卢布，就从这张卢布开始写起自己的长篇小说来，开始好像是在闹着玩，轻松简洁。但很快，这部小说就有了深度和广度，充满人物、事件、光线、色彩，被想象力推动着流畅平稳地往前走，这需要作家越来越多的牺牲，需要作家为此贡献出宝贵的形象和词语库存。

就这样，即便是从偶然事件开始，叙述里也已经产生了思想，出现了复杂的人物命运。此时作家也已经无法抑制自己的激动之情。他就像狄更斯一样趴在自己的手稿上哭泣，像福楼拜一样痛苦地呻吟，或者像果戈理一样哈哈大笑。

这就像在山中，一点儿微小的声音，猎枪的一声枪响，就震得雪像闪亮的飘带一样从陡峭的山坡上飘落，很快汇聚成一条宽广的雪河，飞流而下，几分钟后到达山谷，突然爆发雪崩，轰隆声震彻峡谷，空气中弥漫着金光闪闪的雪屑。

才华横溢且具有即兴创作才能的人很容易出现这种创作状态，很多作家都提及这种情形。

难怪非常了解普希金写作情况的巴拉丁斯基这样形容他:

……普希金风华正茂,这个轻狂之人神采飞扬,
大笔一挥,轻轻松松,一切都跃然纸上……①

我提到,有些提纲似乎只是词语的堆砌。

这里有个小例子。我有一篇短篇小说《雪》。这篇小说完成之前,我写满了一页纸,小说就是从这些记录中产生的。这些记录究竟什么样呢?

一本失传的关于北方的书。北方的主要颜色是金箔色。河上飘着蒸气。妇女在冰窟窿里涮洗衣服。烟。亚历山德拉·伊凡诺夫娜的小铃铛上刻着字:"我挂在门边,使劲儿拉吧!""小铃铛,瓦尔代的礼品,在拱门下忧郁地丁零丁零。"这种门铃被称作"瓦尔代的礼品"。战争。塔妮娅。她在哪里,在哪个偏僻荒凉的小城?孑然一身。月亮藏在云层下,昏暗无光,——很远很远的地方。生活被限制在一个小小的光圈里。那是因为灯光。整整一夜,墙壁里有什么东西嗡嗡作响。树枝抓挠着玻璃。冬天深夜我们很少出家门。应当考验考验这一点……孤独和等待。一只愤愤不平的老猫。什么都不能令它满意。一切好似一目了然,甚至连钢琴

---

① 引自叶·阿·巴拉丁斯基献给伊·费·波格丹诺维奇的诗作。

上的螺纹蜡烛（橄榄色的）也都能看见，但是除此之外，暂时别无他物。曾经寻找一个带钢琴的住房（是位女歌唱家）。疏散。讲述等待之事。别人的房子。老式房子，独有的舒适，橡皮树，斯塔姆博里牌或梅萨科苏迪牌的老牌烟草的气味。住过一个老人，后来死了。核桃木书桌，绿呢子桌布上有黄色斑点。小女孩。灰姑娘。奶妈。暂时没有其他人。俗话说，千里姻缘一线牵。只能写一篇关于等待的小说。等什么？等谁？她自己也不知道。这让人心碎。人们在千百条道路的十字路口偶然相遇，却不知道过去他们所有的生活都在准备这场相遇。概率论。适用于人心。对于傻瓜而言，一切都很简单。国家淹没在大雪中。一个人必然出现。有人一直给死者来信。信在桌子上堆成一摞。这就是关键。什么信？信里写了什么？海员。儿子。他来之前的担心害怕。等待。她的心地善良无边无际。信成了现实。再次出现螺纹蜡烛。是另一种性质的。乐谱。橡树叶子图案的毛巾。钢琴。桦树木柴的烟。调琴师——所有捷克人都是优秀的音乐家。蒙到眼睛上。一切真相大白！

* * *

勉勉强强可以把这些记录称作这篇小说的提纲。如果不知道小说直接去读这些记录，那你就会明白，这虽然缓慢且模糊，但却真实地触及主题和情节。

精益求精、深思熟虑、反复推敲的作家提纲又会怎样呢？说实话，这种提纲大部分都很短命。

在一部着手写作的作品中，人物刚一出现，这些人物刚一被作者写活，他们立刻就开始与提纲对抗，与提纲斗争。作品开始按照自己的内部逻辑发展，这种逻辑的推动力当然是作家给的。尽管人物的性格是由作家塑造的，但他们也会根据自己的性格行事。

如果作家强迫人物违反逻辑行事，如果他把人物强拉回提纲框架，那么人物就开始变得毫无生气，变成行尸走肉，变成机器人。

列夫·托尔斯泰非常简明地阐释了这一思想。

亚斯纳亚·波利亚纳庄园的一个来访者指责托尔斯泰，说他对安娜·卡列尼娜很残酷，因为安排她卧轨。

托尔斯泰笑了笑答道：

> 这个意见让我想起普希金的一件事。有一天他对自己一位朋友说："你想一

下,塔季雅娜给我耍了个什么把戏。她出嫁了。我无论如何都想不到她这样。"关于安娜·卡列尼娜我也只能这样说。一般来说,我的男女人物都会耍出乎我意料的把戏!他们在做现实生活中应该做的事,这也是现实生活中常常发生的事,而不是我想让他们做的事。①

所有作家都对人物的不屈不挠一清二楚。阿列克谢·尼古拉耶维奇·托尔斯泰曾说过:

我写到文思泉涌时,不知道五分钟后人物会说什么。我只能满怀惊奇地跟着他。

有时,次要人物会挤开其他人物,擅自当起了主要人物,扭转了整个叙述进程,使之尾随其后。

只有作家在创作作品时,作品才开始真真正正地、生机勃勃地活跃在作家的意识中。因此,提纲断掉和失败并不用大惊小怪,也用不着伤心。

恰恰相反,这是自然的,只能说明真正的生活奔涌了,充实了作家意图,以充满活力的态势扩展了、打碎了最初的作家提纲框架。

---

① 引自尼·阿波斯托洛夫《永生的托尔斯泰》一书所收入的格·鲁萨诺夫的《亚斯纳亚·波利亚纳之行》。

但是，这也丝毫没有贬损提纲，因为作家的作用远不只是依靠生活提示记录一切。要知道，作家作品中形象的生命是以作家的意识、记忆力、想象力、经验及其整个心灵结构为前提的。

（孟宏宏　译）

一部中篇小说的由来

"火星"

我想试着回忆一下，我的中篇小说《卡拉－布加兹海湾》的构思是如何出现的。这一切是如何发生的？

我小时候，在基辅第聂伯河上的弗拉基米尔山上，每晚都会出现一个老头儿，戴着一顶灰扑扑、耷拉着帽檐的帽子。他带来一架掉漆的天文望远镜，然后用很长时间把望远镜安装到弯曲的铁质三脚架上。

大伙儿管这个老头儿叫"占星家"，都认为他是个意大利人，因为他故意用外国腔把俄语词说得怪里怪气。

老头儿安装好望远镜之后，用机械单调的嗓音说道：

"亲爱的先生们和太太们！晚上好！花上五戈比，您就能从地球飞到月亮和其他星星上去。特别推荐看看可怕的火星，人血的颜色。火星星象出生的人要倒霉，打起仗来，准会吃燧发枪团的枪子儿，一命呜呼。"

一天，我和父亲去了弗拉基米尔山，我用望远镜看了火星。

我看到了一片漆黑的深渊和一个微红的球,球体没有任何支撑,勇敢地悬挂在这片深渊当中。正当我望着这个球的时候,它开始慢慢靠近望远镜的边缘,藏到了望远镜铜框的后面。占星家微微转了转望远镜就把火星调整到了原来的位置,但是接着它又开始慢慢向铜框移动。

"怎么样啊?"父亲问我,"你看到什么了吗?"

"是的,"我回答,"我都看见运河了。"

我知道火星上有人——火星人,也知道,他们不知为了什么在自己的星球上挖了很多大运河。

"得了,放下吧!"父亲说,"别瞎编了!你什么运河都看不见。只有一个天文学家见过,是意大利人夏帕雷利[①],就这还是用的大型望远镜。"

占星家听到同胞夏帕雷利的名字,没有任何反应。

"我还看到火星左边有一个行星,"我不太把握地说,"但是不知为什么它在天上到处跑。"

"嗨,这哪是什么行星!"占星家善意地大声说道,"准是有只小虫子飞进你眼睛里了。"

他紧紧地托住我的下巴,麻利地从我眼睛里擦出一粒灰尘。

看了火星的景象,我觉得浑身发冷、惊心动魄。当我离开望远镜时觉得如释重负,基辅的街道闪着昏暗的灯火,马车夫赶着

[①] 乔范尼·弗吉尼奥·夏帕雷利(1835—1910),意大利天文学家,发现火星上有网状细纹,将其称作"运河"。

四轮轻便马车轰隆隆作响,花儿正在凋零的栗子树散发着尘土的气息,这一切让我觉得又舒适又踏实。

不,当时我一点儿都不想从地球飞到月亮或者火星上!

我问父亲:"为什么火星是红的?"

父亲对我说,火星是一个濒死的星球,它本来就像我们的地球一样美丽,有海洋、山丘和茂盛的植物,但是慢慢地,海洋和河流干涸了,植物枯死了,山也风蚀殆尽,火星就变成了巨大的沙漠。火星上的山有可能都是红岩,所以火星上的沙子也发红。

我问:"这么说,火星是个沙子球?"

"是的,有可能,"父亲肯定地回答,"火星发生的这一切也可能发生在我们的地球上。地球也会变成沙漠。但是这要几百万年以后。所以你别怕。最后人们会提前想出什么办法来制止这场灾难的。"

我回答说,我一点儿都不怕。但其实我又害怕又担心我们的地球。再加上我在家里又听哥哥说,现在沙漠已经占了差不多地球总面积的一半了。

从那时起,对沙漠的恐惧(虽然那时我还没见过沙漠)就开始萦绕在我的心头。虽然我在《环球》杂志上读了一些富有魅力的故事,包括撒哈拉沙漠、西蒙风和"沙漠之舟"骆驼的故事,但是都没有引起我的向往。

很快,我获得了第一次与沙漠接触的体验。这更加深了我对沙漠的恐惧。

我们全家去农村的马克西姆·格里高利耶维奇爷爷家避暑。

夏天雨水充沛、不冷不热,青草茂盛浓密。篱笆边的荨麻蹿到一人高。地里的谷物在抽穗。菜园里飘来多汁茴香的芬芳。到处一派丰收景象。

但是有一天,我和爷爷坐在河岸上钓鲌鱼,爷爷突然急忙站起身,手搭凉棚遮住阳光,朝着河对岸的田地望了很久,接着愤恨地啐了口唾沫,说道:

"屠夫,魔鬼,刮过来了!把它消灭得一干二净才好!"

我朝爷爷看的方向望了一眼,但是除了一道长长的浑浊巨浪,什么也没看见。巨浪快速移动,越来越近。我以为这是要下大雷雨了,但是爷爷却说:

"这就是热风!该死的地狱之火!布哈拉的风,沙漠刮的。全都烤焦了!科斯季克,要出事了。连气都喘不上了。"

可怕的巨浪贴着地面径直向我们袭来。爷爷边赶紧收起他那长长的核桃木钓鱼竿,边对我说:

"快跑回家去,要不灰尘就把眼睛给糊住了。我随后就来。快跑!"

我向农舍跑去,但是热风在半路撵上了我。旋风卷起沙子,唰唰作响,鸟毛和木屑都被吹到了天上。天地间一片混沌。太阳刹那间变得毛茸茸的,成了血红色,就像火星一样。爆竹柳开始摇摇晃晃,发出咝咝的呼啸声。身后热气袭人,烫得我就像后背的衬衣着了火。满嘴的尘土在牙齿间咯吱咯吱响,眼睛也被尘土糊住了。

我的姑姑菲奥多西娅·马克西莫夫娜站在农舍门口,手里拿着一尊用绣花毛巾包裹着的圣像。

"主啊，救救命吧，发发慈悲吧！"她惊慌失措地念念有词，"最最纯洁的圣母，保佑我们躲过一劫吧！"

龙卷风打着旋猛然向农舍袭来。泥得不牢的玻璃哐当哐当直响。房顶上的稻草被掀了起来。一群麻雀就像一颗颗黑色的子弹一样轰的一声从稻草下飞了出来。

但是父亲没和我们在一起，他留在了基辅。妈妈吓得大惊失色。

我记得，最严重的是温度高升不下。我以为，再过一两个小时，房顶上的稻草就要烧起来了，然后我们的头发和衣服也要烧着了。所以我哭了起来。

傍晚时分，浓密的爆竹柳叶子全都蔫了，往下耷拉着，就像一条条灰不溜丢的抹布。所有的篱笆根上，被风吹拢的黑乎乎的尘土好似一群蚊虫，堆成了一小堆。

到了早上，树叶枯萎变色了，变焦了，摘下叶子用手指一捻就变成了粉末。风越刮越大，开始把这些枯死的、污浊的树叶一扫而光，很多树已经变得光秃秃、黑黢黢的了，如同深秋一样。

爷爷去了一趟地里，回来时怅然若失，痛苦万分。他在大门口怎么都解不开麻布衬衫的带子，他的双手哆哆嗦嗦，他说：

"要是一夜都停不下来，所有庄稼就全都烤焦了，管你是果园还是菜园。"

但是风没有停下来，刮了两个星期，然后稍稍停息，接着又重新刮起来，刮得更大。大地眼看着变成了灰蒙蒙的瓦砾场。

家家户户的妇女都在号啕大哭。庄稼汉们无精打采地坐在土台上，一边避风一边用小棍子戳地，时不时地说：

"这就是石头,哪是土啊!简直是死神抓住了袍子,没地儿跑。"

父亲从基辅赶来,把我们接到了城里。我开始刨根问底问他热风的事,他很不情愿地回答:

"庄稼泡汤了。沙漠在袭击乌克兰。"

"那能做些什么吗?"我问。

"无能为力。你又不可能建一堵两千俄里长的石头高墙。"

"为什么建不了?"我问,"要知道中国人就建了自己的长城。"

"那是中国人,"父亲回答,"他们都是能工巧匠,再说这都是什么时候的事了。"

童年的这些印象似乎逐年淡忘。但是,这些印象当然仍旧继续活在我的记忆深处,时常突然迸发外露。最常见的是发生旱灾时,总是引起我莫名的担心。

长大成人,我爱上了俄国中部。我之所以爱它,或许是因为这里的大自然生机勃勃,大大小小的河流清澈凉爽,树林郁郁葱葱,常年细雨绵绵。

因此,当干旱席卷到俄国中部,像一个火热的楔子一样扎下根来,我的担心就变成了对沙漠的无力的愤怒。

利夫内的大雷雨

许多年过去了,沙漠再次让我想起它的存在。

一九三一年我去奥廖尔州利夫内市避暑。当时我正打算出版早就写好的第一部长篇小说,因此我一门心思想去一座没有任何熟人的小城,可以不受任何人和任何事的打扰而专心致志地工作。

我从未去过利夫内。我很喜欢这座小城的整洁,喜欢这里无数盛开的向日葵,喜欢这里用整石块铺成的街道以及那条"湍急的松树河",这条河穿行于黄色泥盆纪石灰岩层的峡谷。

我在郊区一座破旧的木头房子里租了一个房间。这座房子位于河流上方的陡崖上,房后是一片荒芜了一半的花园,园子里长满了河滩灌木丛。

房东上了年纪、胆小怯弱,在车站书报亭卖报纸,他的妻子忧郁而瘦弱,他们有两个女儿,大女儿叫安菲萨,小女儿叫波丽娜。

波丽娜柔柔弱弱,天真无邪,和我说话时总是羞羞答答,把她那淡褐色的发辫解开又编上,编上又解开。当年她十七岁。

安菲萨约莫十九岁,是一个体态匀称的姑娘,脸色苍白,灰色的眼眸,不苟言笑,嗓门低沉。她总是着一身黑,像个见习修女,几乎不做任何家务,只是接连几个小时躺在花园的干草上看书。

在主人家阁楼上,堆放着很多被老鼠啃咬的书,主要是索伊金[①]版的外国经典选集。我也常从阁楼拿这些书看。

有几次,我从花园的高处向下看到安菲萨在湍急的松树河岸上。她坐在陡崖下面的山楂树丛旁,一旁坐着一个瘦弱的少年,十六岁左右,浅色头发,神态安静,大大的眼睛,目光专注。

---

① 彼得·彼得罗维奇·索伊金(1862—1938),著名出版家。

安菲萨常常偷偷把东西带到岸边来给他吃。男孩吃着,安菲萨就含情脉脉地看着他,时不时抚摸他的头发。

有一天,我看到她突然双手掩面号啕大哭,哭得全身颤抖。男孩不再吃了,停下来胆怯地看着她。我悄悄走开了,久久地控制自己不去想安菲萨和那个男孩。

可我还曾天真地以为,在幽静的利夫内,不会有谁让我跳出我小说所写的那些人物和事件的圈子呢!但是,生活立刻彻底粉碎了我天真的打算。这还用说,如果我没弄清安菲萨的事,对于写作而言,根本就谈不上什么专心致志,也谈不上什么沉心静气。

早在我看到她和男孩之前,看着她饱含痛楚的眼睛,我就想,她的生活里一定有什么苦衷。

果然如此。

几天之后,夜半时分我被轰隆隆的雷声惊醒。利夫内经常下大雷雨。当地居民解释说,这是因为利夫内建在铁矿矿床上,这些铁矿好像会"吸"雷雨。

窗外的夜闹个不停,时而是漫天的火光疾驰而过,时而是无边的漆黑缩作一团。墙外听到激动不安的说话声。随后,我听见安菲萨愤怒地喊了一声:

"这是谁想的!哪条法律写着我不能爱他?倒是给我看看这条法律!给了我这条命,就别要回去。他就像个小蜡烛,一天天耗尽了。就像个小蜡烛!"她大叫一声,气喘吁吁。

"孩儿她娘,算了吧!"房东嗫嚅着对妻子喊道,"就让这个傻丫头按着自己的心意活吧。你拿她没办法。安菲萨,钱我可是一分都不给你。"

"我才不要你们的臭钱!"安菲萨大叫一声,"我自己挣,我带他到克里米亚去。可能他在那儿还能多活个一年半载。不管怎样,我都要离开你们。你们难免丢人现眼。你们可要明白这一点!"

我正猜想发生了什么事,这时,门后的小走廊里也有人边哭边擤鼻涕。

我打开门,借着闪电的光看到了波丽娜。她站在那里,额头靠在墙上,身上裹着一条长长的披肩。

我轻轻叫了她一声。雷声响彻天空,好像一个雷击就能把这座小房子连房顶都给楔入地里。波丽娜吓得一下子抓住我的手。

"天啊!"她小声说,"这可怎么办啊?还下着这样的大暴雨!"

她小声对我说,安菲萨死心塌地爱上了卡尔波夫娜寡妇的儿子科里亚。卡尔波夫娜走街串户给人洗衣服。她是一个不声不响、少言寡语的女人。科里亚身体有病,他有结核病。安菲萨脾气大,性子急,谁都管不了她。要是不依她,她就寻短见。

隔壁房间的说话声突然停止了。波丽娜跑回自己房间。我躺下来,竖起耳朵仔细听,久久难以入睡。主人家没有一点儿声音。我也开始打起瞌睡来。迷迷糊糊之间我听到懒洋洋的隆隆雷声和狗汪汪的叫声。后来我就睡着了。

我可能睡了一小会儿。一阵猛烈的敲门声把我惊醒了,是房东敲门。

"我们家出事了,"他在门口有气无力地说,"打扰了,别见怪。"

"出什么事了？"

"安菲萨跑了。就穿着那身衣服。我去斯洛波特卡找卡尔波夫娜。她八成跑那儿去了。求您照顾一下我的家人。我妻子晕倒了。"

我急忙穿上衣服，给房东太太送去缬草滴剂。波丽娜叫住我，我和她一起来到门廊上。我说不清为什么，但是我知道肯定要出事。

"咱们去河岸看看。"波丽娜小声说。

"你们家有灯笼吗？"

"有。"

"快拿上。"

波丽娜拿来一盏昏暗的灯笼，我们顺着湿滑的悬崖向河边走去。

我当时料定安菲萨就在这里，就在附近。

"安菲萨！"波丽娜突然绝望地喊叫起来，这一声喊叫不知为何吓了我一跳，"她喊也是白喊！"我暗想，"白喊！"

河对岸不时亮起闪电，已经变弱变小，隐隐听得雷声。悬崖上的灌木丛里水滴沙沙作响。

我们顺着河流往下走。灯笼亮着微弱的光，后来一道迟来的闪电划过，天空就在头顶上突然发出亮光，趁着亮光，我看见前方岸边有一团白乎乎的东西。

我走近这团白乎乎的东西，弯腰一看，原来是安菲萨的连衣裙和她的衬衣，她那双浸湿的鞋子也扔在那里。

波丽娜大叫一声,紧接着拔腿往家里跑。我跑到轮渡叫醒了摆渡人。我们坐上平底船划起来,一边不停地在两岸之间来来回回,一边紧盯着水里。

"黑天半夜啥也找不到,再说还下这么大雨!"摆渡人边说边打哈欠,他的睡意还没消,"没浮上来,怎么找都找不到。这么说,死神连美人儿都不放过啊。真是这样,老兄。脱了衣服,这么着是为了死得更利索。嘿,好个姑娘!"

第二天早上在堤坝旁找到了安菲萨。

她在棺材里躺着,美得无法形容,两根湿漉漉、沉甸甸的发辫像是赤金锻造而成,苍白的嘴唇上挂着一抹歉疚的笑容。

一个老妇人对我说:

"亲爱的,你可别看她。不能看。要知道,这种美可是一不留神就让人心碎。"

但是我不能不看安菲萨。我平生第一次亲眼看到了女性至纯至真的爱,这种爱至死不渝。在此之前,我只是在书里读过,听人说过。不知为何,我那时就想,那种爱注定大多都落在俄罗斯女人头上。

葬礼上来了很多人。科里亚远远地走在后面,他害怕安菲萨的亲人。我本想走近他,但是他离我飞奔而去,拐弯进了一个巷子,不见了踪影。

我心里像打翻了五味瓶,一行字也写不出来。我不得不从郊区搬到城里,更准确地说,不是搬到城里,而是搬到车站,搬到铁路医生玛丽娅·德米特里耶夫娜·沙茨卡娅家低矮昏暗的房子里。

*　　*　　*

安菲萨死前不久，有一次我穿过城市花园，看见在夏季电影院附近的地上坐着很多孩子。他们似乎在等待什么，像一群麻雀一样叽叽喳喳说个不停。

就在这时，从电影院走出一个头发花白的人，给孩子们分发了电影票，他们你推我搡、吵吵嚷嚷地向大厅一拥而入。

这个头发花白的人面相还年轻，看着不会超过四十岁。他和善地微微眯起眼睛，看了我一眼，向我招了招手就走了。

我决定向孩子们问问清楚这个怪人是谁。我走进电影院，坐了一个半小时，看了一部老电影《红小鬼》[①]，一直听孩子们打口哨、跺脚、惊叫、欢呼、呼哧呼哧喘气。

电影结束后，我和他们一道出来便问他们，头发花白的人是谁，为什么给他们买票。

我立刻就被一群吵吵嚷嚷的孩子围住了，于是一切也就大概清楚了。

原来，这个头发花白的人是铁路医生玛丽娅·德米特里耶夫娜·沙茨卡娅的弟弟。他是个病人，"伤了脑子"。苏联政府给他发放大额退休金。为何如此，不得而知。每月给他发退休金的那

[①] 《红小鬼》，1923 年由伊·尼·佩列斯季阿尼执导的故事片，根据巴·安·布列亚欣同名小说改编。

一天,他把车站所有孩子聚到一起,带他们看电影。

退休金哪天发,孩子们一清二楚。这一天他们从一大早就挤在沙茨基家附近,坐在车站前的小花园里,假装完全是碰巧走到那儿的。

这就是我从孩子们那儿打听到的全部情况。当然,还有些无关痛痒的细节。例如,亚姆斯克郊区的孩子们也想混进来沾沙茨基的光,但是车站的孩子们给了他们致命回击。

我的房东太太自从安菲萨死后一直卧床不起,说心脏不舒服。有一天,有位医生来出诊,这是玛丽娅·德米特里耶夫娜·沙茨卡娅,我就这样和她相识了。这是一个身材高大、雷厉风行的女人,她戴着夹鼻眼镜。虽然上了年纪,但她一直是一身高等女校学生的装扮。

我听她说,她弟弟是个地质学家,患有精神疾病,的确领专款退休金,因为他写了一些在我国和在欧洲都享有盛名的科研著作。

"您不要住在这儿了,"玛丽娅·德米特里耶夫娜用医生那种不容辩驳的语气对我说,"秋天快到了,下起大雨来,这儿就会泥泞不堪,路不好走。再说环境也阴沉沉的,这还能写作!搬到我家来吧。我家就三口人,老母亲、弟弟和我,车站附近的房子有五个房间。弟弟待人客气,不会打扰您的。"

我同意了,就搬到了玛丽娅·德米特里耶夫娜家。这样我就结识了地质学家瓦西里·德米特里耶维奇·沙茨基,他后来成为我的中篇小说《卡拉-布加兹海湾》的一个人物。

房子的确很安静,甚至有点儿死气沉沉。玛丽娅·德米特里耶夫娜成天见不到人影儿，不是在诊所接诊，就是出诊，老母亲坐着摆纸牌阵，而地质学家则很少走出自己房间。从一早起他就一版一版地读报纸，然后就奋笔疾书写着什么，差不多写到夜里，一天就写满厚厚一本常用的练习本。

偶尔从荒凉的车站传来唯——辆调车火车头的鸣笛声。

起初沙茨基在我面前很腼腆，后来混熟了，就开始同我交谈。在这些交谈中他疾病的特点就显露出来了。从早上他还不累的时候，他是个完全健康的人，也是一个有趣的谈伴。他博学多闻。但是只要有一丁点儿累，他就开始胡言乱语。这种胡言乱语隐含着癫狂的思想，但是这种思想又有着严丝合缝的逻辑。

《卡拉－布加兹海湾》中描述了沙茨基得病的经过。中亚地质考察期间他被白匪俘获了。他和其他俘虏每天都被拉去枪决。但是沙茨基很走运。按照次序逢五枪决时，他是第三个，逢双数枪决时，他又是单数。虽然他幸免于死，但是疯了。姐姐千辛万苦在克拉斯诺沃茨克找到了他，当时他住在一个散了架的货车车厢里。

每天傍晚，沙茨基都去利夫内邮局给人民委员会寄一封挂号信。在玛丽娅·德米特里耶夫娜的请求下，邮局局长没有把这些信发给莫斯科，而是退给她，她就把信烧掉。

我很想知道沙茨基在他的这些报告中都写些什么。很快我就知道了。

一天晚上，他来我的房间，当时我正躺着看书。我的鞋子摆在床前，鞋尖朝外。

"永远都不要这样摆鞋子,"沙茨基气哼哼地说,"这很危险。"

"为什么呢?"

"您马上就知道了。"

他出去了,一分钟后,给我拿来一张纸。

"读读吧!"他说,"读完之后敲敲我的墙。如果您有什么不明白,我就过来解释清楚。"

他走了。我开始读:

致人民委员会。我不止一次警告过人民委员会,一场导致我们国家灭亡的严重危险即将来临。

众所周知,地质岩层中(比如,在石煤、石油和页岩中)蕴藏着巨大的物质能量。人学会了释放和利用这些能量。

但是很少有人知道,在这些岩层中也积压着这些岩层形成时期的精神能量。

利夫内市坐落于欧洲泥盆纪石灰岩最厚的岩层上。在泥盆纪,地球上刚萌生混沌模糊的意识,这种意识残酷无情,丝毫没有人性特点。当时占据统治地位的是盾皮鱼迟钝的脑髓。

这种刚萌芽的精神能量聚集在软体动物门的菊石中。泥盆纪石灰岩岩层中的确充满了菊石化石。

每一个菊石都是那一时期的小脑髓,其中蕴藏着巨大的、邪恶的精神能量。

幸运的是,多个世纪以来,人们没有学会释放地质岩层的精神能量。我之所以说"幸运的是",是因为这种能量一旦从平静状态中释放出来，就会毁灭整个文明。被这种能量毒害的人们就会变成残忍的野兽，他们也只能听命于低下、盲目的本能。而这就意味着文化的灭亡。

但是，正如我已经不止一次向人民委员会汇报的那样，法西斯分子找到了释放和复活泥盆纪精神能量的方法。

由于泥盆纪最富饶的岩层分布在我们利夫内地下，那么法西斯分子也正是打算在这里释放这种能量。一旦得逞，那就不可能及时防止整个人类的精神消亡以及接下来的肉体毁灭。

法西斯分子精细入微地制订了在利夫内地区释放泥盆纪精神能量的计划。然而，就像所有错综复杂的计划那样，这项计划也很容易被破坏。只要有一件微乎其微的小事没考虑进去，计划就会失败。

因此，除了必须立即集结重兵包围利夫内之外，还需严令全城居民改变习惯行为（因为法西斯分子的计划针对的正是利夫内的生活常轨）并采取法西斯分子完全料想不到的做法，开始恰恰相反的行为。此处举例说明一下。利夫内所有公民躺下睡觉时，通常都把鞋子放在床前，鞋尖朝外。今后放鞋都应该改为鞋尖朝里。可能这个细节正是计划没预见到的，于是，由于这件实际上细枝末节的小事，计划就会破产。

我必须补充一点，利夫内泥盆纪岩层存在精神病原体自然渗漏（的确，微乎其微），导致这个城市的民风比其他同等规模、同样类型的城市变得粗俗得多。有三座城市坐落在泥盆纪石灰岩岩层上，分别是克罗梅、利夫内和叶列茨。

难怪关于这三座城市自古以来流传着这么一句俗语:"克罗梅——小偷人人有家回,利夫内——小偷个个心里美,叶列茨——天下小偷之先辈。"

法西斯政府在利夫内的特派密使是当地的一名药剂师。

* * *

现在我明白了,沙茨基为什么把我的鞋调成鞋尖朝里。与此同时,我也觉得惊心动魄。我明白了沙茨基家整个的暗流涌动。每一分钟都可能爆发。

很快我就发现,这种爆发可不算少,只是沙茨基的母亲和玛丽娅·德米特里耶夫娜善于在外人面前掩饰这一点罢了。

第二天晚上,我们所有人都坐在茶桌旁,安安静静聊着顺势疗法时,沙茨基拿起盛有牛奶的牛奶罐,不动声色地把牛奶倒进了茶炊烟囱里。老母亲大叫一声。玛丽娅·德米特里耶夫娜严肃地看着沙茨基,对他说:

"你干吗胡闹?"

沙茨基不好意思地笑着,开始解释说,正是这种把牛奶倒进茶炊的荒唐行为是法西斯分子计划中确实没估计到的,这样当然就破坏了计划,也就拯救了人类。

"回自己房间去!"玛丽娅·德米特里耶夫娜正颜厉色地说道,她站起身来,怒气冲冲地把窗户完全打开,好让牛奶的焦糊味从房间散出去。

沙茨基垂下头，乖乖地回了自己房间。

但是沙茨基在自己"神志清楚"时却侃侃而谈。那时我也了解到他主要在中亚工作，属于卡拉－布加兹海湾的第一批勘察者。

他走遍了海湾东岸。这在当时被看作近乎舍生忘死的壮举。他描绘了东岸的情况，标到了地图上，并在海湾附近的干旱群山里发现了石煤。

我从沙茨基这里第一次听说里海有一个骇人而神秘的海湾叫卡拉－布加兹海湾，第一次听说海湾里有取之不尽的芒硝资源，第一次听说沙漠是有可能被消灭的。

沙茨基对沙漠痛恨至极，到了一个活人所能痛恨的极限，恨得咬牙切齿，不容辩驳。他把沙漠称为痈疽疮痂，侵蚀地球的癌症，大自然不可捉摸的邪恶。

"沙漠是只会害人，"他说，"这是死神。人类应该明白这一点。当然，如果人类没发疯的话。"

听一个疯子说这样的话很是荒诞。

"要逼得沙漠走投无路，不让它喘气，不停地打它，往死里打，不能手软。一刻不停地打，打到它断气。这样在它的尸体上就会培育出湿润的热带乐园。"

他唤醒了我沉睡在心底对沙漠的痛恨，这是我童年经历的回声。

沙茨基说："但凡人们把他们用于自相残杀的一半资金和精力用于消灭沙漠，那么沙漠也早就消失了。人们把所有人民财富和几百万人的生命都用到战争上了。连科学和艺术都用上了。甚至都能把诗歌变成大屠杀的同谋。"

"瓦夏!"玛丽娅·德米特里耶夫娜从自己房间大声喊道,"放心吧!不会再有战争了。永远都不会有了。"

"永远都不会——这是无稽之谈!"沙茨基出乎意料地答道,"过不了今天夜里,菊石就会复活。你们知道在哪儿吗?在阿达莫夫斯基磨坊附近。咱们去转转,侦察一下。"

他开始胡言乱语了。玛丽娅·德米特里耶夫娜把弟弟带走,给他服下"别赫捷列夫"药剂,让他睡下了。

我想快点儿写完那部长篇小说,好开始写一本关于消灭沙漠的新书,就这样出现了《卡拉-布加兹海湾》尚不清晰的构思。

深秋时节,我离开利夫内。出发之前我去原来的房东家告别。

黄昏时分,车辙里的冰咯吱咯吱响。花园几乎凋零殆尽,但是有些地方苹果树上还挂着几片泛红的枯叶。被寒冷的夕阳照耀的最后一片浮云在寒气凝结的天空中慢慢消散了。

波丽娜和我并排走着,信赖地握我的手。这让我觉得她还是个小姑娘,于是我的内心充满了对她这个孤独、羞涩少女的柔情。

市电影院里传来隐隐约约的音乐声。此时,万家灯火。茶炊的轻烟飘浮在一座座花园上空。光秃秃的树木枝丫后面已是群星闪耀。

一种莫名的激动揪着我的心,于是我想,为了这片美丽的土地,甚至为了一位像波丽娜这样的姑娘,也要号召人们为了快乐理性的生活而斗争。一切令人苦恼忧伤的东西,一切让人流下哪怕一滴泪水的东西,都应该连根铲除。还有沙漠,战争,不公,谎言，以及对人的心灵的蔑视。

波丽娜把我送到市区的第一排房子前。在那里我和她告了别。她垂下眼睛，开始解开她那条淡褐色发辫，然后突然说道：

"康斯坦丁·格奥尔基耶维奇，今后我要多读书。"

她抬起羞涩的眼睛，握了握我的手，赶紧回了家。

* * *

我坐着硬座车驶向莫斯科，车厢里挤得水泄不通。

夜里我来到连廊抽口烟，放下窗户，探出头去。

火车沿着路基疾驰，穿越树叶凋落的森林。森林是几乎看不见的，主要是通过声音猜到在森林里，这种声音是那种轰隆隆的车轮声在密林中产生的急促回声。空气好似在雪粒中冻僵了，迎面吹来，散发着结冰的树叶的气息。

秋日的夜空由于繁星夺目反而显得朦朦胧胧，它在森林上方紧跟着火车飞驰。一座座桥梁轰隆隆作响，响声转瞬即逝。尽管火车在疾驰，仍可以看到桥下黑黢黢的水里——不知是沼泽还是小河——映照出点点星光，时隐时现。

火车哐当哐当，在蒸汽和烟雾中轰隆隆前行。车厢里，一盏盏灯笼颤动作响，烛火熊熊，渐渐燃尽。车窗外，一串串深红的火花在轨道两旁四处飞溅。火车头欢呼雀跃，陶醉在自己的风驰电掣中。

我那时深信，火车正载着我向幸福飞驰。一本新书的构思已经在我头脑中涌现出来。我相信我能写出这本书。

我从窗户探出头，哼唱着一些不连贯的歌词，唱着夜晚，唱着世上最美的地方——俄罗斯。风仿佛姑娘披散着发辫，芬芳怡人，摩挲着脸庞。我多想亲吻这发辫、这风、这如泉水般清凉的土地。但是我力不能及，只是前言不搭后语地哼唱着，像个疯子一样。东方天际微微露出一抹淡淡的碧蓝色，美得让我惊叹不已。

我一直惊叹着东方天际的美妙迷人，惊叹着它那清澈柔和的光辉，后来才恍然大悟，原来那是初升的朝霞。

我觉得莫名其妙，在窗外看见的一切以及激荡在我心中的所有欢欣雀跃，都汇合成一个决定——写作、写作还是写作！

但是写什么呢？在那一瞬间，我那些关于迷人土地的想法，我想保护土地免于贫瘠、干涸和死亡的强烈渴望，只要犹如磁体一样聚在一起，吸在主题上，对我来说就足够了。

过了一段时间，这些想法汇集而成《卡拉-布加兹海湾》的构思。这些想法也可能汇集成另一本书的构思，但是这些书的主要内容一定相同，我内心当时洋溢着的情感一定相同。显然，构思几乎总是源于心灵。

从那时起，便开始了写作生活的新阶段——所谓构思"酝酿"阶段，准确而言，是用现实生活内容去填充构思的阶段。

研究地图

在莫斯科我弄到一张详细的里海地图，便久久漫游于（当然是在我的想象中）里海干旱的东部海岸。

还在童年时期我就对地图有偏好。我能一连几个小时坐着看地图，就像看一本引人入胜的书。

我研究神秘河流的流向和稀奇古怪的海岸，深入到只有小圆圈标识的无名猎区购销站的原始森林，一遍遍念叨着那些像诗歌一样抑扬顿挫的地名：尤戈尔斯基沙尔海峡和赫布里底群岛，瓜达拉马山和因弗内斯城，奥涅加河和科迪勒拉山。

渐渐地，所有这些地名在我的想象中无比清晰地呈现出来，仿佛我能虚构出各个大陆和国家的游记来。

连我富有浪漫情怀的父亲都不赞赏我这样过度地痴迷地图。他说这种痴迷会让我大失所望。

"如果以后日子过得顺，"他说，"你就能去旅行，那就只会徒增烦恼。你看到的景象完全出乎意料。比如说，墨西哥可能是一个尘土飞扬、一贫如洗的国家，而赤道上空可能灰不溜丢、毫无生机。"

我不相信父亲的话。我不能想象赤道上空哪怕有一会儿是灰不溜丢的。我认为，赤道上空湛蓝欲滴，连乞力马扎罗山的积雪都映照着赤道上空碧蓝的颜色。

但是，无论如何我都丢不掉这种癖好。后来，等我长大成人，我才明白，原来父亲说的并不完全正确。

比如，当我第一次到克里米亚时（此前我曾在地图上仔仔细细地研究过），当然，完全出乎我的意料。

但是，由于我对克里米亚有预设，所以我才能更敏锐地观察它，如果我一无所知地来到克里米亚，就不是这样了。

每走一步，我都能发现超乎想象的东西，克里米亚的这些新特点也就给我留下了尤为深刻的印象。

我觉得，我们与一些人的这种"心照神交"也同样具有重大作用。

例如，每个人对果戈理都有自己的认识。但是如果我们能碰巧在生活中见到他，那就会发现他有很多地方迥然异于我们的设想。然而正是这些地方鲜明深刻地印在了我们的记忆中。

如果没有这种预设，那么，我们或许就不会发现果戈理的很多特点，他对我们而言也就成了一个普普通通的人。

我们一贯认为果戈理有点儿郁郁寡欢、敏感多疑、待人冷淡。因此，我们就会一下子发现他那些与这一形象相去甚远的品质：双眼炯炯有神，灵活敏捷，甚至有点儿活泼好动，谈笑风生，衣着雅致，说话带着浓重的乌克兰口音。

我无法确凿无疑地表达这些看法，但是我想，事实正是如此。

在地图上漫游并在想象中游历各地的习惯，有助于我们在现实中正确认识这些地方。

这些地方总是仿佛会留下你想象的一丝痕迹，留下你增加的那一抹色彩、一道光辉、一层薄雾，使你看它们时就不那么枯燥乏味了。

就这样，在莫斯科我已经漫游了阴森的里海海岸，同时阅读了大量有关沙漠的书籍、科学报告，甚至诗歌，几乎涵括了所有我在列宁图书馆所能找到的资料。

我读了普尔热瓦利斯基①和阿努钦②,斯文·赫定③和万贝里,马克-加哈马和格鲁姆-格日迈洛④,谢甫琴科在曼格什拉克半岛的日记,希瓦和布哈拉的历史,布塔科夫中尉的笔记,旅行家卡列林的著作,地理考察报告和阿拉伯诗人的诗歌。

在我面前展现出一个人类爱好钻研和求知的壮丽世界。

去里海、去卡拉-布加兹海湾的机会终于来了,但我却没有钱。

尽管颇费周折,我还是弄到了一笔钱,于是去了萨拉托夫,又从那儿沿伏尔加河到了阿斯特拉罕。在那里我耽搁下来。我微薄的旅费用完了,于是为了继续前行,我不得不在阿斯特拉罕给《三十天》杂志和阿斯特拉罕报社写几篇特写。

为了写作这些特写,我去了阿斯特拉罕草原和埃姆巴河。这趟出行对我写作关于卡拉-布加兹海湾的书也很有裨益。

我顺着芦苇丛生的里海海岸一路航行来到埃姆巴河。我乘的这艘老式轮式轮船的名字很奇特,叫作"天芥菜"。与所有老式轮船一样,船上很多东西都是红铜的,扶手、罗盘、双筒望远镜、各式仪器,甚至船舱的高门槛,全都是铜的。"天芥菜"像一只膀大腰圆、用砖头磨得瓦光锃亮的冒着烟的茶炊,在浅海的

---

① 尼古拉·米哈伊洛维奇·普尔热瓦利斯基(1839—1888),旅行家,曾去中亚细亚考察。
② 德米特里·尼古拉耶维奇·阿努钦(1843—1923),人类学家,地理学家,人种志学家和考古学家。
③ 斯文·安德斯·赫定(1865—1952),瑞典旅行家。
④ 格里高利·叶菲莫维奇·格鲁姆-格日迈洛(1860—1936),地理学家和动物学家。

微波上摇摇荡荡。

一只只海豹好像洗海水浴的人，肚皮朝上躺在里海暖洋洋的水里，偶尔懒洋洋地微微晃动一下肥厚的鳍脚。

在一个个捕鱼的浮码头——小渔船——上，有一群身穿蓝色水手服、牙齿洁白的姑娘，跟在"天芥菜"后面打着口哨，哈哈大笑。她们双颊沾满了鱼鳞。

白色的云朵和白色的沙岛倒映在波光粼粼的水里，有时难以分清是云还是岛。

古里耶夫小城处处弥漫着燃烧干牲口粪升起的炊烟，而我穿过无水草原驶往埃姆巴河乘坐的却是刚刚开始运行的内燃机车。

在埃姆巴河上的多索尔村有很多湖泊，湖水是鲜艳的粉红色，湖泊间一台台油泵嘶嘶作响，散发着盐溶液的气味。家家户户的窗户上都没有镶嵌玻璃，取而代之的是密实的金属网。金属网表面落满了小飞虫，遮得房间里黑乎乎的。

我亲眼看到一位工程师被避日虫咬伤了。第二天他就死了。

中亚细亚热浪袭人。每到夜间星星透过漫天灰尘闪烁着。哈萨克老人沿街走来走去，他们穿着肥大的印花布灯笼短裤，图案花里胡哨——粉色布料上凌乱地印着一朵朵大黑芍药和一片片绿叶。

但是每次出行我都回到阿斯特拉罕，回到阿斯特拉罕报社一位记者的小木房子里。他把我生拉硬拽到他那儿，我也就在他那儿住下了。

小房子坐落在瓦尔瓦茨耶夫运河岸上的一座小花园里，花园里盛开着一簇簇旱金莲。

我在凉亭里写我的特写，亭子极小，只能容下一个人。我也在那儿过夜。

记者的妻子是一位病病恹恹、和蔼可亲的年轻女子，整天在厨房里一边抚摸着一件件婴儿服，一边偷偷哭泣——两个月前她刚刚出生的儿子夭折了。

我离开阿斯特拉罕去了马哈奇卡拉、巴库和克拉斯诺沃茨克。接下来的一切都写进了我的《卡拉－布加兹海湾》。

我回到莫斯科，但是过了几天我再次不得不作为记者去北乌拉尔，去别列兹尼基和索利卡姆斯克。

离开热得出奇的亚洲，我一下子进入了遍布阴郁云杉林的地区，这里沼泽丛生，群山覆盖着地衣，已是初冬时节。

在那里，在索利卡姆斯克的一家宾馆里，我开始写《卡拉－布加兹海湾》。这家宾馆以前是修道院。

宾馆里散发着十七世纪的气味——神香、面包和皮革的气味。每逢夜间，身穿皮袄的守夜人就在铸铁板上敲钟。在昏暗的雪光里，"斯特罗加诺家族统治"时期古老的石膏教堂泛着白色。

这里没有什么能让人想起亚洲，因此不知为何我写起亚洲来反而更轻松。

这就是写作《卡拉－布加兹海湾》的简略经过，我用三言两语匆匆忙忙地讲完了。所有与我的卡拉－布加兹海湾相关的相遇、出行、交谈和事件，不仅不可能一一道来，甚至数一遍都难以做到。

当然，您看到了，这仅仅是所收集到的材料的一部分，而且这也只是一小部分，写进了这部中篇小说。大部分材料都舍弃了，没有写进此书。

但是不必因此觉得可惜。这些材料随时都能在新书的篇章间重新获得生命力。

我写《卡拉-布加兹海湾》时没想过要合理安排材料。我是按照沿里海海岸旅行时积累材料的顺序安排的。

《卡拉-布加兹海湾》一书出版后，评论家发现了这部小说的"螺旋上升结构"并对其大为赞赏。但是这事与我无关，因为我并没有为此耗费脑力和心力。

我写作《卡拉-布加兹海湾》时主要思考的是，我们生活中很多东西都充满了抒情和英雄主义的意味，可以如诗如画、真实生动地表现出来。不管小说写的是芒硝还是北方森林建造造纸厂，都是如此。

所有这一切都能以强大的力量震撼人心，但有一个必要条件，那就是写作这些小说的人要追求真理，相信理智的力量，相信心灵的救赎力量，并且热爱大地。

心灵的印痕

> 啊，心灵的记忆！你比
> 理智忧伤的记忆更强烈。[①]
>
> ——巴丘什科夫

---

① 引自康·尼·巴丘什科夫诗作《我的天才》。

读者常常问从事写作的人,他们是如何为自己的书收集材料的,是否需要很久。当他们听到的回答是根本没有什么专门收集材料一说,他们通常都会大吃一惊。

当然,上述情况不涉及作家为了写一本书而去研究需要的科学和认知性材料。这里说的仅仅是对日常生活的观察。

生活材料,即陀思妥耶夫斯基称之为"日常生活的细节"[①]的一切,不是说研究研究就行。如果可以这样说的话,作家就是要生活在这些材料中,在材料中生活、痛苦、思考、高兴、参与大大小小的事件,生活的每一天自然就会把自己的记号和印痕留在他的记忆中和心灵里。

读者(顺便说一句,也包括年轻作家)认为作家永远是手拿笔记本四处漫游,认为作家是职业"记录人"和生活的窥探者,这种看法必须消除。

逼迫自己积累观察材料并四处奔波做笔记("生怕忘了什么")的

① 引自陀思妥耶夫斯基给赫·阿尔切夫斯卡娅的信。原文是:"我正准备写一部大型长篇小说,我打算专门埋头研究——不是研究现实生活,因为不用研究我也是熟悉的,而是研究日常生活的细节。"

人，当然，会不加选择地积累成堆的观察材料，但是这些材料都是没有生命力的。换言之，如果把这些材料从笔记本搬到一篇生动的散文中，那么它们往往十有八九会丧失自己的表现力，看起来像是硬塞进去的异物。

永远都不要觉得，这个花楸丛或者乐队中这个头发花白的鼓手不定什么时候就可以写进我的短篇小说，我就因此应该特别全神贯注，甚至有点儿矫揉造作地去观察。可以这样说，这种观察是"尽职尽责"的观察，是出于纯粹的"事务动机"。

永远都不要把观察材料强行塞进散文，哪怕是成功的材料。一旦需要，材料自己会进入其中并各就各位。作家常常为之诧异的是，早就忘得一干二净的某个事件或者某个细节，正是在作品需要时，突然栩栩如生地闪现在作家的记忆中。

写作的基础之一就是良好的记忆。

如果我讲一讲我是如何写出短篇小说《电报》的，或许，上述所有想法会更通俗易懂。

* * *

深秋时节，我在梁赞郊区的一个村庄安顿下来，住在曾经名噪一时的雕塑家波扎洛斯京的庄园里。一位老态龙钟、温和可亲的老太太孤零零一个人住在那里度过残年，这是波扎洛斯京的女儿卡捷琳娜·伊万诺夫娜。她的独生女娜斯佳住在列宁格勒，完全把母亲忘到了脑后，她只是每两个月给卡捷琳娜·伊万诺夫娜寄一次钱。

我占用了大房子一端的一个房间，这幢房子回声很大，原木墙壁已经发黑。老太太住另一端。去她那儿需要穿过空荡荡的外屋和几个房间，房间里的木地板吱呀作响、落满灰尘。

除了老太太和我，房子里再无旁人居住。这座房子已被列为文物保护对象。

院子里是年久失修的杂用房，院子后面有一个花园，与房子一样荒芜萧条，潮湿阴冷，在风中呼呼作响。

我来这里写作，一开始在自己房间从早到晚地写。天黑得早。五点钟就已经点上那盏老式煤油灯，灯罩是磨砂玻璃的，做成郁金香形状。

但是，后来我把写作调到了晚上。因为大白天在房间里坐上几个小时太可惜，我可以趁着这个时间到已经寒冬将临的森林和草地上去散步。

我徜徉了许久，看见了很多秋天的征兆。每逢早上在水洼玻璃一样的冰层下面可以看见气泡。有时这种气泡如同空心水晶球，包着深红或淡黄色的山杨树叶或白桦树叶。我喜欢砸开冰取出这些冻僵的叶子带回家。很快我窗台上就收集了整整一堆这样的叶子。这些叶子暖和过来，散发着一股酒香。

最好莫过于去森林。草地上风声呼呼，而在森林里则幽暗僻静，只有薄冰发出咯吱咯吱的声音。森林特别安静或许是乌云笼罩的缘故。乌云低垂在地面上，松树树冠有时也被云雾笼罩其中。

有时我去奥卡河支流钓鱼。那里的灌木丛林中散发着柳树叶子的酸涩气味，刺激得脸上的皮肤似乎都痉挛了。水是幽黑的，隐隐露出浅浅的绿色。到了秋天鱼儿很警惕，很少上钩。

后来就下起连绵的雨来，淋得花园一片凌乱，发黑的草都被吹伏在地上。空气中散发出雪的潮气。

秋天的征兆很多，但是我没有用力记住它们。然而，我深知，我永远都不会忘记这种秋天的苦涩，这种苦涩会把神清气爽的心境和简单明了的想法神奇地合而为一。

乌云拖着潮湿褴褛的下摆沿地而行。乌云越阴森，雨水就越冷，心里就越清明，话语就越容易落在纸上，如同落笔生花。

重要的是感受秋天，感受秋天带来的那一系列情感和思想。而被称为材料的所有内容，包括人、事、个别细节和详情，正如我根据经验所知，这些都万无一失地暂时藏在这种对秋天的感受里。写某个小说时，只要我一回忆起这种感受，那么，所有这一切都会立刻浮现在记忆中并跃然纸上。

我没有把曾经居住的那座老房子当作小说材料来研究。我只是爱上了这座房子的幽暗和寂静，爱上了挂钟杂乱无序的滴答声，爱上了火炉里总是散发出白桦树的烟味，爱上了墙壁上破旧的木版画（所剩无几，因为卡捷琳娜·伊万诺夫娜家几乎所有木版画都被州博物馆收藏了），爱上了布留洛夫的《自画像》，佩罗夫的《背十字架者》和《捕鸟者》，以及波丽娜·维阿尔多[①]的肖

[①] 波丽娜·维阿尔多（1821—1910），法国女歌唱家和作曲家，屠格涅夫好友。

像画。

窗户上装的是老式凹凸玻璃,闪耀着霓虹的光彩,而且不知为何烛焰映在上面会现出重影。

所有家具,包括沙发、桌子和椅子,都是用浅色木头做成的,日久天长磨得发亮,而且像圣像一样散发着柏树的气味。

房子里放着很多滑稽可笑和已不需要的东西:火把形状的铜制小夜灯,密码锁,印着"巴黎"字样的大肚子小瓷瓶,里面的雪花膏已经石化,一束落满灰尘的蜂蜡茶花(挂在一个生锈的大方钉上),一把小圆刷——专门用来擦呢面方牌桌上记分的粉笔字。

有三本厚厚的日历,分别是一八四八年、一八五〇年和一八五二年。在日历上宫廷女官的名单中我发现了普希金的妻子娜塔丽娅·尼古拉耶夫娜·兰斯卡娅和普希金的情人伊丽莎白·科萨维列耶夫娜·沃伦佐娃。不知为何我因此而闷闷不乐。到现在为止我还是不明白为什么。或许是因为房子里一派死寂。远远地,在奥卡河上,在库兹明水闸附近,轮船在鸣笛,不由得就想起如下诗句:

> 忧郁的白天逝去,又是惆怅的夜晚
> 天空中云雾弥漫,仿佛穿上铅色衣衫;
> 月亮朦胧,像幽灵一样
> 升起在松林后边……①

① 引自普希金一首无题诗作。

每晚我都到卡捷琳娜·伊万诺夫娜这里来喝茶。

她的视力已是大大衰退,邻居家的小姑娘纽尔卡一天来个两三次,帮她干些零零碎碎的家务活儿,这个小姑娘性格阴郁,对什么都不满意。

纽尔卡摆好茶炊,和我们一起喝茶,从小碟子里吸茶,发出呼噜噜的响声。一听到卡捷琳娜·伊万诺夫娜小声说话,纽尔卡就会说一句:

"你看,还有这事!真能想得出!"

我责备她几句,但她还是照样对我说:

"你看,还有这事!当我什么都不懂,当我是个大老粗!"

但是,事实上,纽尔卡大概是唯一爱卡捷琳娜·伊万诺夫娜的人。而这并非因为卡捷琳娜·伊万诺夫娜有时送她别着蜂鸟羽毛标本的老式天鹅绒礼帽,有时送她带一串玻璃珠的头饰或者送她年久发黄的小花边。

卡捷琳娜·伊万诺夫娜曾经和父亲在巴黎生活过,认识屠格涅夫,参加过维克多·雨果的葬礼,她跟我讲述这些往事,而纽尔卡却说:

"你看,还有这事!真能想得出!"

但是纽尔卡没有逗留太久,她就回家照顾"自己的小不点儿们"睡觉了。

卡捷琳娜·伊万诺夫娜有个破旧的缎子小包,从不离手。她在里面保存着自己的全部财产:娜斯佳的信件,为数不多的钱财,护照,娜斯佳的照片——这是个美人儿,弯弯的柳叶眉,眼神朦胧,——以及一张卡捷琳娜·伊万诺夫娜本人的泛黄照片,照片上的她还是一个年轻的姑娘,温情脉脉,清纯可人。

除了年老体弱,卡捷琳娜·伊万诺夫娜从不怨天尤人。但是我听邻居们和糊涂又善良的老人、消防器材棚子守门人伊万·德米特里耶夫说,卡捷琳娜·伊万诺夫娜没过过好日子,只有悲恸欲绝。娜斯佳已经是第四个年头没回来了,看来,她把母亲忘了,而卡捷琳娜·伊万诺夫娜没剩几天活头了。说不定哪一天她就溘然长逝了,没见到女儿,没有爱抚她一下,也没有抚摸一下她那"美丽迷人的"(卡捷琳娜·伊万诺夫娜这样形容女儿的头发)淡褐色头发。

娜斯佳给卡捷琳娜·伊万诺夫娜寄钱,但连这也是时断时续的。漏寄的时候卡捷琳娜·伊万诺夫娜是如何熬过来的,无人知晓。

有一天,卡捷琳娜·伊万诺夫娜请求我送她去花园,从开春以来,因为体力不支,她就没去过那儿。

"我亲爱的,"卡捷琳娜·伊万诺夫娜说,"您可别怪罪我这个老婆子。我想最后再看看花园。做姑娘时我就在这里看屠格涅夫的书了,看得入了迷。有些树还是我亲手种的。"

她穿衣服穿了很久。她穿上旧的厚呢子大衣,围上厚实的头巾,紧紧抓着我的手,慢慢从小台阶上走下来。

天色已晚。花园里一片凋零。满地枯叶妨碍前行。枯叶在脚下沙沙作响。青色的霞光中亮起了一颗星星。远远的森林上空挂着一弯月牙儿。

卡捷琳娜·伊万诺夫娜在一棵经历风吹雨打的椴树旁停了下来，一只手扶着树，哭了起来。

我紧紧搀扶着她，以防她摔倒。她哭着，就像所有迟暮之人，不羞于自己的泪水。

"我亲爱的，上帝保佑，"她说，"您可别活到这把孤独终老的年纪！上帝保佑！"

我小心翼翼地把她送回家，晚上卡捷琳娜·伊万诺夫娜让我读一读一捆年久发黄的信，是父亲留下的信。

其中有画家克拉姆斯柯依和雕塑家约尔丹从罗马寄来的信件。约尔丹写到自己和丹麦著名雕塑家托瓦尔森的友谊，以及拉特兰宫那些令人称奇的大理石雕像。

我照常是夜里读这些信。风在墙外呼呼地吹，吹得湿乎乎、光秃秃的灌木丛哗哗作响，油灯不时轻轻发出毕剥的声音，好像是因为无聊而自言自语。不知为何，正是在这里，在忧郁的夜晚，听着乡村守夜人在村口敲击梆子的声音，读这些来自罗马的信，感觉很奇妙。

那时我对托瓦尔森产生了兴趣，后来在莫斯科弄到了有关他的所有书籍，了解到他和童话作家克里斯蒂安·安徒生的友谊，几年后我写了一篇关于安徒生的短篇小说。这篇小说我也归功于这幢老木头房子。

也就过了几天，卡捷琳娜·伊万诺夫娜躺下之后就卧床不起了。她没有什么病痛，只是抱怨乏力。

我给列宁格勒的娜斯佳发了电报。纽尔卡搬到卡捷琳娜·伊万诺夫娜的房间，靠得近点儿，以防万一。

一天夜里，纽尔卡使劲儿敲我的墙，惊慌失措地大喊：

"快来！老奶奶要死了！"

卡捷琳娜·伊万诺夫娜躺在那儿，失去了知觉，只剩最后一口气。我摸了摸脉，脉不跳了，只是轻轻颤动着，细若游丝。

我穿上衣服，点上灯笼，去乡村医院叫医生。医院远在森林深处。黑乎乎的风吹来采伐场的锯末味。深更半夜，连狗吠声都没有。

医生给卡捷琳娜·伊万诺夫娜注射了一针樟脑酊，叹了口气就走了，最后说，这是弥留状态，但会持续很久，因为卡捷琳娜·伊万诺夫娜的心脏很健康。

到了早上，卡捷琳娜·伊万诺夫娜死了。我只好合上她的双眼。也许，我永远都不会忘记，当我小心翼翼按住她半开的眼睑时，她的眼睛里突然滚出一滴浑浊的泪珠。

纽尔卡哭得上气不接下气，给了我一个皱巴巴的信封说道：

"卡捷琳娜·伊万诺夫娜在这里面嘱咐了该怎样给她装殓。"

我拆开信封，读了老人用颤抖的手写下的几个词语，这是她死后穿什么衣服的遗愿。我把信交给早上来送卡捷琳娜·伊万诺夫娜最后一程的妇女们。

后来我去了坟地挑选墓址，回来时，卡捷琳娜·伊万诺夫娜已经穿戴停当，躺在了桌子上，我站住脚，大吃一惊。

她躺着，像个姑娘一样纤细苗条，身穿一袭金色的老式舞会连衣裙，拖着长长的后摆。后摆松松地围在她的脚边，隐隐露出小巧玲珑的黑色麂皮鞋。她双手握着一根蜡烛，手上戴着一副长及肘部的白色细软皮手套，一束丝制红玫瑰别在腰间。

她脸上蒙着头纱，如果不是袖子和白手套边缘之间露出皮肤干枯、布满皱纹的胳膊肘，可能会以为这里躺着一位年轻苗条的女子。

娜斯佳迟了三天，等她来到，已是葬礼之后。

上述所有内容就是作家的那种日常生活材料，作品就是从这种材料中产生的。

值得注意的是，所有情况，所有细节，以及木头房子和秋天构成的环境本身，这一切都与卡捷琳娜·伊万诺夫娜的处境完全吻合，也与她自己在最后时日所承受的那种沉重的心灵悲剧完全一致。

但是，当然，我远远不是把当时的一切所见所想都写进了《电报》。很多都没写进去，这是常有的事。

司空见惯的是，为了写一篇很短的短篇小说，正如作家术语所说，需要"发掘"大量材料，才能从中选出最有价值的。

我不止一次有机会观察扮演次要角色的优秀演员的表演。这种演员扮演的人物在全剧中总共只有两三句台词，但他还是对编剧刨根问底，不仅问这个人物的性格和外貌，还问他的生平，问他的出身环境。

演员需要准确了解这些内容，才能说好自己的那两三句台词。

作家也是如此。材料储备应该远远多于他写作短篇小说的材料。

我讲了写作《电报》的经过。每篇小说都有自己的写作经过和自己的材料。

有一年冬天我住在雅尔塔。我打开窗户，房间里就飞进来一片片干巴巴的橡树叶子。叶子在地板上随风而动，沙沙作响。这不是百年老橡树的叶子，而是那种低矮的灌木橡树林的叶子，克里米亚高原草地的山坡上长满了这种橡树林。

每到夜里，从白雪覆盖的山上吹来阵阵寒风。雪在闪烁的星光下格外耀眼夺目。

诗人阿谢耶夫住在我隔壁，他在写关于英雄的西班牙（时值西班牙内战时期）的诗歌，写《巴塞罗那古老的天空》。

诗人弗拉基米尔·卢戈夫斯科伊用他雄浑有力的男低音唱着古老的英国水手歌谣：

> 再见吧，陆地！轮船就要出海，
> 连海鸥的痕迹也消失在船尾之外……

每天晚上，我们聚集在收音机旁听西班牙战事播报。

我们去了一趟西梅兹天文台。一位头发花白的天文学家给我们看星空——在浩瀚无边的天穹中稀稀落落闪烁着遥不可及的星光。

有时黑海舰队的舰艇进行实弹演习，枪炮声传到雅尔塔，震得长颈玻璃瓶中的水颤动起来，低沉的隆隆声沿着高原草地滚滚而去，进入松树林轰隆隆乱响，然后安静下来。

夜里，一架架看不见的飞机在天空中轰鸣而过。

我在读德国作家布鲁诺·弗兰克①写塞万提斯的一本书。书很少，所以这本书我读了好几遍。

那时，法西斯的四爪开始迅速在欧洲横行霸道。德国那些高尚人士，如亨利希·曼②、爱因斯坦③、雷马克、斯蒂芬·茨威格④等，不愿成为"褐色瘟疫"和丧心病狂的恶魔希特勒的同谋，都离开了自己的国家。他们虽然流亡在外，但是内心坚信人道主义必胜。

盖达尔带着一只大长毛牧羊犬来到我们房子里，这只牧羊犬长了一双笑眯眯的黄眼睛。他说，这是山地牧羊犬。

盖达尔假装对文学一窍不通。他总爱装作头脑简单。

每天夜里，黑海发出凄凉的呜咽声。白天也有响声，但是白天的声音却听不清楚。听着大海的涛声，写作变得更轻松。

这就是当时"日常生活"的一系列细节。这些细节形成了小说《猎犬星座》。在这篇小说里您几乎能发现所有我上文提到的东西：干巴巴的橡树叶子、头发花白的天文学家、枪炮声、塞万提斯、坚信人道主义必胜的人们、山地牧羊犬、夜航飞机以及很多其他东西。

当然，所有这些都以一定的关系融合在一起，并融入一定的

---

① 布鲁诺·弗兰克（1887—1945），德国作家，著有传记体长篇小说《塞万提斯》。
② 亨利希·曼（1871—1950），德国作家。
③ 阿尔伯特·爱因斯坦（1879—1955），德国物理学家，提出狭义相对论和广义相对论。
④ 斯蒂芬·茨威格（1881—1942），奥地利作家。

情节。

  我写这篇短篇小说时,一直努力让自己保持对夜间寒冷山风的感受。这种感受就像这篇小说的主旨。

(孟宏宏　译)

宝石般的语言

> 你会惊叹于我们的语言字字珠玑：每一个声音都是一件礼物；个个恰似珍珠，粒粒饱满、颗颗硕大，千真万确，有些东西的名称甚至比东西本身还珍贵。①
>
> ——果戈理

矮树林里的泉源

很多俄语词汇本身散发着诗意，正如同宝石散发着神秘的光芒。

我当然懂得，宝石没有任何神秘的光芒，任何一个物理学家都能用光学原理轻而易举地将这一现象解释清楚。

但是，宝石的光芒还是会引起神秘感。认为一块散发着明亮灿烂光辉的宝石里没有它自己的光源，这种想法很难让人认同。

很多宝石都是如此，甚至包括诸如海蓝宝石那样的普通宝石，

---

① 引自果戈理《当代抒情诗人可描绘之对象》(1844)。

其颜色难以准确形容，至今还未找到合适的词语来为其命名。

海蓝宝石，顾名思义（"海蓝"一词意为"海水"），是与海浪颜色相同的石头。其实并非完全如此。虽然这种宝石透明的深处泛着一丝淡绿色和淡蓝色，但是其主要特点却在于它由里而外散发出一种纯粹的银光（正是银色，而非白色），通体光辉灿烂。

如果仔细端详海蓝宝石，你就会觉得好像看见了一片平静的大海，海水泛着星星的颜色。

显然，正是海蓝宝石和其他宝石的这种色泽特点，引起了我们的神秘感。不管怎样，我们仍然觉得这些宝石的美无法解释。

解释俄语中的很多词语因何"散发诗意"，则要相对容易一些。显然，我们觉得一个词语富有诗意，是因为这个词语表达了我们认为充满诗意内容的概念。

但是，解释词语本身（不是词语表达的概念）对我们想象力的作用，则要难得多，例如，哪怕是像"热闪"这样简单的词语。这个词语发音本身就好像在表达遥远夜空慢慢传来的闪电之光。

当然，对词语的这种感受是非常主观的。对此不能固执己见并将其作为普遍法则。我是这样理解和感受这个词的，但是我决不想把这种理解强加于人。

只有一点是无可争议的，那就是这类词语大部分都与我们的大自然有关。

一个人只有对自己的人民真正热爱并了如指掌直至"深入骨髓"，感受到我们土地不露痕迹的魅力，俄语才会毫无保留地对他展示出自己真正的出神入化和瑰丽多彩。

自然中存在的万事万物,包括水、空气、天空、云、太阳、雨、森林、沼泽、河流和湖泊、草地和田野、花草,在俄语中有成千上万美妙的词语和名称。

为了证实这一点,为了用好我们容量巨大和释义准确的辞典,除了那些大自然和民族语言行家的书,比如凯戈罗多夫[①]、普里什文、高尔基、阿列克谢·托尔斯泰、阿克萨科夫[②]、列斯科夫、布宁以及很多其他作家,我们还有一个最主要的、永不枯竭的语言源泉——人民自身:农民、老工人、护林巡查员、浮标手、手工业者、乡村写生画家、手艺人和所有那些饱经风霜的人,他们说出的任何一个词语都是字字珠玑。

遇到一位护林员之后,我的这一想法变得尤为清晰。

我恍惚记得,我在哪本书已经谈过此事。如果当真如此,就请原谅我,但是不得不旧事重提,因为此事对于谈论俄语语言是有意义的。

我与这位护林员走在矮树林里。在远古时期,这里曾是一大片沼泽,后来沼泽干涸了,长满了植物,如今只有厚厚的百年苔藓,这片苔藓中的一个个小水坑以及遍地的杜香告诉人们这里曾经是沼泽。

---

① 德米特里·尼基福罗维奇·凯戈罗多夫(1846—1924),自然科学家,自然科学通俗作家。

② 谢尔盖·季莫费耶维奇·阿克萨科夫(1791—1859),著有《家庭纪事》等。

我不赞同人们通常对矮树林不屑一顾的态度。矮树林富有独具特色的魅力。各种各样的小树——云杉和松树,山杨和白桦——都密密麻麻、和和睦睦地生长在一起。那里总是干净明亮,就像收拾停当、准备过节的农民上房。

每次到矮树林我都觉得,画家涅斯捷罗夫正是在这些地方发现了自己风景画的特点。这里每一株纤细的树干、每一条柔嫩的树枝都可单独入画,也因此显得格外赏心悦目。

苔藓中有些地方,正如我上文所言,有一些圆圆的小水坑。水坑里的水看起来静止不动。但是如果仔细端详,就可以看见水坑深处绵绵冒着涓涓细流,干巴巴的越橘叶子和黄色的松针在细流中打着回旋。

我们在一个这样的小水坑旁停下来,喝足了水。水微微有点松节油的气味。

"泉源!"护林员看着一只甲虫在小水坑中疯狂挣扎,刚浮上来立刻又沉了底,"伏尔加河可能也是发源于这样的一个小水坑吧?"

"是的,有可能。"我附和道。

"我特别喜欢琢磨词,"护林员突然说道,难为情地笑了一下,"你说也是怪了!经常会有个词在脑子里没完没了地绕呀绕,让你不得清静。"

护林员沉默了一会儿,调整了一下肩上的猎枪,问道:

"听说,您好像写书?"

"是的,我写。"

"那就是说,您对每个词的意思都很了解。可我呢,不管怎么揣摩,还是很少能把一个词说清。你在森林里走着,那些词就一个接一个从脑子里冒出来,于是就左思右想:这些词都打哪里冒出来的呢?什么都想不出来。我没文化。没上过学。有时要是琢磨出一个词的意思,那可就太高兴了。可又有什么高兴的呢?我又不是教小孩儿的。我是护林员,一个普普通通看林子的。"

"现在哪个词在您脑子里绕?"我问道。

"就是'源泉'这个词。这个词我早就注意到了,一直左思右想地琢磨它。应该是这么着,这个词是因为水从这里冒出来。泉源变成河,河又流啊流,流遍我们的大地母亲,流遍我们的祖国,养育着人民。您看,这就连起来了:源泉,祖国,人民。这三个词就像亲戚!就像亲戚!"[①]他重复了一遍,笑了起来。

这段质朴的话语向我展示了我们语言最为深厚的根源。

千百年来人民的全部经验,人民性格中的所有诗意都包含在这段话里。

语言和大自然

为了完全掌握俄语,为了保持对这种语言的感觉,我坚信,不仅要与普通俄罗斯人经常交往,还要与牧场和森林、江河湖海、老柳树、啁啾的鸟和从榛树丛下频频点头的每一朵花打交道。

① 这三个俄语词分别是"родник""родина""народ",都包含音节"род",这一音节也出现在"родня"(亲戚)一词中。

或许，每个人都能碰到自己有所发现的幸福时刻。我也曾有过这样的时刻，那是我在树木成荫、绿草如茵的俄罗斯中部度过的一个夏季，当时经常打雷下雨，彩虹频现。

这个夏季有松涛隆隆、仙鹤鸣啼，有白云朵朵、夜空闪烁，有一丛丛茂密的合叶子芳香怡人，有一只只公鸡雄赳赳的报晓声，而当晚霞把姑娘们的双眸染成金黄色，当第一缕雾气开始小心翼翼地在潭水上方弥漫开来时，在暮色茫茫的草地上还有姑娘们的歌声。

这个夏季，我通过触觉、味觉和嗅觉重新认识了很多词语，虽然此前都是我知道的词语，但都是一知半解，没有切身感受。以前这些词语只能联想起一个普通单调的形象。如今才发现，原来每个这样的词语都包含了无数生动的形象。

这究竟是哪些词语呢？数量如此之多，甚至难以决定从哪些词开始谈起。或许，最简便的还是从有关雨的词语谈起吧。

当然，我知道有毛毛雨、太阳雨、连绵雨、蘑菇雨、疾雨、片状雨、斜雨、骤雨，最后还有倾盆大雨（瓢泼大雨）。

但是，抽象地知道是一回事，亲自感受并且懂得每一种雨都有自己独特的诗意和与众不同的特点，则是另一回事。

这样，所有这些形容雨的词语都获得了生命力，茁壮成长起来，充满了表现力。那时，你会透过每一个这样的词语看见并感受到你在说什么，而不是根据一贯的习惯机械地念出声来。

顺便一提，作家的语言对读者的影响还存在着一种特殊的规律。

如果作家写作时不能透过他所写的词语看见其内涵，那么读者也不可能从中看见什么。

但是，如果作家清楚地看见词语的内涵，那么最简单的、有时甚至是毫无特色的词语都会获得新意，对读者产生显著影响并引发读者产生思想、感情和情绪，而这正是作家想要传达给读者的。

显然，这也正是所谓潜台词的秘密。

不过，我们还是回来谈雨吧。

下雨前有很多征兆。乌云蔽日，炊烟贴地，燕子低飞，公鸡不按时辰在院子里乱啼，云彩在天上拖着一缕缕长长的雾霭——这都是要下雨的征兆。下雨前不久，即便还没有乌云密布，却已感觉到微微的潮气。潮气可能是从已经下雨的地方飘来的。

随后就开始掉雨点了。"掉雨点"这个民间用语准确生动地表达了开始下雨的意思，此时，雨滴还很稀疏，在落满灰尘的路上和房顶上留下一个个小黑点。

接着，雨就下开了。这时，刚刚被雨水打湿的土地还会散发着神奇、凉爽的泥土味。这种气味不会持续很久，取而代之的是潮湿的青草味，尤其是荨麻味。

耐人寻味的是，不管要下什么雨，刚一开始，人们总是温柔亲切地称它为小雨。"小雨开始了"，"小雨下大了"，"小雨淋湿了青草"。

我们来分析几种雨，以此说明对一个词语有了直观印象时，这个词语会多么栩栩如生，这又是怎样帮助作家准确运用这个词语的。

比如，疾雨和蘑菇雨①有什么区别呢？

"疾"一词的意思是快速的、急速的。疾雨下得又急又大，总是来得声势浩大。

河上的疾雨尤其壮观。每一滴雨滴都在水面上溅出一个圆圆的坑儿，形成一个小水碗儿，然后弹起来，又落下，在消失前的几秒钟还能在碗底看到。雨滴晶莹闪烁，仿佛一颗珍珠。

与此同时，整条河上噼里哗啦，如同玻璃相撞。根据声音大小可以判断，雨会越下越大还是会越来越小。

而蘑菇雨则是一种蒙蒙细雨，从低垂的乌云中缓缓洒落下来。这种雨形成的水洼总是暖暖的。蘑菇雨不会叮当作响，而是自顾自地絮絮低语，令人昏昏欲睡，勉勉强强听得它在灌木丛中忙活，好像用温柔的手挨个抚摸着一片片叶子。

森林腐殖土和苔藓不急不忙地充分吸收着这种雨。因此，蘑菇雨过后，蘑菇争先恐后钻出来——黏糊糊的黄皮牛肝菌、黄色的鸡油菌、美味牛肝菌、金黄色的松乳菇、蜜环菌和数不清的毒蘑菇。

下蘑菇雨时，空气中飘着淡淡的烟味，狡猾谨慎的拟鲤很容易上钩。

出太阳时下雨，民间说法是"公主哭了"。这种雨在阳光下闪闪发光，很像大颗的眼泪。除了童话中美丽的公主，谁又在伤心哭泣或喜极而泣时流下这样晶莹剔透的泪珠呢！

下雨时，可以尽情欣赏千变万化的光线，听各种各样的声

---

① 俄语中的"蘑菇雨"类似于汉语中的梅雨。

响——从薄板房顶上均匀的噼啪声和排水管里微弱的汩汩声,到所谓大雨如注、雨幕茫茫时接连不断、来势凶猛的哗啦声。

这只是可以描述雨的一小部分词语。但是这也足以惹得一个作家火冒三丈,板着脸对我说:

"我情愿写生机勃勃的街道和房屋,也不会写您那令人厌倦和死气沉沉的大自然。还用说嘛,除了不悦和麻烦,雨什么好处都没有。您只不过是太理想化了!"

* * *

俄语中有多少绝妙的词语来描述所谓的天气现象啊!

夏日雷雨席卷大地之后"坠落"到地平线下。民间不说乌云消散了,而是爱说乌云一扫而光了。

闪电有时划破天空,直击地面,有时从黑黢黢的云层中迸射出来,火花四溅,就像枝丫繁密的金树连根拔起。

在烟雾空蒙的天际挂着灿烂的彩虹。雷还在一阵阵打着,雷声轰轰隆隆,越来越远,震动着大地。

不久前,在村子里,下大雷雨时,一个小男孩来到我的房间,兴奋得两只眼睛瞪得大大的,说道:

"咱们看雷群去!"

他说"雷"这个词用了复数,[①]的确没错,因为雷雨铺天盖

[①] 按照俄语语法,"雷"这个单词没有复数。

地,四面八方都是轰隆隆的雷声。

小男孩说"看雷",让我想起了但丁《神曲》中关于"阳光沉默了"的说法。这两处都是概念的偏移,然而却赋予词语非凡的表现力。

* * *

我已经提到过热闪。

热闪最常出现在谷物成熟的七月。因此,民间也就有一种迷信说法,说热闪"照熟庄稼",每天夜里照着谷物,因此谷物灌浆就更快。在卡卢加州,热闪被称作"庄稼闪"。

与热闪同样富有诗意的还有"霞光"一词,这是俄语中最美的词语之一。

人们说这个词时从来都是轻声细语,甚至难以想象可以把它大声喊出来。因为这个词与夜间的安谧恬静融为一体,此时乡村园子的灌木丛上空微微露出一抹碧蓝色。民间把这个时刻称作"蒙蒙亮"。

在这朝霞初现时,启明星低低地挂在大地上空熠熠生辉。空气如泉水一般清冽。

在霞光笼罩的黎明中有一种处子般的纯洁。青草沐浴着霞光,全身披挂着露珠,一棵棵树木散发着热气腾腾的牛奶香气。村外,蒙蒙晨雾中有人吹奏着牧笛。

很快就破晓了。暖融融的房子里笼罩着一片静谧,昏暗朦胧。但是原木墙壁上已经映照出一块块橙黄色的晨曦,于是,原木犹如一层一层的琥珀开始泛起光彩。太阳升起来了。

秋天的朝霞是另一副模样——阴沉沉，慢吞吞。白天不乐意醒来：反正又照不暖冻僵的土地，也挽不回笑盈盈的阳光。

万物凋零垂落，只有人不屈服。天一破晓，家家户户的农舍里就生起了炉子，袅袅炊烟笼罩着村落，又在地面上弥漫开来。然后，你或有可能看见淅淅沥沥的雨滴洒在蒙着一层水汽的玻璃窗上。

不仅有朝霞，还有晚霞。我们常常混淆夕照和晚霞这两个概念。

晚霞出现在日落西山之时。此时，晚霞洒满了渐渐暗淡的天空，整个天空散发出五颜六色的光彩——从鲜艳的赤金色到绿松石色——随后，慢慢地，天色越来越暗，黄昏变为深夜。

长脚秧鸡在灌木丛中叽咕叽咕，鹌鹑啾啾，蒲鸡哼哼，第一批星星亮起来了，而晚霞还久久地在暮霭沉沉的天际燃烧，直至散尽。

北方的白夜，列宁格勒的夏夜，就是绵延不绝的晚霞，或者，也可以说是晚霞与朝霞融为了一体。

普希金精确描绘了这种景象，令人称奇，无人能敌：

> 我爱你，彼得创建的城，
> 爱你严肃端庄的面容，
> 爱你涅瓦河的流水庄严，
> 和那大理石砌成的河岸，
> 爱你铸铁栏杆上的图案，
> 爱你那沉思的夜晚，
> 爱你透明的蒙蒙夜色，

和那无月夜的点点光泽,
此时的我独自坐在房间
写作或是读书,无须把灯点燃,
沉睡的大街小巷清晰可见,
海军部的尖塔金光闪闪,
黑夜帷幕还未来得及,
遮住那金色天穹灿烂,
一抹抹朝霞匆匆来临,
只让黑夜逗留半小时。①

这些诗句不仅仅是诗歌的巅峰,其中除了蕴含着精妙、明朗的心灵和静谧,还有俄语全部的神奇魅力。

如果可以假设,俄语诗歌消亡了,连俄语也没有了,只剩下这几行诗句,那么,即便如此,每个人也会很清楚我们的语言是多么丰富、多么悦耳。这是因为普希金的诗歌仿佛魔法水晶,凝聚了我们语言所有非凡的品质。

创造这种语言的民族,是真正伟大而幸福的民族。

花草簇簇

不只是护林员琢磨词语的意思,很多人都琢磨,琢磨不出

---

① 引自普希金长诗《青铜骑士》(楔子)。

来，心里就不得安生。

我记得，有一次，谢尔盖·叶赛宁诗作中的"吹摆的"一词让我大吃一惊。

  随着吹摆的风，
  沿着那片沙，
  人们在我的脖子上套绳，
  让我爱上这忧伤。①

我不知道"吹摆的"一词的含义，但感觉到这个词饱含诗意，它仿佛自带诗意。

我想了很久也无法获知这个词的含义，而所有猜想也是毫无结果。叶赛宁为什么说"吹摆的风"呢？显然，这个词语与风有点儿关系，可是，是什么关系呢？

我从方志学作家尤林那里知道了这个词的含义。

尤林对俄罗斯中部大自然、生活方式和历史相关的一切都充满好奇、寻根究底，哪怕只有一丁点儿关系。

他这一点很像那些热爱自己乡土的专家，他们悉心研究和一点一滴地收集俄罗斯小城中还保存的地方性以及区域性的地理、植物、动物和历史方面有趣的东西。

尤林来到村子里找我，我们两个人一起去河对岸的牧场。我

---

① 引自叶赛宁诗作《在那黄色荨麻生长的地方……》。

们沿着洁净的河边沙滩向小桥走去。前一天刮了风,像往常刮过风之后一样,沙滩上留下了波纹。

"您知道这叫什么吗?"尤林指着沙滩波纹问我。

"我不知道。"

"吹摆的,"尤林答道,"风把沙子吹得摇摆,所以就有了这样一个词。"

我喜出望外,显然,就像护林员那样,弄懂了一个词的含义就喜出望外。

这就是叶赛宁写"吹摆的"以及提到"沙子"的原因("沿着那片沙")。

最令我喜出望外的是,因为果然不出我所料,这个词表达了一种常见却充满诗意的自然现象。

叶赛宁的故乡康斯坦丁诺沃村(今称叶赛宁诺村)位于奥卡河对岸不远的地方。

太阳每天都是在那边落山。时至今日,我一直觉得叶赛宁的诗歌最精妙地表现了奥卡河对岸壮观的落日景象和湿润牧场上的茫茫暮色,此时,笼罩着牧场的不知是蒙蒙水雾,还是从烧焦的树林飘来的淡蓝色烟雾。

* * *

在这些似乎没有人烟的牧场上,我经历了各种各样的事,有过多次的不期而遇。

有一天，我在一个小湖边钓鱼，湖岸又高又陡，长满了带刺的悬钩子。湖的四面围绕着一棵棵老柳树和黑杨树。因此湖面上总是没有一丝风，甚至大晴天也是昏暗无光。

我紧靠水边坐着，水边的灌木丛极其密实，从湖岸上根本看不见我。岸边盛开着黄色的鸢尾花，再往里，在湖水深处的淤泥里一直往上冒着气泡儿，这可能是鲫鱼在淤泥里四处乱钻、寻找食物。

在我头顶上方，开着齐腰高的花，乡下孩子在这里挖野菠菜。听声音是三个小姑娘和一个小男孩。

两个小姑娘假扮有好几个孩子的乡下妇女拉家常。她们俩可能都是在模仿自己的母亲。这是她们的一种游戏。第三个小姑娘一直没说话，只是细声细气地哼着歌：

空袭惊报[①]拉响时
生下一个美妞妞……

后面的歌词她不知道，停了一会儿，又哼起那首"空袭惊报"歌。

"惊报，惊报！"嗓子有点儿沙哑的小姑娘气哼哼地说，"你一天到晚忙活，累死累活，为的是把这群淘气鬼，这帮小崽子送进学堂，可是他们都学了啥？连个词都不会说！要说'警报'，不是'惊报'！这就告诉你爹，叫他教训你一顿。"

[①] 小姑娘把"警报"误说成"惊报"。

"我家那个彼得卡,前两天啊,"另一个小姑娘说道,"带回来个两分。是数学分。让我一顿胖揍啊,手都麻了。"

"纽尔卡,你净胡说!"小男孩用低沉的声音说道,"揍彼得卡的是她妈妈,就轻轻揍了几下。"

"瞧啊,鼻涕虫!"纽尔卡呵斥一声,"你再给我说!"

"听着,姑娘们!"小哑嗓儿高兴地喊起来,"咳,我跟你们说件事啊!这边鸟滩附近有棵小树。一到夜里,整棵树,直到树尖儿,就开始冒蓝火。火可大啦!就这么冒啊冒啊,一直到天亮。谁都不敢靠近。"

"克拉娃,这树为啥冒火?"

"说明有宝藏啊,"克拉娃回答,"树底下埋着宝藏。一支金铅笔。谁要是拿那支铅笔写出自己最想要的东西,立马就能变出来。"

"给我!"小男孩儿恳求说。

"给你什么?"

"铅笔!"

"你别缠着我!"

"给我!"小男孩大叫一声,突然粗着嗓子号啕大哭起来,哭声刺耳,"给我铅笔,臭丫头!"

"嗬,你敢胡闹!"纽尔卡大叫一声,紧接着啪叽一声响亮的巴掌声,"我的丧门星!我干吗把你生下来!"

不知为何,小男孩突然安静下来。

"你呀,亲爱的,"克拉娃假装成甜言软语的口吻说,"别打自家孩子。过不多久都叫你给打死了。你啊,学学我,得教他们懂规矩。要不长大了全成傻瓜蛋。对己对人都没一点儿好处。"

"能教他啥？"纽尔卡气呼呼地说，"你倒是教教看！他准给你尥蹶子！"

"不教怎么行！"克拉娃反驳说，"什么都得教他们。这会儿他缠着咱们，哼哼唧唧，四下里一看，没有一样的花。这里的花儿有好几百种。他认识哪个？他啥也不认得。就连这种花叫什么，他都不知道。"

"叫五虎草。"小男孩说。

"这哪是什么五虎草，是肺草。你自己才是五虎草！"

"飞草。"小男孩甚至有点儿佩服地学着说。

"不是'飞草'，是'肺草'。得说准了。"

"飞草，"小男孩急忙重复了一遍，马上问道，"这是什么花，粉色的？"

"这是薄荷。跟我念：薄荷！"

"嗯，薄荷。"小男孩应声说。

"别嗯呀哎呀的，光跟我念就行！瞧，这是绣线菊。可香可香呢！可嫩可嫩呢。想要吗，给你摘一朵？"

显然，小男孩很喜欢这个游戏。他一边哼哧哼哧，一边认真地跟着克拉娃念花名。她接连说出了一大堆花名：

"瞧这儿，这是猪殃殃。这是金莲花。瞧，就是长着白色小铃铛的。这是杜鹃泪。"

我听着，惊讶不已。小姑娘竟认得那么多花。她叫出了蝇子草、夜来香、石竹、荠菜、细辛、皂根、唐菖蒲、鹿子草、百里香、金丝桃、白屈菜以及很多其他花草。

但是这堂不同寻常的植物学课却突然被打断了。

"我扎着刺了啊！"突然小男孩又粗着嗓门大哭起来，"你们这些蠢丫头，把我往哪儿带？！偏往有刺的地儿去！这下我可回不了家了！"

"哎，小丫头们！"远处有个老人的声音喊道，"你们怎么欺负小孩儿？"

"帕霍姆爷爷，是他自己扎了刺！"纯正发音的热情捍卫者克拉娃大声回答，又小声加了一句，"哼，你这个没良心的！你自己才谁都欺负呢！"

我听到老人朝孩子们这边走过来了。他往下边的湖面望了望，看见了我的钓鱼竿，说道：

"这儿有人钓鱼，你们叽里呱啦闹翻了天。那么大牧场还不够你们闹的！"

"哪儿在钓鱼？"小男孩赶忙问，"让我也钓会儿！"

"往哪儿钻？"纽尔卡叫道，"再掉进水里，该死的，不听话！"

孩子们很快就走了，我就没看见他们。老人在岸上站了一会儿，想了想，客气地咳嗽了几声，犹豫不决地问我：

"公民，您有烟能抽根吗？"

我回答说有烟。于是，老人顺着斜坡往下滑，发出稀里哗啦的声音，因为被悬钩子藤挂着了，嘴里骂骂咧咧，他下来找我要烟抽。

原来是个瘦小的干瘪老头儿，手里却拎着一把大刀，刀放在皮套子里。老头儿想到我恐怕不放心这把刀，急忙对我说：

"我来砍柳条，拿去编篮子和篓子。我是编这些小家什的。"

我跟老头说，刚才有个小姑娘太棒了，什么花草都认得。

"你说克拉娃吧？"他问道，"这是农庄饲马员卡尔瑙霍夫的闺女。她奶奶是全州最厉害的草药郎中，她有什么不认得呢！您去和她奶奶聊聊，准得听入迷。是啊，"他说，停了一下，叹了口气，"每种花都有自己的名……看来，上户口了。"

我惊讶地看了看他。老头儿又跟我要了支烟就走了。很快我也走了。

我钻出灌木丛来到牧场大道上，远远看见前面有三个小姑娘。她们都拿着一大抱花，其中一个牵着一个光着脚丫子、戴着一顶大帽子的小男孩。

小姑娘们走得很快，只见她们的脚后跟不停挪动着。后来传来细声细气的歌声：

空袭警报拉响时，
生下一个美妞妞……

太阳已经慢慢落到了奥卡河对岸叶赛宁诺村的后面，淡红色的斜晖照在像堵墙一样绵亘在东方的森林上。

辞　典

有时，我会有各种突发奇想。比如，我会想，如果编上几本新的俄语辞典（当然，现有的综合性辞典不算在内）就好了。

我们假设，其中一本这样的辞典里可以收集与大自然相关的词语，另一本则收集准确生动的方言土语，第三本收集各行各业用语，第四本收集杂七杂八僵死的词语、所有公文用语和污染俄语的脏话粗语。

这最后一本辞典之所以需要，是因为要让人们摒弃贫乏空洞和半通不通的语言。

我在牧场小湖上听见一个有点儿哑嗓子的小姑娘叫出各种花草名字的那一天，我就产生了一个想法，要收集与大自然有关的词语，编一本辞典。

当然，这本辞典应该是详解辞典。每一个词语都要有释义，后面还要附上摘自作家、诗人和科学家著作中在科学方面或诗学方面与此词相关的片段。

比如，在"冰柱"一词后面可以印上普里什文作品中的片段：

> 陡岸下悬着密密麻麻的长树根，如今在河岸黑黢黢的凹陷处变成了一条条冰柱，冰柱越结越长，碰到了河水。每当微风，甚至最轻柔的春风拂过水面，泛起的层层涟漪都会触动陡岸下的冰柱，于是冰柱就会摇摇晃晃，彼此相碰，叮叮咚咚直响，这种声音是春天的第一个音符，这是埃奥洛斯风神的竖琴。

"九月"一词的后面最好附上巴拉丁斯基的诗句:

> 九月来了!太阳迟迟升起,
> 闪耀着寒凉的晨曦,
> 微波粼粼如镜的水面上
> 摇曳着朦胧的金色阳光。①

我思考这些辞典,尤其是"大自然"辞典时,我把它分成几部分:"森林"词汇、"田野"词汇、"牧场"词汇、四季词汇、气象词汇、河川湖泊词汇、动植物词汇等。

我懂得,这本辞典要编得像书那样能够阅读。这样这本辞典才能既可以提供关于我国大自然的知识,又可以了解语言丰富多彩的知识。

当然,这项工作不是一个人力所能及的,一个人投入毕生时间都不够。

每当我想到这本辞典时,我真想年轻二十岁,当然,不是为了我自己编这本辞典,因为我缺乏编写这类辞典的必要知识,不过哪怕参与编写工作也好。

我甚至开始为编写这本辞典做了一些笔记,但是,照例全丢了。凭记忆再写出来几乎是不可能的。

有一年,几乎整个夏天我都在收集花草资料。我根据一本老

---

① 引自巴拉丁斯基诗作《秋》。

旧的植物手册了解花草的名称和特性,并把这一切记到自己的笔记中。这是一项令人着迷的工作。

在此之前我从未清晰地意识到,自然界所发生的一切都是合乎道理的,每一片叶子、每一朵花、每一条根须或者每一粒种子都是极其复杂和完美的。

这种合理性有时显得浮浅,甚至不正常。

有一年秋天,我和一个朋友在奥卡河荒凉的旧河道捕了几天鱼。旧河道几百年前就和奥卡河失去了联系,变成了一个又深又长的湖泊。四周丛林密布,很难走到湖边,有些地方根本无法通行。

我当时穿着毛衣,上面粘了很多带刺的鬼针草籽(像扁鬼针草)、牛蒡籽和其他草籽。

天气晴朗而寒冷,我们在帐篷里和衣而睡。

第三天下了一场小雨,我的毛衣淋湿了,半夜我感觉到自己胸部和手臂上有几处像被针扎了一样刺痛。

原来是一些又圆又扁的草籽吸足了水分动起来了,像螺旋似的钻进我的毛衣。它们穿透了我的毛衣,然后又刺透衬衣,终于在半夜碰着我的皮肤,开始小心翼翼地扎着皮肤。

这大概是一个最能鲜明地说明合理性的例子。种子落在地上,就纹丝不动地躺在那里,直到第一场雨水的到来。钻到干燥的土壤中对它而言是没有意义的。但是,一旦土地被雨水浸湿,弯曲成螺旋状的种子便膨胀、苏醒,像钻子一样钻进土里,等合适的时机一到就开始萌芽。

我又离开"叙述主线"说起了种子。但是在我写种子的时候，我还想起一个奇怪的现象。我不能不提一下这个现象。更何况这个现象与文学有些关系，虽然这种关系很远，我还是想说，这是一种单纯的比拟，特别能说明什么书能够流传久远，什么书经不起时间考验而死去，就像那朵感伤的花，"在阴暗的早晨还没开放即已凋谢"。

这里要谈的是普通椴树花馥郁的香气，这是我们公园里一种具有浪漫主义色彩的树木。

这种香气只能在远处闻到，靠近树木却几乎闻不到。香气如同一个大圆环，把椴树紧紧围在了里面。

显然，这里是有其合理性的，但是我们还不了解。

真正的文学就像椴树花。

想要检验和评价文学的力量及其完美程度，想要感受文学的气息及其不朽的美，常常需要间隔一段时间。

如果说时间会磨灭爱情和所有其他人类情感，正如磨灭对人的记忆那样，那么对于真正的文学而言，时间则会使其永垂不朽。

应该回想一下萨尔蒂科夫－谢德林的话，他说："文学不受腐朽规律的制约。"再回想一下普希金的话："我的灵魂在遗留下的诗歌当中，/将比我的骨灰活得更久长和逃避了腐朽灭亡——"①还有费特的话："这片叶子已经凋零枯萎，却在诗篇中永远金光闪闪。"②

---

① 引自普希金诗作《纪念碑》。采用戈宝权译文。
② 引自费特诗作《在诗篇中永远金光闪闪》（又译《致诗人》）。

还可以举出很多其他各个时代和民族的作家、诗人、艺术家和学者的看法。

这种看法应该激励我们"完善心爱的思想",激励我们永远不要安于现状,激励我们攀登艺术技巧的新高峰。同时还让我们意识到,人类精神的真正创作和那种阴暗、颓废和鄙俗的文学之间有着天壤之别,生气勃勃的人类灵魂根本不需要后一种文学。

是啊,我们可以把椴树花特性的话题引申得多么远啊!

显然,一切都有助于激发人的思想,什么都不能轻视。要知道,只不过借助那些微不足道甚至毫无用处的东西,比如一粒干豌豆或者一只破瓶子的瓶颈,就能写出童话来呢。

说完这些离题话,我还是想试着凭记忆简短回忆一下我为了打算编写辞典(几乎是幻想)而做的那些笔记。

据我所知,我们有些作家有类似的"私人"辞典。但是他们不给任何人看,也不乐意提起。

我上文提及的泉源、雨、大雷雨、霞光、"沙地波纹"和各种花草的名称,也是回想起来"用于编辞典的笔记"。

我最早的笔记是有关森林的。我是在没有森林的南方长大的,因此,在俄罗斯中部的大自然中,我最爱的是森林。

第一个令我完全着迷的森林词汇是"蛮荒之地"。的确,这个词语不仅仅与森林相关,但是我是从护林员那里第一次听说这个词("野林"一词也是如此)。从那时起,这个词在我的想象中便与遍地青苔的茂密森林、潮湿的密林、东倒西歪被风刮断的树木、枯枝败叶和腐朽树桩散发的碘酒味、绿莹莹的暮色和万籁俱寂联系在一起了。"你是我的故乡，我亲爱的故乡，我自古以来的蛮荒之地！"

接下来记录的是名副其实的森林词汇：船木林、山杨林、矮树林、沙地松林、密林、沼泽林（干涸的森林沼泽）、烧毁的森林、阔叶林、荒地、林边、护林队、桦树林、采伐场、树皮、松脂、林间小路、木质坚实的松树、橡树林，以及其他很多普普通通却富有诗情画意的词语。

甚至像"森林测量用标杆"或者"标桩"这种干巴巴的技术术语也充满难以捉摸的魅力。如果您了解森林，一定会认同这一点。

一根根不太高的测量用标杆竖立在狭窄的林间小路交叉口。这些标杆附近总有一个沙堆，上面长满了高高的、枯萎的杂草和草莓。这个沙堆是用挖坑用来埋标杆时掘出来的沙子堆成的。削平的标杆顶上烙着数字，这是"林区"的号码。

这些标杆上几乎总是停着几只蝴蝶收拢起翅膀晒太阳，还有蚂蚁忙忙碌碌地来来回回地爬。

这些标杆附近比森林里暖和（或者，可能只是一种错觉）。因此，你总是可以坐在这里小憩一下，背靠着标杆，一边听着树梢轻声低吟，一边仰望着天空。在林间小路上可以一清二楚地看到天空。朵朵白云镶着银边，在天空中缓缓飘浮着。可能就这样坐上一周乃至一个月都看不见一个人影。

蓝天和白云与森林一样，与伏在灰化土壤上的风铃草干巴巴的蓝色花萼一样，与您的心灵一样，都沉浸在午间的静谧之中。

有时，过了一两年你又见到一根旧相识的标杆。每一次你都会想，在此期间有多少流水逝去，你又去了多少地方，经历了多少喜怒哀乐，而这根标杆还站在这里，不分昼夜，无论冬夏，仿佛一个忠诚、毫无怨言的朋友一直在等着你。只是它身上生出了更多金黄的苔藓，菟丝子一直爬到了标杆顶。森林里暖融融的，菟丝子盛开了花，散发着像扁桃一样的淡淡苦味。

从防火瞭望台上眺望森林是最美妙的。这样就可以清楚地看到森林一直延伸到地平线后面，在山丘和谷底上下起伏，如同一堵堵要塞城墙耸立在沙沟之上。有些地方水波粼粼，这是森林中水平如镜的湖泊，或者是林中深不可测的溪涧，涧水微微发红，"凛冽清泠"。

从瞭望塔上俯瞰，整个郁郁葱葱的矮树林和整个庄严肃穆的林区一览无余，无边无际、神秘莫测的林区不容分辨地召唤着人们来到自己充满奥秘的密林。

这种召唤是无法抗拒的。要立刻背起行囊，拿起罗盘，走进森林，徜徉在这苍翠的针叶林海洋之中。

我和阿尔卡季·盖达尔就来了这么一次。我们俩在森林里不择道路地走了整整一天和几乎一整夜，繁星透过松树树冠只为我们俩照亮（因为周围的一切都在酣睡），直到破晓前我们才来到一条蜿蜒的森林小河旁。小河被笼罩在浓浓的晨雾中。

我们在岸上生起篝火，在篝火旁坐下来，久久沉默着，听着河水在一根沉在水中的树干下潺潺流动，然后又传来一只驼鹿的哀鸣。我们坐着，一声不响抽着烟，直到东方露出一抹轻盈柔美的淡蓝色朝霞。

"真想这样坐上一百年！"盖达尔说道，"一百年够吗？"
"不一定。"
"我也不够。给我饭盒，咱们煮茶。"

他摸黑去了河边。我听到他一边用沙子清洗饭盒，一边咒骂着，因为饭盒上的金属丝把手掉了。后来他轻轻哼唱起一首我从没听过的歌：

> 强盗出没的密林，
> 　早已天黑地昏，
> 藏在怀里的钢刃，
> 　磨得锋芒逼人。

他的歌声带来心灵的宁静。森林默默地伫立着，也在听盖达尔唱歌。只有河水一直在小声嘟囔着，低声呜咽着，埋怨沉在水里的那根树干拦住了去路。

*　　*　　*

还有很多词汇与森林无关，却和森林词汇一样，以其蕴含的魅力感染着我们。

俄语中有关四季和自然现象的词汇非常丰富。

我们就拿早春来说吧。还被余寒冻得瑟瑟发抖的春姑娘的背囊里有许多美妙的词汇。

开始了冰消雪融的时节,檐下滴滴答答。积雪结成颗粒,出现了很多小孔,渐渐塌陷,越来越黑。浓雾侵蚀着积雪。道路渐渐泥泞起来,开始了泥淖满地、难以通行的日子。河面上出现了最早的冰窟窿,流着黑水,小丘上有些地方积雪融化,露出了一块块光秃秃的地皮。硬邦邦的积雪边上款冬已经泛起嫩黄的绿意。

　　接下来,河面上的冰出现了最早的浮动(就是浮动,而非移动),冰面开始斜着裂开,移动位置,于是河水从大大小小的冰窟窿和缝隙中冒了出来。

　　不知为何,浮冰总是始于漆黑的深夜,在"峡谷开始活动"之后,牧场和田野冰雪消融,泛滥的雪水裹挟着残留的冰碴"碎片"哗啦啦流下来。

　　所有季节的特征难以尽数。因此,我略过夏天直接来谈秋天,来谈已入九月初秋的那些日子。

　　大地日渐凋零,可是后面还有"小阳春",太阳最后一次散发出灿烂的光辉,但是已经冷得如云母之光,空气凉爽怡人,天空碧蓝如洗,空中飘荡着根根蛛丝(直至今日,有些地方虔诚的老奶奶还将其称之为"圣母娘娘纺的纱线"),枯黄的落叶撒满荒凉的水面。白桦林仿佛一群美丽的姑娘,披着绣有金黄树叶的头巾,亭亭玉立。"忧伤的时节!魅惑的双眸!"①

　　随后就开始了阴雨天,秋雨绵绵,冰冷的"大北风"吹得铅色的水面荡起层层波纹,天气越来越冷,开始上冻结冰,夜晚一

---

① 引自普希金诗作《秋》。

片漆黑，露珠结冰成霜，朝霞暗淡无光。

就这样秋意渐浓，直至初寒冰封了大地，初雪飘落下来，开出了雪橇路。此时即已入冬，到处都是冬天的景象：暴风雪、雪暴、风搅雪、鹅毛大雪、严寒、田野上的指路标、雪橇下滑铁吱嘎声、阴暗飘雪的天空。

我们有很多描绘雾、风、云和水的词汇。

在俄语辞典中，尤为丰富的是描绘河流及其河湾、深水塘、摆渡船和浅滩的词汇。枯水期时，轮船在浅滩处难以通行，为了避免搁浅，只能顺着"主流"航行。

我认识几个船夫和摆渡人。俄语就要跟着他们学！

摆渡船是熙熙攘攘的农村大集，取代了民间聚会和乡村茶馆。

不在摆渡船聊天，还能在哪儿聊呢！在这里，妇女们一边假装咒骂着懒汉丈夫，一边慢吞吞拉拽着钢索，听天由命、毛茸茸的小马驹一边从旁边的大车上扯下干草急急忙忙地咀嚼着，一边斜睨着卡车上的小猪崽儿在口袋里拼命挣扎，发出垂死的尖叫，人们用自家种植的有毒绿烟叶卷成纸烟，一直抽到烧着手指头。

要想听到农村所有新鲜事，当然也不仅仅是农村的，要想听到各种充满智慧又出人意料的格言警句和难以置信的奇闻逸事，就要到用干草屑填充缝隙的摆渡船上，只要往那儿一坐就行，从这岸到那岸，一边抽烟一边听。

几乎所有船夫都是饱经世故之人，都很健谈，而且说话俏皮。傍晚时分，他们尤其爱聊天。这时，人们已经不再有事没事来来回回过河,太阳正静静地向高高的陡岸后面沉落,成群的蚊虫在空中飞来飞去,嗡嗡叫着。

这时,他们坐在棚子旁的长凳上,可以委婉地向一个不急着赶趟的外地人要支烟,用被绳索磨得粗糙的手指接过来,当然,还说一句:"这烟没劲儿,只能抽着玩,解不了心里的烟瘾。"但是,仍旧津津有味地抽起来,眯着眼望着河面,开始聊起来。

总之,在河岸上,在码头上(人们称之为浮码头或者"轮船码头"),在浮桥旁,聚集着众多船民,他们有特殊的风俗传统,那里的生活纷纷扰扰,丰富多彩,为研究语言提供了丰厚的养料。

伏尔加河和奥卡河流域的语言异常丰富。我们不能想象我们国家没有这两条河流,就像我们不能想象我们国家没有莫斯科,没有克里姆林宫,没有普希金、托尔斯泰、柴可夫斯基和夏里亚宾,没有列宁格勒的青铜骑士和莫斯科的特列季亚科夫美术馆一样。

如普希金所言,亚济科夫的语言惊人似烈火,他在自己的一首诗作中描绘了伏尔加河和奥卡河的壮观景象,对奥卡河的描绘尤为出色。

亚济科夫在这首诗中以包括奥卡河在内的俄罗斯伟大河流的名义,向莱茵河致敬:

> 河水泛滥,橡林连绵,
> 流入穆罗姆辽阔的戈壁滩,
> 华贵从容,王者风范,

仰望着令人景仰的河岸。①

好吧，让我们记住"令人景仰的河岸"，并为此向亚济科夫致谢。

* * *

我国方言土语之丰富丝毫不亚于"自然"词汇。

如果一个作家滥用方言土语，通常说明他的艺术修养幼稚不足。不加选择地使用生僻词语，甚至是广大读者完全不懂的词语，更多是为了自我炫耀，而不是想要使自己的作品栩栩如生。

纯正的、圆熟的俄罗斯标准语是一座高峰。如果用方言土语来丰富它，需要严格精选和高度的审美力。因为我们国家还有不少地方的语言和发音中既有货真价实的珠宝，也有很多浅陋低劣、发音难听的词语。

说到发音，元音脱落的发音，例如"喜欢"说成"宣"，"知道"说成"造"等，所有这些发音大概是最刺耳的了。还有尽人皆知的"唉呀呀"（однако），写西伯利亚和远东题材的作家认为这个词几乎是自己所有人物神圣不可侵犯的口头语。

如果方言土语形象、声音悦耳、通晓易懂，就能丰富语言。

要使方言土语通晓易懂，根本不需要枯燥的解释，也不需要

---

① 引自亚济科夫诗作《致莱茵河》。

乏味的注脚。应该把一个方言词语穿插于所有词语之中，无需作者或编者注解，读者一看便懂。

一个晦涩难懂的词语可能会破坏读者心目中一篇散文的完美结构。

文学只有清晰易懂才能存在并发挥作用，证明这一点是多此一举的。晦涩难懂、模糊不清或者故弄玄虚的文学，只是作者自己需要，人民绝不需要。

空气越透明，阳光越明媚。散文越清晰，散文就越完美，也就越能打动人心。列夫·托尔斯泰简洁明了地表达了这一思想："简洁就是美好的必要条件。"①

当然，在我听过的许多方言土语中，比如弗拉基米尔州和梁赞州的方言，有一部分不大好懂，也不太有趣。但是，有时会碰到一些极为生动的词语，比如，时至今日这两个州还在使用的一个古词"视界"——地平线。

在奥卡河高耸的岸上可以看见广阔的地平线，这里有一个小村子叫"视界村"。据当地居民说，从视界村"可以看见半个俄罗斯"。

地平线是我们的眼睛在陆地上能看到的一切，或者用老话说，就是"视力所及之界限"，这就是"视界"一词的来源。

"火焰星"一词也非常悦耳动听，这是这两个州（也不仅是这两个州）民间对猎户座的叫法。

---

① 引自列夫·托尔斯泰致列昂尼德·安德烈耶夫的一封信（1908）。

这个词语的发音让人联想到天上的冷焰（猎户座星团的确非常明亮，尤其是秋天，在漆黑的夜空中闪烁着灿烂如火的亮光，恰似银色的火焰）。

这类词语也美化着现代文学语言，然而，比如，梁赞话不说"淹死了"而说"安生了"，没有表现力，也不好懂，因此在全民语言中没有任何生存的权利。但是，用"堪"代替"可以"的说法却因古意盎然而别有趣味，就是此类情形。

您在梁赞乡村如今还能听到这样的责备话：

"唉，小子，怎堪这样胡闹！简直不堪！"

所有这些词语——视界、火焰星、堪和动词"入九月秋"，都是我从一位老人的日常语言中听说的，这位老人有一颗赤子之心，是一个安分守己的劳动者，一个过穷日子的人。倒不是他穷，而是他满足于过节衣缩食的日子，这就是梁赞州索洛恰村孤身一人的农民谢苗·瓦西里耶维奇·叶利辛，他于一九五四年冬天去世了。

谢苗爷爷是俄罗斯性格最纯正的典型——自尊，高尚，尽管看起来日子过得贫苦，但是慷慨大方。

他说什么都有自己的一套，使人听了终生不忘。他喜欢聊小酒馆，说在那里"庄稼汉整宿像炸开了锅似的"斗嘴、喝茶、抽黄花烟。他很长时间都看不上集体农庄的小饭馆，因为那里吃饭要"凭票"（要开票）。他觉得这很荒唐："我要这票干啥！我给了钱，你给我饭，不就得了！"

谢苗爷爷有个没能实现的夙愿——做一个细木工，而且是那种技艺高超的能工巧匠，让全世界看到他出神入化的活计都为之惊叹。

但是实际上，这个愿望变成了持续不断、热火朝天的争论：该怎样"熨帖"地镶好窗贴脸，或者怎样修补踩坏的小台阶。争论过程中他用了那么艰深难懂的术语，让人根本记不住。

一个人给他生活的那些地方增添了多少光彩啊！谢苗爷爷去世之后，那些地方就失去了原有的魅力，让人难以鼓足勇气去那里，在坟地沙丘上的河岸边，在忧郁的白柳间，据说，他的坟墓上摆着一块灰色麻石磨盘。

* * *

在寻觅词语时什么都不要轻视，因为你永远不知道在哪里能找到真正的词。

我在研究海洋、海事和水手语言时，开始阅读航海指南，这是船长用的参考书。书中收集了各类海洋的全部资料，记录了深度、洋流、风、海岸、港口、灯塔、暗礁、沙洲，以及安全航行所必须知道的其他一切信息。所有的海都有航海指南。

我弄到手的第一本航海指南是有关黑海和亚速海的。我刚开始读，就惊诧于其精彩绝伦、精确无比而又独具一格的语言。

不久，我弄明白了这种独具一格的原因：从十九世纪初起，每隔几年，便会出版一套佚名作者编写的航海指南，每一代水手都会对其进行修订。因此百年间的语言变化图景都一清二楚地反映在航海指南中。我们祖辈的语言和现代俄语在一起和睦共存。

根据航海指南可以看出，有些概念发生了极大的变化。比如，航海指南中是这样记录最为剧烈、最具破坏性的风——新罗西斯克东北风（布拉风）的：

东北风凛冽，海岸笼罩于浓重之阴郁之中。

我们先辈把"阴郁"作浓雾讲，而我们则用来描述我们的精神状态。

所有航海术语，正如水手的口语一样，都是精彩绝伦的。从"风向玫瑰图"到"咆哮西风带"（这并非诗歌随意杜撰之语，而是航海文件南纬40°的名称），几乎每个词语都可以用来写成长诗。

在所有这些诸如巡防舰和前桅横帆三桅船、双桅纵帆船和快驶三桅帆船、桅缆和横桁、绞盘和海军锚、樯楼暮更、沙沙作响的沙漏钟和测程仪、隆隆作响的涡轮机、汽笛、船尾旗、强风暴、台风、雾、耀眼的无浪区、灯船、陡深岸和"峻峭"的海峡、节[①]和链[②]等名称中，在亚历山大·格林称之为"诗情画意的航海劳动"的一切词汇中，蕴含着多么自由奔放的浪漫

---

① 节，船行速度单位，等于每小时1海里，即每小时1.852公里。
② 链，海上测距的长度单位，合18.2米。

情调啊!

　　水手的语言铿锵有力,鲜明生动,充满不露痕迹的幽默。他们的语言正与其他许多行业语言一样,都值得进行专门研究。

(孟宏宏　译)

阿尔什万格商店事件

一九二一年冬,我住在敖德萨早先的一家服装店"阿尔什万格公司"里,未经许可我就擅自搬进了二楼的试衣间。

我占用了三个带雕花玻璃镜的大房间。镜子牢牢地镶在墙上,我和诗人爱德华·巴格里茨基想把镜子从墙上摘下来,拿到新市场去换些食品,想尽办法也没有成功。连一面镜子也没有起动。

试衣间里除了三只盛着烂刨花的空箱子之外,没有别的家具。幸好玻璃门倒是很容易就能从合页上卸下来。每天晚上我都把它卸下来,搭到两只箱子上,铺上铺盖当床睡。

玻璃门很滑,因此,每天夜里我都要和旧褥子一起滑到地上好几次。

只要褥子一动,我就会醒。我躺在那里,屏住呼吸,连手指也不敢动一下,傻头傻脑,还指望褥子停下来。可它还是铁面无情地继续往下滑,我的这一招也没起作用。

这可不是闹着玩的。那年冬天冷极了。从海码头到小喷泉都上了冻。凛冽的东北风把花岗岩马路扫得光光净净。雪一次也没有下,可这似乎比马路上堆着雪更冷。

试衣间里有一只临时安放的小白铁炉。但没有东西生火。而且也不可能靠这么一只可怜的小炉子烧暖三个大房间。因此我只用它烧胡萝卜茶。有几张旧报纸就够用了。

第三只箱子当桌子用。每天晚上在箱子上点一盏油灯。

我躺下，把所有暖和的东西都盖在身上，借着油灯的灯光读格奥尔基·申格利译的何塞·马利亚·埃雷迪亚①的诗。这些诗是闹饥荒那年在敖德萨出版的。我可以证明它们并没有削弱我们的勇气。我们感到自己像罗马人一样刚强，并且常常想起申格利的诗："朋友们，我们是罗马人。我们在流血……"

血，我们当然没有流，但我们这些愉快的年轻人有时免不了挨冻受饿，不过我们从不怨天尤人。

楼下一层的店铺里，一个美术劳动组合开展了一项忙碌而有些可疑的活动。为首的是一个在敖德萨以绰号"招牌王"闻名的爱唠叨的老画家。

这个组合承接定做招牌，缝制女帽，定做"木脚"（一种女鞋，制作时突出希腊、罗马的纯朴古风，往木底上钉几条带子就算完成了！），作电影广告（广告都是用水胶涂料画在不平整的胶合板上）。

有一次，工作室很走运，承接了当时黑海上唯一的轮船"佩斯捷利"号的"船首装饰"。这艘船准备首航巴统。

装饰用一块铁板，之后在黑的底色上画上金色的植物图案。

---

① 何塞·马利亚·埃雷迪亚（1803—1839），古巴著名诗人。

装饰工作吸引了许多人,连民警若拉·科兹洛夫斯基也从附近的哨位上跑来看看。

我当时在《海员报》当秘书。在报社工作的许多是年轻作家,有卡达耶夫、巴格里茨基、巴别尔、奥列沙和伊里夫。有经验的老作家中常来编辑部的只有安德烈·索博利,他和蔼可亲,总爱激动,坐不住。

一次,索博利给《海员报》送来一篇他写的短篇小说。小说写得拉拉杂杂,没有条理,但题材很有趣,而且的确很有才华。

大家读过小说之后都感到棘手,写得这样潦草是不能发表的。但谁也不敢向索博利提出请他修改。索博利在这方面是没有商量余地的,这倒并非出于作者的自尊心(这一点索博利恰恰几乎没有),而是因为神经过敏:他不能回头再看自己写的东西,对它们已经失去了兴趣。

我们聚在一起反复考虑:怎么办?在座的还有我们的校对老勃拉戈夫。他是过去在俄国发行量最大的《俄罗斯言论报》的社长、著名出版家瑟京最得力的助手。

他沉默寡言,对自己过去的历史心有余悸。他仪表堂堂,跟我们编辑部里衣衫破烂、打打闹闹的年轻人格格不入。

我把索博利的稿子带回阿尔什万格商店,准备再看一遍。

深夜(其实顶多不超过十点,但是被夜色笼罩的城市黄昏时大街上就已空旷无人,只有狂风呼号),民警若拉·科兹洛夫斯基敲响了商店的大门。

我把报纸紧紧卷起来,点着,拿着它权当火把,去打开用一截锈煤气管顶住的笨重店门。我不能端油灯去，因为空气有一丝流动它就会熄灭，甚至看它一眼也会熄灭。

当你陷入沉思，盯着它看，它会即刻噼噼啪啪地抱怨，一明一灭地闪几下，就悄悄地熄灭了。因此我甚至尽量不去看它。

"有位先生求见，"若拉说，"我首先要证实一下他的身份，才能放他进来。这里是画室。据说，单单颜料就值三千亿卢布。"

当然，如果想到，比如我吧，每月从《海员报》领到的薪水是十亿卢布（这笔钱按市场价可以买到四十包火柴），那么这笔数目就不如若拉心目中想象的那么令人吃惊了。

门外站着的是勃拉戈夫。我证明了他的身份。若拉把他放进店里来，并且对我说，过两个小时他要来烤烤火，喝点儿开水。

"是这样，"勃拉戈夫说，"我一直在考虑索博利的那篇小说。是一篇很有才华的东西，不能让它埋没掉。要知道，我有老报人的习惯，从不放过好作品。"

"那有什么办法呢！"我回答。

"把稿子交给我。人格担保，我决不改动一个字。我就在您这里待一夜，因为回家，回兰热龙已经不行了，会被剥猪猡的。我当着您的面把稿子过一遍。"

"过一遍是什么意思？"我问，"过一遍的意思就是改动一下吧？"

"我跟您说过，一字不加，一字不减。"

"那您做什么呢？"

"等一会儿您就知道了。"

我觉得勃拉戈夫的话有些蹊跷。在这个狂风暴雨的冬夜,我感到一种神秘的东西也跟随这个不爱多说话的人一同来到了阿尔什万格商店。我想解开这个疑团,因此同意了他的请求。

勃拉戈夫从衣袋里掏出一截特别粗的教堂里用的蜡烛头,上边缠绕着金色螺纹。他把蜡烛点着,放到箱子上,然后坐到我的破箱子上,拿起一支木匠用的扁铅笔,埋头看稿。

半夜,若拉·科兹洛夫斯基来了。我正好烧了开水,沏了茶,不过这回不是用胡萝卜干而是用切成细末的烤熟的甜菜。

"你们可要注意,"若拉说,"从远处看你们简直跟在制造假钞一模一样。你们在这里干什么?"

"改稿子,"我回答说,"下一期报纸用。"

"你们应该想到,"若拉说,"不是每一个干公安的都明白你们在干什么。我要感谢上帝,虽然没有上帝,现在是我值勤,而不是别的笨蛋。我把文化看得高于一切。至于那些制造假钞的,简直是万能,他们能用一块废纸制造出美元,也同样能用废纸做一张居住证。据说,巴黎的卢浮宫里,在一只黑丝绒的垫子上摆着一只非常美丽的大理石雕的手。那不是萨拉·贝尔纳[①]的手,也不是肖邦或薇拉·霍洛德纳亚的手。而是一个欧洲有名的制造假币者的手的模塑品。不记得他叫什么名字了。他被斩首,手却在那里陈列,好像他是一位提琴名家似的。这个故事很有教育意义吧?"

"我看未必,"我回答,"您有糖精吗?"

---

① 萨拉·贝尔纳(1844—1923),法国女演员。

"有，"若拉回答说，"是糖精片。我可以给您一点儿。"

勃拉戈夫到天亮才把稿子看完。我们去编辑部，等打字员把稿子打出来，他才拿给我看。

我通读完以后，目瞪口呆。这是一篇简洁明晰、结构严谨的散文。一切变得鲜明突出。原来的浮皮潦草、用词混乱都无影无踪了。而他在处理这篇稿子时的确没有加一个字，也没有减一个字。

我看了勃拉戈夫一眼。他正在抽一支用黑得像茶叶似的库班烟叶卷的很粗的香烟，露出微笑。

"太好了！"我说，"您是怎么做的？"

"就是把所有的标点符号都点对。索博利把标点符号点得乱极了。我特别注意点句号。还有分段。老弟，这至关重要。甚至普希金也谈到过标点符号。标点符号是用来突出思想，摆正词与词之间的相互关系，使句子易懂，声调正确。标点符号和音符一样，使文章紧凑，不致松散。"

小说发表了。第二天索博利闯进编辑部。他像往常一样，没有戴帽子，头发蓬乱，两眼不知为什么闪闪放光。

"谁动了我的小说？"他用异常的声音喊道，挥起手杖敲了一下桌子，桌上摆着报纸的合订本。桌上像火山爆发，尘土飞扬。

"谁也没有动过，"我回答说，"您可以对照一下原稿。"

"撒谎！"索博利喊道，"胡说！我会弄清什么人动过！"

眼看要打起来了。胆小怕事的同事们开始悄悄往外溜。我们的打字员柳先卡和柳夏听到争吵声，像通常一样，穿着木底鞋呱嗒呱嗒地飞跑过来。

这时勃拉戈夫平静地，甚至有气无力地说：

"如果您认为在您的稿子上正确地点了标点符号就是动了的话，那么，是我动的，这是我当校对的职责。"

索博利朝勃拉戈夫跑过去，抓住他的双手，用力摇了一下，随后抱住老人，按照莫斯科的习惯，吻了他三下。

"谢谢！"索博利激动地说，"您给我上了非常好的一课。只可惜太晚了。我觉得我在自己过去的作品面前是罪人。"

晚上，索博利不知从什么地方弄到半瓶白兰地酒，带到阿尔什万格商店来。我们请来勃拉戈夫、巴格里茨基和交了班的若拉·科兹洛夫斯基。我们在一起为文学和标点符号把白兰地喝了个精光。

通过这件事，我终于相信，恰当地打一个句号对读者起着多么惊人的作用。

（曹苏玲　译）

好似小事

几乎每个作家都有自己的鼓舞者,自己的守护神,一般来说,他们也都是作家。

只要读上几行他的作品,自己立刻就也想写作了。有些书里仿佛能喷出醇浆,让我们陶醉,让我们受到感染,让我们不由自主拿起笔来。

奇怪的是,这样的作家,这样的守护神,在创作特点、风格和题材方面,与我们相去甚远。

我认识一位文学家,他是一位坚定的现实主义作家,专门描写日常生活,性格冷静沉着。他的守护神却是天马行空的幻想家亚历山大·格林。

盖达尔称狄更斯为自己的鼓舞者。至于我呢,司汤达《罗马来信》[①]中的每一个篇章都激起我的写作欲,但是,我写的作品

[①] 从这一说法的上下文来看,此处提及的并非那封《论当代意大利文学的罗马来信》及其续篇《论当代意大利文学的第二封信》,这都是司汤达的"一般"作品,帕乌斯托夫斯基所指的更像是《罗马漫步》,这是他极其欣赏的一部作品。

与司汤达的散文有着天壤之别,这甚至让我自己也着实惊讶。有一年秋天,我一边读司汤达,一边写出了短篇小说《273护林哨所》,小说描写了普拉河畔的禁伐林。在这篇短篇小说中丝毫找不到与司汤达的共同之处。

说实话,我并未思考过这件事。我之所以提起这件事,只是想谈谈许多乍看起来无关紧要的事情和习惯却有助于作家写作。

众所周知,普希金在秋天写东西写得最出色。难怪"波罗金诺之秋"成了惊天创作力的代名词。

"秋天近了,"普希金给普列特尼奥夫写道,"这是我最喜爱的季节,我的身体一天天健壮起来,我进行文学创作的时期来临了。"

究其原因所在,大概不难猜出来。

秋天清澈凉爽,空气清新,"凋零之美"在远处清晰可见。秋天给大自然涂上一层淡淡的色彩。红彤彤和金灿灿的树林一天比一天萧疏,只留下光秃秃的枝丫,线条显得越发突出。

眼睛慢慢习惯了明朗的秋景。这种明朗逐渐主宰作家的意识、想象和手。诗歌和散文的源泉喷涌出清洌冰凉的泉水,间或有小冰块丁零作响。头脑清醒,心房有力而均匀地跳动着。只是手指稍稍有点儿冷。

到了秋天,人类思想的庄稼就成熟了。关于这一点,巴拉丁斯基说得好:

　　珍贵的庄稼成熟了,
　　你在收割思想的谷粒,

人类命运已尽如人意。①

如普希金自己所言,每逢秋天他就神采焕发,每逢秋天他就朝气蓬勃。可见,歌德所言不虚,他说,天才一生中会几度重返青春。

在这样一个秋日,普希金写下一首诗,清晰明了地描写了诗歌创作的复杂过程:

> 在甜蜜的静谧中我把世界遗忘,
> 我的幻想催着我进入甜蜜梦乡,
> 我心中的诗就这样渐渐苏醒:
> 抒情的波涛冲击着我的心灵,
> 心灵战栗,呼唤,像在梦中寻觅,
> 渴望最终得以自由地倾吐心意,
> 此时走来一群客人,在我面前不露痕迹,
> 竟是我的旧相识,是我想象孕育的果实。
>
> 于是思潮在头脑里恣意地起伏,
> 轻快的韵脚飞跑着迎上前去,
> 手急着找笔,笔又急着找纸,
> 一瞬间,诗章源源地喷涌不止。②

---

① 引自巴拉丁斯基诗作《秋》。
② 引自普希金诗作《秋》。

这是对创作的分析,精确无比,令人称奇。只有在精神振奋、文思泉涌的时刻才能做出这样的分析。

普希金还有一个特点。他写作时,遇到写不下去的地方,就干脆略过去,从不在此耽搁,而是继续往下写。以后他再回到略过去的地方,但只是在有灵感的时候,他从不试图勉强去召唤灵感。

* * *

我见过盖达尔如何写作。他跟作家通常的写作方式完全不同。

我们当时住在梅谢尔森林区的一个村子里。盖达尔住在一幢临街的大房子里,而我住在花园深处一个废弃不用的澡堂里。

当时,盖达尔在写《鼓手的命运》。我们俩说好从早上到午饭前都老老实实地工作,这段时间不以钓鱼来诱惑彼此。

一天,我在澡堂开着的窗户旁写作。我还没来得及写完四分之一页,盖达尔就从大房子里出来了,走过我的窗前,脸上完全是一副自由自在、若无其事的表情。

我假装没看见他。盖达尔在花园里踱来踱去,自言自语,不知说些什么,后来再次走过我窗前,但是这次已经很明显地想故意招惹我。他吹着口哨,又假装咳嗽。

我没作声。于是盖达尔第三次走过我窗前,怒气冲冲地看了我一眼。我一直不吭声。

盖达尔忍不住了。

"听着,"他说,"别装傻!反正你写得那么快,搁下一会儿,又不值什么。自以为是,好一个博博雷金①!要是我这么个写法,我早就出一百零八卷的作品全集了。"

他非常喜欢这个数字。他心满意足地又说了一遍:

"一百零八卷!一卷都不少!"

"得啦,"我说,"直说吧,你想怎样?"

"我想让你听听,我想出了一个多妙的句子来。"

"什么句子?"

"好,听着:'"老人家遭罪啦,遭罪啦!"乘客们说道。'妙不妙?"

"我哪儿知道!"我回答,"这得看这句话搁哪儿。"

盖达尔发起火来。

"'搁哪儿','搁哪儿!'"他模仿着我的腔调连连说,"该搁哪儿就搁哪儿!嘿,得了吧你!坐下写你的大作去吧。我得去把这句话记下来。"

但是,他没忍多久,过了二十分钟又在我窗下转悠。

"怎么,你又想出什么清词妙句了?"

"听着,"盖达尔说,"以前我只是隐约觉得你是个松松垮垮的读书人,是个爱嘲笑人的人。今天我算是坐实了,我觉得很悲哀。"

---

① 博博雷金(1836—1921),以观察力强著称的作家。

"哪儿凉快哪儿待着去!"我说,"咱们好说好商量,求你别打扰我!"

"自以为是,好一个拉热奇尼科夫①!"盖达尔说道,但还是走了。

过了五分钟他又回来了,还大老远地就向我高喊了一个新句子。这个句子的确是出人意料的好句子。我称赞了这个句子,盖达尔想要的正是这个。

"好啦!"他说,"这下我再不到你这儿来了。绝对不来了!不用你帮忙,我怎么都能写出来。"

突然他用蹩脚的法语添上一句:

"再会,苏维埃作家先生!"

那段时间他对法语非常着迷,刚开始学。

盖达尔又回了几趟花园,但是没有打扰我,而是在远远的小径上一边踱来踱去一边喃喃自语。

他就是这样写作的——边走边想句子,然后记下来,然后再想。一整天他在房子和花园之间进进出出。我很诧异,也肯定盖达尔的那部中篇小说进展很慢。但是后来才发现,他是在耍滑头,他写下来的比一句一句想出来的多得多。

大约过了两周,他写完了《鼓手的命运》,来到我的澡堂,兴高采烈,心满意足,问道:

---

① 伊万·伊万诺维奇·拉热奇尼科夫(1792—1869),著有《冰宫》等历史长篇小说。

"想让我给你读这部中篇小说吗?"

我当然很想听。

"那就听着!"盖达尔说道,他在房中央站定,双手插在口袋里。

"稿子呢?"

"只有不中用的指挥才把总谱摆到面前的谱架上呢。"盖达尔用一种教训人的语气答道,"我要稿子干吗!稿子趴桌上休息呢。你要不要听?"

于是,他把小说从头到尾给我背诵了一遍。

"你准在哪个地方把什么背错了。"我半信半疑地说。

"咱们打赌!"他喊道,"不会超过十个错。如果你输了,明天就去梁赞,在旧货摊给我买个老式晴雨表来。我在那儿已经看好了。就在那个老太婆那儿,记得吗?就是那个下雨时头上顶灯罩的那个。我马上把稿子拿来。"

他拿来了稿子,又把小说背诵了一遍。我盯着稿子听他背。他只有几个地方背错了,而且都是小错误。我们俩为此争了好几天:盖达尔算是赢了还是没赢。

我终归买回了晴雨表,他高兴万分。我们决定根据这台笨重的铜质仪表安排我们的垂钓日程,但是紧接着就上了当,淋成了落汤鸡,因为晴雨表上预报的是"大旱",事实上却下了三天大雨。

那真是一段美妙的时光:一天到晚开着玩笑,"抽签打赌",争论文学问题,去湖边或旧河床钓鱼。所有这一切都在无形之中帮助我们写作。

*   *   *

费定开始写他的长篇小说《不平凡的夏天》时,我恰好与他在一起。

希望费定原谅我写下此事。但是,我觉得,每个作家的写作方式,特别是像费定这样的大师级作家的写作方式,不仅对于作家,而且对所有文学爱好者而言,都是饶有趣味、大有裨益的。

当时我们俩住在紧靠加格拉海边的一幢小房子里。这幢房子像是革命前的廉价"带家具公寓",是一个十足的贫民窟。

每当刮起风暴时,房子就在风浪中摇摇晃晃,发出吱呀吱呀、咔嚓咔嚓的声音,似乎眼看着就要倒塌。

门锁都脱落了,穿堂风吹过时,房门就自动慢慢打开了,很是可怕,一动不动停了几秒钟想了想,突然砰的一声关上,震得天花板上的灰泥噼里啪啦纷纷掉落。

所有新加格拉和旧加格拉的流浪狗都在这幢房子的凉台下过夜。有时,趁着主人不在家,它们就爬到屋里来,躺到床上,气定神闲地打起呼噜来。

不管侵占你床铺的狗脾性如何,进自己的屋子都要多加小心。那种知廉耻、胆子小的狗会跳起来,失望地尖叫着一溜烟逃出去。要是你挡了它的路,它会因为害怕咬你一口。

如果碰上那种厚颜无耻、饱经世故的狗,它就会躺在床上,用仇恨的眼神盯着你，开始气势汹汹地嘶吼起来，你就不得不叫邻居来帮忙。

费定房间的一扇窗户朝向大海上方的凉台。风暴来袭时，凉台上的藤椅便摞成一堆放到这扇窗户旁，免得被溅湿。一群狗总是蹲在这堆藤椅上，居高临下俯视着在桌旁写作的费定。这群狗低声吠叫着，想到他灯光明亮、暖融融的房间里来。

起初，费定诉苦说，这群狗简直让他发抖。只要他放下稿子，望着窗外陷入沉思，几十双狗眼便愤愤不平地盯着他。因此他甚至觉得有点儿不好意思，好像自己做错了事，因为他住在暖和的房间里，却只是耍耍笔杆子，干着一种分明毫无意义的事情。

这当然有点儿妨碍费定写作，但是很快他就习以为常，不再把狗的事放心上了。

我想，我们这种简朴随便的生活让他回忆起青年时代，那时，我们可以在窗台上写作，在小油灯的灯光下写作，在冷得连墨水都上冻的房间里写作，任何条件都可以。

大多数作家在早晨写作，也有些作家是白天写作，很少一部分是在夜间写作。

费定能够而且常常不分昼夜地写作。他只是偶尔停下来歇一歇。

他每夜在喧哗不息的海浪声中写作。这种习以为常的喧闹不仅没有妨碍他，甚至有助于他写作。相反，寂静倒是妨碍了他。

一天深夜，费定把我叫醒，焦躁不安地说：

你可知道大海沉默了。咱们去凉台上听听。

一种仿佛是太空中才有的沉寂笼罩着海岸。我们屏气凝神，想要在黑暗中哪怕捕捉到一丝微弱的浪花拍溅声，但是什么也听不到，只有耳朵里在嗡嗡响。这是我们血液流动的声音。在同样犹如太空一样苍茫的高空中，几颗星星闪着朦胧暗淡的光。我们听惯了大海从不停息的喧哗，这种寂静甚至让我们觉得压抑。费定那一夜没有写作。

我不由得观察起费定，发现他只有把要写的章节一丝不苟地考虑好、调整好、用沉思和回忆充实过之后，直到个别句子也在思想中酝酿成熟时，他才坐下来写作。

费定只写自己清楚看到的而且是与整体不可分割的东西。

费定清晰而坚定的头脑和严格的目光不容许他在构思和表现上模棱两可。按照费定的意见，散文应该雕琢到精确无瑕，锤炼至钻石之坚。

福楼拜[①]一生都在苦苦追求文体完美。他渴望自己的散文如水晶般纯净，有时不能自已，对他而言，修改稿子有时不是使散文臻于完美的手段，反而成了目的本身。他失去了正确评判的能力，失去了耐心，陷入了绝望，显然把自己的作品改得毫无生气、死气沉沉，或者正如果戈理所说："画呀，画呀，画得着了魔。"

费定却总是善于适可而止。他心中的批评家从不打瞌睡，也

---

① 居斯塔夫·福楼拜（1821—1880），法国作家。

从不让作家灰心丧气。

*　　*　　*

福楼拜深具文学理论家称之为"人格化"的那种作家特质，简言之，他有一种禀赋，能以强烈的力量变身为自己笔下的人物，从而对人物（按照作家意志）所遭遇的一切感同身受。

众所周知，福楼拜描写爱玛·包法利服毒自尽时，他也感受到了中毒的种种症状，因而不得不跑去找医生救命。

福楼拜是一个名副其实的受难者。他写得极其缓慢，因而绝望地说："这样写作，真该扇自己嘴巴。"

*　　*　　*

对巴尔扎克而言，他笔下的所有人物也都是活生生的亲近之人。他有时气得声嘶力竭，咒骂他们是坏蛋和傻瓜，有时笑容可掬，赞许地拍拍他们的肩膀，有时又因他们遭遇不幸，笨口拙舌地安慰他们。

巴尔扎克深信自己笔下的人物都是真实的，有关他们的描写也都是不容置疑的，这种信心的确不可思议。关于这一点，他生活中有一件趣事可以为证。

在巴尔扎克的一篇短篇小说中有一位年轻的修女（她的名字我不记得了，我们不妨叫她让娜吧）。修道院院长派性情温顺的让娜去巴黎办理一些修道院事务。年轻的修女被首都五光十色、眼花缭乱的繁华生活震惊了。在煤气灯灯光下,她接连几个小时端详着商店橱窗里前所未闻的珍宝。她看见女人们都穿着薄如蝉翼、芬芳四溢的连衣裙。这种连衣裙仿佛使这些美人脱去了衣裳,突显出她们凝脂香脊、修长玉腿、小巧挺拔胸部的全部娇俏魅力。

她听到男人们奇妙醉人的表白、暗示和甜言絮语。她又年轻又漂亮,走在大街上总是吸引旁人的目光。也有人向她说了那种奇怪的话,她的心猛烈地怦怦直跳。她在一个花园的法国梧桐浓荫下被人强吻,这个初吻像是一声巨雷,震得她晕头转向,失去了理智。

她留在了巴黎。为了变成一个迷人的巴黎女郎,她花光了修道院给的钱。

一个月之后,她去了马路上站大街。

在这篇短篇小说中,巴尔扎克提到当时一座女修道院的名称。修道院院长偶然看到了巴尔扎克的书。修道院恰好有一个年轻的修女叫让娜。修道院院长就把她叫来,厉声问道:

"您知道巴尔扎克先生在写您什么吗?他侮辱了您!他诽谤我们修道院。他是个诽谤者,是个渎神者。您自己看吧!"

姑娘读完小说,失声痛哭。

"别耽搁!"修道院院长高声喝道,"立刻启程,去巴黎,在那里找到巴尔扎克先生,要他昭告整个法国,这是造谣中伤,他诽谤了一位甚至从未去过巴黎的清白姑娘。他侮辱了修道院和我们全体教徒。让他为自己这种疯狂的罪孽忏悔。您务必做成此事。否则最好别回来。"

让娜去了巴黎。她找到巴尔扎克,费尽周折才使巴尔扎克接见了她。

巴尔扎克穿着一件旧睡袍,坐在那儿像一头骟猪一样气喘吁吁。他房间里弥漫着香烟的烟雾。匆匆写完的稿子在桌子上堆积如山。

巴尔扎克皱着眉头。他没有空,因为生活提前安排好了,至少要写出五十部长篇小说。但是,巴尔扎克的双眼敏锐地闪着光,他目不转睛地看着让娜。

让娜垂下眼睛,脸涨得通红,一边暗暗乞求上帝保佑,一边把修道院发生的所有事情告诉了巴尔扎克先生,请巴尔扎克恢复她的名誉,她不知道巴尔扎克先生为何使她的贞洁、神圣蒙上耻辱。

巴尔扎克显然不明白这个美丽温柔的修女想要他做什么。

"什么蒙上耻辱?"他问道,"我写的所有东西都是神圣的真实。"

让娜又重复了一遍自己的请求,轻声添了一句:

"可怜可怜我吧,巴尔扎克先生。如果您不想帮我,那我就不知道该怎么办了。"

巴尔扎克跳了起来,眼冒怒火。

"怎么?!"他吼道,"您不知道该怎么办?我不是把您所有的事都写得清清楚楚了吗!一清二楚!那还有什么可犹豫的呢?"

"难道您想说,让我留在巴黎。"让娜问道。

"对!"巴尔扎克吼道,"真是见鬼!"

"您还想让我……"

"不,见鬼!"巴尔扎克又吼道,"我只是想让您脱掉这件又肥又大的黑袍子。让您珍珠一样年轻美好的身体知道什么是快乐和爱情。让您学会欢笑。您走吧!走吧!可别去站大街。"

巴尔扎克抓住让娜的手,把她拽到门口。

"我不是全都写上面了吗,"他说,"走吧!您非常可爱。让娜,但是因为您,我少写了三页稿子。而且是什么样的稿子啊!"

让娜不能回修道院了,因为巴尔扎克先生没有给她恢复名誉。她留在了巴黎。据说,一年后,有人看见她在一个叫"银驮包"的大学生小酒馆里,与一群年轻人在一起。她快乐幸福,美丽动人。

* * *

有多少作家,就有多少写作习惯。

在我上文提到的梁赞郊外的那幢房子里,我发现了我国著名版画家约尔丹给画家波扎洛斯京的一些信件(这些信我也提到过)。

约尔丹在一封信中说,他为了复制一幅意大利画作,花费了两年时间。他工作时,总是拿着雕板围着桌子走来走去,砖地上都磨出了清晰的脚印。

"我太累了,"约尔丹写道,"不过我毕竟能走动走动。尼古拉·瓦西里耶维奇·果戈理习惯于站在写字台旁写作,他该有多累啊!这可是自己事业的真正受难者。"

* * *

  列夫·托尔斯泰只在早晨写作。他说，每个作家心里还有一位自己的私人批评家。这位批评家往往在早上最尖酸刻薄，到了夜间就呼呼大睡，因此，作家每到夜间就随心所欲，毫无顾忌地写作，于是就写出很多蠢话和废话。托尔斯泰为此举出卢梭和狄更斯的例子，他们两人都只在早晨写作，托尔斯泰还认为，陀思妥耶夫斯基和拜伦喜欢夜间写作这个习惯有碍于他们天才的发挥。

  陀思妥耶夫斯基写作繁累，当然并不仅仅在于他夜间工作而且不停地喝茶。这种习惯说到底并没有严重影响他作品的质量。

  他的繁累在于他一直囊中羞涩、负债累累，因而不得不大量写作而且总是仓促而就。

  他常常在迫在眉睫时写作。他没有一部作品是平心静气、全力以赴写成的。他总是草草结束自己的长篇小说（不是指写好的页数，而是说叙述的广度）。因此，他的作品低于能够达到的水平，比原来构思的要差。陀思妥耶夫斯基曾说："构思一部长篇小说，比写这部小说好得多。"①

  他总是竭力和自己未写完的小说在一起多待一会儿，以便时时

---

① 这段文字显然引自陀思妥耶夫斯基的长篇小说《被侮辱的和被损害的》，原文是："我总是觉得构思我的作品，想象着作品写成后会是什么样，要比真正写这部作品更令人愉快。"

加以修改和充实。因此,他总是尽量延长写作时间,要知道,每天每时都会产生新的想法,若是回过头来再加进小说就不可能了。

债务逼得他匆匆忙忙写作,虽然坐下来写作时,他常常意识到小说还未成熟。多少思想、形象和细节都这样白白废掉了,这只是因为它们浮现在脑际时已为时已晚,不是小说已经写完,就是作家觉得作品已糟得无可挽救。

"由于贫困,"陀思妥耶夫斯基说他自己,"我不得不匆匆忙忙地写作,为了交易而写作,因此写得必然很糟。"①

* * *

契诃夫年轻时能够在莫斯科拥挤而嘈杂的住所里趴在窗台上写作。他的短篇小说《猎人》就是在水滨浴场写的。但是,随着年岁的增长,这种满不在乎的写作习惯也就消失了。

莱蒙托夫随便抓过一张什么纸就能写诗,这些诗总是让人觉得好像瞬间在他的意识中涌现出来,在他的灵魂里歌唱,他只是匆匆忙忙把它们记录下来,不加任何修改。

假如阿列克谢·托尔斯泰面前摆放了一叠洁净的好纸,他就能写作。他承认,他在写字台前坐下来时,常常不知道要写什么。他头脑中只有一个形象的细节。他就从这个细节开始写起,

---

① 引自费·米·陀思妥耶夫斯基给哥哥米·米·陀思妥耶夫斯基的信(1858)。

细节好似一根有魔力的线，逐渐引出全部故事来。

阿列克谢·托尔斯泰对工作状态和灵感有自己的叫法，称为涨潮。"如果涨潮，"他说，"我写得就快。那要是不涨潮，那就得搁笔。"

当然，阿列克谢·托尔斯泰在很大程度上是一位即兴作家。他文思敏捷，下笔成章。

也许，所有作家都经历过那种美好的工作状态：新的想法或者画面好似灵光乍现，从意识深处突然迸发出来。如果不立即记录下来，它们就会消失得无影无踪。

其中有光，有战栗，但是却像梦一样稍纵即逝。这种梦，我们只是刚醒来时的那一瞬间记得，但随即就忘记了。以后不管我们如何苦思冥想，也不管我们怎么努力回忆，都想不起来了。这些梦只留下了一种特别的、神秘的感觉，若是果戈理，他会说这是一种"妙不可言"的感觉。

要马上记下来。稍一耽搁，想法便忽闪一下就消失了。

或许，正因为如此，很多作家都不能在狭窄的纸条上或像记者那样在校样长条上写作。手不能过于频繁地离开纸张，因为甚至这微不足道的耽搁，哪怕只有一瞬间，都可能造成毁灭性后果。显然，意识活动的速度是惊人的。

法国诗人贝朗瑞能够在简陋的咖啡馆写歌谣。还有爱伦堡[①]，

---

① 伊里亚·格里高利耶维奇·爱伦堡（1891—1967），著有《人，岁月，生活》等。

据我所知，也喜欢在咖啡馆写作。这很容易理解。因为在热闹的人群中有最好不过的孤独清净，当然，这必须是没有人也没有什么东西能直接打断思路，分散注意力。

安徒生喜欢在森林里构思他的童话。他目力极好，非常锐利。因此，他能看清一块树皮或者一颗老松球，而且就像透过放大镜一样能看到每一个细节，从而轻而易举地用这些细节写出童话。

总之，森林中的一切：每一个长满青苔的树桩，每一个褐红色的蚂蚁强盗——拖着一只长有透明绿翅的蚊虫，就像拽着一位掳掠来的美丽公主——都能变成童话。

* * *

我本不想谈自己的文学创作经验。因为这未必能为上文所谈增添什么重要的东西。但是我还是想补充几句。

如果我们想使我们的文学达到高度繁荣，那就要明白，一个作家最富有成效的社会活动形式便是他的创作。作家的作品在问世之前不为人所知，一旦问世就变成了全民事业。

要珍惜作家的时间、经历和才能，而不要将其浪费在文学之外的繁杂事务和会议上。

作家写作时需要安静，尽可能没有操心事。如果后面会遇到什么烦心事，哪怕一时不会发生，那最好不要动笔。否则，不是笔不顺手，就是写出勉强挤出来的连篇空话。

我一生中有过几次写作时心情轻松、全神贯注而且从容不迫。

有一年冬天，我乘坐几乎空无一人的内燃机船从巴统去敖德萨。灰暗的大海寒气袭人，风平浪静。海岸隐没在浅灰色的暮霭中。浓重的乌云仿佛在昏睡，横卧在远处的山脊上。

我在船舱里写作，有时站起身，走近舷窗，眺望着海岸。大功率机器在内燃机船的内舱轻声歌唱。海鸥尖声鸣叫着。写起来很轻松。谁都不会打断我心爱的思路。除了我正在写的短篇小说，什么都不用去想，完全不用去想。我觉得这是最大的幸福。辽阔的大海使我免受各种干扰。

意识到航行在一望无际的大海上，隐隐约约期待着我们要顺路游览的港口城市，预感到可能会有一些轻松惬意的短暂邂逅，这也是非常有助于写作的。

内燃机船的钢铁船头划开了苍白的冬日海水，我似乎觉得它正载着我驶向注定的幸福。我之所以这样觉得，显然是因为小说写得很顺利。

我还记得，有一年秋天，我独自一人住在乡村一幢房子的阁楼里，在烛火毕毕剥剥的声音中，写得多么轻松啊。

黑沉沉的九月之夜没有一丝风，也像大海一样包围着我，使我免受一切干扰。

很难说清为什么，但是意识到屋外古老的乡村花园一整夜都有落叶飘零，是有助于写作的。我把花园想成一个活生生的人。它默不作声，耐心等着我夜晚到井边取水烹茶。或许，当它听到水桶的哐当声和人的脚步声，它会更容易挨过这漫漫长夜吧。

但是，不管怎样，感觉到一座孤独的花园，感觉到村外绵延几十公里的寒林，感觉到林中的一个个湖泊——当然，在这样的夜里，湖边不会有一个人影，只有星光和千百年前一样倒映在水中——这些感觉都有助于我写作。或许我可以说，在这样的秋夜，我真的很幸福。

当一种有趣、快乐、心爱的事情在前面等着你，哪怕是那种到远处旧河床边的茂密柳树荫下钓鱼这类小事，你也会写得很好。

（孟宏宏　译）

车站小吃部的老人

一位瘦瘦的老人，满脸都是像刺猬背刺一样的胡子茬，坐在麦奥里车站小吃部的角落里。严冬的风雪从里加海湾上空一阵阵呼啸而过。岸边结着厚厚的冰。透过雪烟可以听见海浪轰隆轰隆拍打着坚冰边缘的声音。

老人来小吃部显然是为了取暖。他什么都没点，只是无精打采地坐在一个木质沙发上，双手笼在渔夫穿的那种上衣袖子里，衣服上打着歪歪扭扭的补丁。

跟老人进来的还有一只毛茸茸的小白狗。小狗趴在老人脚边打着哆嗦。

一旁的小桌边有一群年轻人闹哄哄地喝着啤酒，他们后脖颈通红，结实有力。帽子上的雪正在融化。融化的雪水滴到啤酒杯里和夹熏肠的面包上。但是年轻人争论着足球赛，没有注意到雪水。

一个年轻人拿起面包，一口咬掉一半。小狗忍不住了，跑到小桌前，举起前腿立起来，讨好地盯着这个年轻人的嘴。

"彼季！"老人轻声唤道，"你可真不害臊！你干吗去打扰人家,彼季?"

但是,彼季继续立着,只是它的前腿一直打哆嗦,累得放下了。不过脚一碰到湿乎乎的肚子,小狗立刻打了个激灵,又把前腿举了起来。

只是年轻人没有注意到它。他们兴趣盎然地讨论着,时不时给自己的杯子添上冰凉的啤酒。

窗户上糊满了雪,在这酷寒的天气,看着人们喝着冷得像冰水一样的啤酒,让人觉得脊背发凉,直打哆嗦。

"彼季!"老人又唤了一次,"喂,彼季!回来!"

小狗快速地摇了几次尾巴,仿佛在告诉老人,它听见了他在叫它,并请他原谅,但是它也拿自己没办法。它没有看老人一眼,甚至把目光完全转向了另一个方向。它仿佛在说:"我自己也知道这不好。但是你又不能给我买这样的面包。"

"哎,彼季!彼季!"老人小声叫着,伤心得嗓音颤了一下。

彼季又摇了一下尾巴,顺便央求地看了看老人。它仿佛在求老人别再叫它,别再责怪它,因为它自己心里也不好受,如果不是迫不得已,它当然绝不会去乞求陌生人。

一个高颧骨、戴绿帽子的年轻人终于注意到了小狗。

"坏东西,讨吃的吗?"他问道,"那你的主人呢?"

彼季欢快地摇了一下尾巴,看了老人一眼,甚至轻轻尖叫了一声。

"您这是怎么回事,公民!"年轻人说道,"既然养狗,那就该喂。要不就不文明了。您的狗讨饭吃。我国法律是禁止行乞的。"

年轻人都哈哈大笑起来。

"你这就是胡说了,瓦利卡!"一个年轻人斥责了一声,扔给小狗一片香肠。

"彼季,不许吃!"老人呵斥道。他那被风吹得粗糙的脸和干瘦的、青筋突出的脖子涨得通红。

小狗缩成一团,耷拉着尾巴,回到了老人身边,甚至没看香肠一眼。

"他们的东西,一点儿都不能碰!"老人说。

他开始在口袋里乱摸一通,摸出了几枚银硬币和铜硬币,放在手心一边数着,一边吹硬币上沾的灰尘。他的手指哆哆嗦嗦。

"还生气呢!"高颧骨的年轻人说道,"你说说,多有骨气。"

"别理他了!你管他呢!"这个年轻人的一个伙伴一边劝解,一边给大家倒啤酒。

老人没说一句话。他走到柜台前,把几枚硬币放到潮乎乎的柜台上。

"一个夹肉面包!"他嗓音嘶哑地说道。

小狗夹紧尾巴,立在他身旁。

女售货员把两个夹肉面包放在盘子里给了老人。

"一个!"老人说。

"拿着吧!"女售货员轻声说道,"给您俩面包,我破不了产……"

"谢谢!"老人说,"谢谢!"

他拿起面包到站台上去了。那里一个人都没有。一阵风雪刚过去,另一阵还远在地平线上慢慢逼近,甚至微弱的阳光也趁机落到了利耶卢佩和对岸白茫茫的森林上。

老人在长凳上坐了下来,给了彼季一个夹肉面包,另一个用一条灰色手绢包好,藏在口袋里。

小狗浑身发抖地吃着,而老人看着它说道:

"唉,彼季呀,彼季!好一只糊涂狗!"

但是小狗没有听他说,它只顾着吃。老人看着它,用袖子揩着眼睛,——想必是被风吹得流泪了吧。

这其实就是发生在里加海滨麦奥里车站的一个小故事的全部经过了。

我为何要讲这个故事呢?

我思考细节在小说中的意义时,想起这个故事。我明白,如果讲述这个故事时,不去讲那个最主要的细节——不讲小狗千方百计请求主人原谅,不讲小生灵这种讨好的神态,那么这个故事就不像真事那样细腻动人了。

如果再舍弃其他细节——说明老人是鳏夫或孤身一人的歪歪扭扭打着补丁的上衣、年轻人帽子上滴下来的雪水、冰凉的啤酒、从口袋里掏出来的沾满灰尘的零钱,以及从海上刮来如白墙般的风雪,那么,故事就会因此变得更加枯燥无味。

最近几年,在我们的小说中,特别是在年轻作家的作品中,细节开始慢慢消失。

然而,没有细节,作品就没有生命。这时,任何一篇短篇小说都会变成如契诃夫所说的那种熏鲑鱼用的干木棒。没有了鲑鱼，只剩一根木棒杵在那儿。

细节的意义在于，如普希金所言，让通常从眼前溜掉的小事变得光芒万丈，万众瞩目。①

另一方面，有些作家却有堆砌令人生厌、枯燥无味的素材的毛病。他们让自己的作品充斥着一堆堆细节——不加选择，不懂得细节只有在能够突出特点的情况下，只有在能够像一道光线一下子使任何一个人或任何一种现象冲破黑暗的情况下，才有生存的权利，才不可或缺。

比如，要介绍一场大雨已经开始的场景，只要写刚刚滴下的雨点噼噼啪啪打在窗下一张报纸上就够了。

或者，要传达小婴儿夭亡的恐怖感觉，只要像阿列克谢·托尔斯泰在《苦难的历程》中所写的那样就足够了：

> 疲惫不堪的达莎睡着了，当她醒来时，她的孩子已经死了。
>
> 她一把抓住孩子，解开襁褓——他浅色、稀疏的头发直直地竖在高高的头盖骨上。
>
> ……达莎对丈夫说：

---

① 引自果戈理《与友人书简选》："普希金……总是对我说，还没有一个作家具有这样的才华，能够如此鲜明地展现出生活的庸俗，能够以这样的力量描画出庸俗人的庸俗，以便让眼前溜掉的整个那件小事变得光芒万丈，万众瞩目。"

"我睡着的时候,死神来到他身边……你想想——他的头发竖得笔直……独自在受苦……而我在睡觉……"

无论怎样劝说,都无法把小婴儿独自与死神搏斗的幻影从她眼前赶走。

这个细节(婴儿稀疏的头发竖得笔直)顶得上用许多页的篇幅对死亡进行最为精确的描述。

这两个细节都是一语中的。细节就应当如此——既说明整体,又必不可少。

我在一个作家的手稿中见到这样一段对话:

"帕莎大婶,您好!"阿列克谢一边走进来一边招呼。(在此之前作者说,"阿列克谢用手打开帕莎大婶的房门",就像门可以用头打开一样。)

"阿廖沙,你好,"帕莎大婶亲切地回答,放下针线活,望了阿列克谢一眼,"怎么这么久没来了啊?"

"老是没空。开了整整一周的会。"

"你说整整一周?"

"对啊,帕莎大婶!整整一周。沃洛季卡不在家?"阿列克谢一边问,一边扫视着空落落的房间。

"不在家。他上工去了。"

"好吧，那我走了。再见，帕莎大婶。祝您健康。"

"再见，阿廖沙，"帕莎大婶答道："也祝你健康。"

阿列克谢向门口走去，打开门就出去了。帕莎大婶看着他的背影，摇了摇头。

"麻利的小伙子。心眼儿活泛。"

整个片段不仅写得马虎潦草、粗枝大叶，而且完全是废话和空话连篇（均已标出）。所有这些都是毫无用处、毫无特点、毫无意义的细节。

在寻找和确定细节时，需要严加选择，宁缺毋滥。

细节与我们所称的直觉紧密相关。

我认为，直觉是一种能够通过局部、通过细节、通过某一特性再现整个图景的能力。

直觉不仅有助于历史小说的作者再现过去时代的真实生活图景，还有助于他们再现当时独一无二的色彩、人们的感情和心理，这种心理与我们的心理相比，当然是有点儿区别的。

直觉帮助从未去过西班牙和英国的普希金写出了精彩绝伦的西班牙诗篇，写出了《石客》，而在《瘟疫流行时的宴会》中则描绘了英国中世纪的画面，若是由这个雾国土生土长的瓦尔特·司各特[①]或者彭斯[②]来写的话，也不过如此。

[①] 瓦尔特·司各特（1771—1832），英国作家。
[②] 罗伯特·彭斯（1759—1796），苏格兰诗人。

一个恰到好处的细节可以使读者对整体——对一个人及其所处的环境、对一件事，或者甚至是对一个时代产生直觉的、准确的认识。

（孟宏宏　译）

白　夜

一艘旧轮船从沃兹涅谢尼耶码头离岸，驶入奥涅加湖。

四周白夜茫茫。我平生第一次不是在涅瓦河和列宁格勒的宫殿上空而是在北方茫茫森林和湖泊间看见这样的夜色。

东方低悬着一轮暗淡的月亮，没有一点儿亮光。

轮船激起的波浪悄无声息地奔向远方，一片片松树皮在水中轻轻晃动。岸上，或许是在一座古老的乡村教堂，守夜人在钟楼上敲了钟，一共十二下。虽然距离岸边很远，这钟声还是传到了我们这里，越过轮船，沿着平静的水面飘去，消失在挂着一轮月亮的透明暮色里。

我不知道怎样形容这令人陶醉的白夜之光更好。神秘的？抑或魔幻的？

这些夜晚总是让我觉得大自然过于慷慨——赋予夜间多少朦胧的空气，多少如锡箔和银子般的晶莹光辉啊。

这样的美、这样迷人的夜色不可避免地消逝，让人无法忍受。或许正因为如此，白夜正如一切注定不能长久的美一样，以其转瞬即逝的生命勾起淡淡的忧伤。

我是第一次来北方，但这里的一切都让我觉得似曾相识，尤其是在这暮春时节荒芜的花园里凋谢的一簇簇白色的稠李花。

这种冷艳芳香的稠李花在沃兹涅谢尼耶非常多。这里没有人把它折下来，没有人把它插到桌子上的水罐里。

我是去彼得罗扎沃茨克。当时，阿列克谢·马克西莫维奇·高尔基打算出版一套名为《工厂史》的丛书①。他吸引了许多作家参与此事，而且决定分成几个生产队来写作，——当时生产队这个词第一次出现在文学领域。

高尔基让我选几个工厂。我选定了彼得罗扎沃茨克古老的彼得罗夫工厂。这个工厂是彼得一世创建的，最初生产大炮和铁锚，后来铸铜，革命后改为生产运输车辆。

我拒绝了生产队的工作。我当时确信（现在仍然确信），人类活动的有些领域进行集体活动是难以想象的，特别是写书的工作。顶多可以搞出一个杂七杂八的文集，而不是一本完整的书。在我看来，尽管材料富有特色，但是其中毕竟还是应该体现作家的个性，以及他认知现实、风格和语言的所有特点。

我认为，正如两三个人不能同时拉一把小提琴一样，几个人也不能合写一本书。

我把这个想法告诉了高尔基。他皱起眉头，习惯性地用手指在桌上敲着鼓点，想了想，回答说：

① 1931年9月7日高尔基在《真理报》上发表了一篇题为《工厂史》的文章，他在文中号召作家们为俄国各大工厂写作厂史。

"年轻人，大家会责备您自以为是的。不过，好吧，去做吧！只是您可别丢脸，一定带本书回来。一言为定！"

我在轮船上想起这一席谈话，深信自己一定能把书写出来。我非常喜欢北方。正如我当时认为的那样，这种环境应该会极大地减轻我写作上的困难。显然，我打算把自己迷恋的北方景物——白夜、静静的水、森林、稠李、宛如唱歌的诺夫哥罗德口音、船头弯曲如天鹅颈般的黑色独木舟、各色青草映衬下的扁担，全都拖进这本关于彼得罗夫工厂的书里。

彼得罗扎沃茨克当时非常安静，人烟稀少。大街上铺着大块的鹅卵石，石头上长着苔藓。整个城市仿佛云母一般，或许是因为淡淡的湖光反照，还因为虽不好看却十分可爱的浅白色天空映照的缘故吧。

在彼得罗扎沃茨克，我扎进档案馆和图书馆，开始阅读一切与彼得罗夫工厂相关的图书资料。工厂的历史原来复杂又有趣。彼得一世、苏格兰工程师、我们出身农奴的能工巧匠、卡隆浇铸法、水力机械、独特的风俗习惯，所有这一切都为这本书提供了丰富的素材。

首先，我拟了一个提纲。提纲中有很多史料和描写，但是人物很少。

我决定就在当地，在卡累利阿动笔，因此就向退休女教师谢拉菲玛·约诺夫娜租了一个房间。她完全是个普普通通的老太太，除了一副眼镜和懂得法语，丝毫不像老师。

我开始按照提纲写书，但是无论我怎样努力，书在我笔下简直就是一盘散沙。我无论如何都不能把材料焊接起来，把它们黏合起来，让它们自然流动。

素材变得支离破碎。有趣的段落互不支撑，摇摇欲坠。这些段落一个个茕茕孑立，没有那唯一可以为这些档案史实注入生命力的东西——生动的细节、时代气息、我所感兴趣的人类命运——来维系。

我写水力机械、生产活动、工匠，写得苦恼不已，我明白，在我对这一切还没有自己的态度之前，在哪怕是一丁点儿抒情气息还没将这些素材复活之前，什么都写不出来，而且根本是什么书都写不出来。

（顺便说一句，当时我懂得了，写机器要跟我们写人一样，要懂它们，爱它们，为它们欢乐和痛苦。不知道别人如何，但是我总是为机器感受到肉体上的痛苦，比如"胜利"牌汽车，当它加大油门，用尽最后一点儿力气爬上陡坡时，我累得大概不亚于汽车本身。或许，这个例子不是很恰当，但是我深信，如果你想写机器，那就要像对待活生生的人一样对待它们。我注意到，优秀的匠人和工人就是这样对待它们的。）

没有比面对素材一筹莫展更叫人心烦意乱、痛苦不堪的了。

我感觉自己成了外行，就好像被迫去跳芭蕾舞或者编辑康德的哲学著作一样。

而记忆却时不时用高尔基的话来刺痛我："只是您可别丢脸，一定带本书回来。"

使我灰心的还有一件事：我奉若神明的作家技巧的基础之一

崩塌了。我一直认为，只有善于轻松掌握任何素材而又不失去自己个性的人才能成为一名作家。

我决定投降，什么也不写就离开彼得罗扎沃茨克，就这样结束我当时面临的局面。

除了谢拉菲玛·约诺夫娜，我找不到人可以倾诉自己的痛苦。我本来已经打算向她讲述自己的失败了，可是却发现，她自己感觉到了这一点，或许是凭着一种教师特有的那种敏感吧。

"您就像我那些傻乎乎的女中学生准备考试似的，"她对我说道，"一个劲儿往脑袋里塞，弄得晕头转向，也不明白什么紧要，什么无关紧要。这只不过是疲劳过度。写作的事我不懂，但是我觉得，用蛮力什么也写不出来。您只能让自己神经紧张。而这又有害又危险。您别一时冲动就走。歇一歇。到湖上转一转，到城里逛一逛。我们这个城市可爱又朴素。说不定会有什么收获。"

但我还是决定要走。出发前我去彼得罗扎沃茨克走走。直到那时我还没好好观赏过这个城市。

我顺着湖畔信步向北走去，走到了城郊。小房子至此消失了。前面是一片片菜园。菜园中间这儿一个那儿一个零零散散竖着一些十字架和墓碑。

有个老人在给胡萝卜畦除草。我问他这都是些什么十字架。

"早前这儿是墓地，"老人答道，"这里好像是埋外国人的。现在这片地改成菜园子了，墓碑都搬走了。剩下的也留不了多久。顶多留到来年春天。"

墓碑的确不多，一共五六个。其中一个墓碑围着一圈富丽堂皇的沉甸甸的铸铁栏杆。

我走近这块墓碑。在断裂的花岗岩石柱上可以看到法语写的碑文。高高的牛蒡几乎把这些碑文盖住了。

我折断牛蒡，读出了碑文："拿破仑皇帝大军炮兵工程师夏尔-欧根·朗赛韦之墓。一七七八年生于佩皮尼昂，一八一六年殁于远离祖国的彼得罗扎沃茨克。愿主赐予他受尽折磨的心灵安息。"

我明白了，我面前是一个杰出人物的墓碑，他的命运悲惨，正是他帮我摆脱了困境。

我回到家，告诉谢拉菲玛·约诺夫娜我要留在彼得罗扎沃茨克，接着立刻去了档案馆。

那儿有一个干瘦的小老头儿，瘦得好像只剩下了骨头架子，戴着一副眼镜，以前当过数学老师。档案馆还没有完全整理好，但是这个老头儿却管理得井井有条。

我告诉他我的来意，老头儿激动万分。他平时都是帮人查阅一些枯燥的资料，主要是教堂的教徒出生簿的摘录，就连这也很少有。而现在却要进行困难而有趣的档案搜索，找到一切有关一位一百多年前不知为何死在彼得罗扎沃茨克的神秘的拿破仑军官的资料。

不管是老头儿还是我，两个人都很担心。能否在档案馆哪怕是找到朗赛韦的蛛丝马迹，从而可以多多少少了解一点儿他的生活状况呢？或者我们一无所获？

总之，老头儿突然提出他不回家过夜了，而要在档案馆通宵翻资料。我想留下来陪他，但是，档案馆禁止外人入内。于是我去了市里，买了些面包、香肠、茶和白糖，把所有这些东西带给老头儿,好让他夜里吃点儿,然后我就走了。

搜索持续了九天。每天早上老头儿都给我一份卷宗目录看,据他猜测,这里面可能提到朗赛韦。在最有价值的卷宗里他都打上了钩,但是他作为数学家,把这种记号叫作"根号"。

直到第七天才在墓地登记簿上找到了有关埋葬被俘法军大尉夏尔－欧根·朗赛韦的记录,埋葬时的情况有点儿奇怪。

到第九天找到了两封提及朗赛韦的私人信件,而第十天则找到了一封残缺不全、没有了签名的奥洛涅茨省省长的通报,通报内容有关"上述朗赛韦"之妻"玛丽娅－采奇丽娅·特琳尼德自法国前来为夫立碑"而短期逗留彼得罗扎沃茨克之事。

材料全都找完了,档案管理员小老头儿喜不自胜,不过,他找到的那些资料也足以使朗赛韦在我的想象中复活了。

朗赛韦一出现,我就立刻坐下来写书。工厂的所有史料不久前还是一盘毫无希望聚在一起的散沙,突然就在书中各就其位了。所有史料严丝合缝地而且好像是自然而然地围绕着这名法国炮兵。这名法国炮兵参加了法国革命和拿破仑远征俄罗斯,他在格扎茨克城下被哥萨克俘获,遣送至彼得罗扎沃茨克的工厂,最终在那里死于热病。

就这样我写成了中篇小说《夏尔·朗赛韦的命运》。

在人物没有出现之前,素材是死的。

此外,提前为这本书拟定的提纲被彻底推翻。如今朗赛韦满怀信心地引领着故事进程。他像一块磁体,不仅把史料,而且把我在北方看到的很多东西,都吸到自己身上来。

小说中有一个为死去的朗赛韦哭丧的场景。女人哭悼他的歌词是我从真实的哀歌中借用来的。这件事值得一谈。

我乘轮船从拉多加湖出发，沿斯维里河而上，前往奥涅加湖。在一个地方，好像在斯维里察，人们把一口普通的松木棺材从码头上抬到了下甲板上。

原来是斯维里河上一位最老、最有经验的引航员在斯维里察去世了。他的引航员朋友们决定载着他的灵柩航行全河，从斯维里察一直到沃兹涅谢尼耶，以便让死者似乎是在与他心爱的河流告别。此外，也是为了让沿岸居民有机会与这位在这一带备受尊敬、就某一点来说也是著名的人物告别。

这是因为斯维里河石滩很多，河水湍急。如果没有经验丰富的引航员，轮船就不可能通过斯维里河的激流险滩。因此在斯维里河上自古以来就有引航员的行帮，他们之间关系亲密，情深意厚。

我们过急滩，也就是过石滩时，我们的轮船尽管开足了马力，还是用了两条拖船来牵拉。

顺流而下时，轮船要倒着航行，不管是轮船还是拖船都要逆流倒行，从而减缓下行的速度，防止撞到石滩。

我们轮船上载着引航员遗体的事用电报告知了上游各地。因此，每个码头上都有一群居民来迎接。前面站着包着黑头巾的哭丧老婆子。只要轮船一靠近码头，她们就扯开嗓门、撕心裂肺地哭悼起死者来。

这种充满诗意的哀歌歌词从不雷同。在我看来，每一首哀歌都是即兴之作。

比如其中一首哀歌是这样的:

为啥你撇下我们飞向死亡之国,为啥抛下我们这群孤儿寡母?莫非我们没有好声好气迎你接你?看一眼斯维里河吧,老爷子,最后再看一眼,陡峭的河岸上凝结着鲜红的血,滔滔的河水里全是我们婆娘的泪。哎呀呀,为啥这死神来找你来得不是时候?哎呀呀,为啥这斯维里河点满送葬的蜡烛?

我们就这样在一片哭悼声中航行至沃兹涅谢尼耶,哭悼声甚至在夜间都没停歇。

在沃兹涅谢尼耶,轮船上走上来一群神情严肃的人,都是引航员,他们打开了棺盖。里面躺着一位白发苍苍、身材魁梧的老人,他的脸因常年风吹日晒变得很粗糙。

人们用亚麻巾抬起了灵柩,在一片哭天喊地的哀歌声中抬上了河岸。灵柩后面跟着一位年轻的女人,用披巾半掩着苍白的脸。她领着一个浅色头发的小男孩。在她后面隔着几步远走着一位身穿河船长制服的中年男人。这是死者的女儿、外孙和女婿。

轮船降下半旗致哀,当灵柩抬往墓地时,轮船几次汽笛长鸣。

这部中篇小说中还写到了另一个印象。在这个印象中没有什么意味深长的东西,但是不知为何却在我的记忆中与北方紧密相关。这就是金星不同寻常的光辉。

我还从未见过这样强烈而清澈的光辉。在拂晓前慢慢变青的天空中，金星就像一滴金刚石液滴那样流光溢彩。

这是真正的天国信使，是绚烂朝霞的先驱。在中部和南方，我不知怎么从未注意到它。而在这里，我却觉得，只有它在茫茫荒原和森林上空闪耀着处子般的美丽光辉，只有它在黎明前主宰着所有北方土地，主宰着奥涅加湖和扎沃洛奇耶地区，主宰着拉多加湖和外奥涅加湖地区。

（孟宏宏　译）

生命力的发端

有一天，左拉在几个朋友的聚会上说，作家根本不需要想象力，作家的写作只应该建立在精确观察的基础上，就像他本人一样。

当时在场的莫泊桑问道：

"那么，您根据报纸上随便一条简讯就能写出大部头的长篇小说，而且几个月足不出户，该怎么解释呢？"

左拉无言以对。

莫泊桑拿起帽子就走了。他的离去可以看作对左拉的侮辱。但是他不怕这个。他不允许任何人否定想象的作用，哪怕是左拉。

莫泊桑和每一位作家一样，对想象视若珍宝，认为它是激发创作思想的绝好媒介，是诗歌和散文的黄金国。

它是创造艺术生命力的发端，正如拉丁区富有激情的诗人们所言，是"永恒的太阳和上帝"。

但是这颗耀眼夺目的想象力"太阳"只有在接触大地时才会燃烧。它在太虚中不会燃烧，在那里它会熄灭。

什么是想象呢？回答这类伤脑筋的问题，最简单的办法就是像盖达尔那样。他满腹狐疑地望着交谈者，问道："你又想抓我把柄？妄想！反正我不说。"

如果我们自己想要多多多少少弄清楚一些概念，最好是像孩子问大人那样，必须弄个一清二楚。

孩子总是不停地问："这是什么？""这是干什么的？""为什么这样？"他们不逼得我们找到所有这些问题的答案，哪怕是勉勉强强的答案，决不罢休。

如果我们找到一个小孩子交谈，他又能说出"想象"这个词，那么，这场交谈可能是这样的：

"什么是想象？"

在这种情况下，如果我们说起"艺术的太阳"或者艺术的"至圣之神"，那就会身陷举步维艰的密林，出路只剩下一条——扔下这个交谈者落荒而逃。

孩子们要求的是一清二楚。因此，我们不得不回答这位假想的交谈者，想象力是人类的本能。

"什么样的本能？"

"这是人运用生活观察和思想情感的积累，创造出与现实并存的虚构的生活、虚构的人和虚构的事件的本能。（当然，这还要说得更通俗易懂些。）"

"为什么呢？"交谈者问我们，"既然有真实的生活，干吗还要虚构另一种生活？"

"这是因为现实生活广阔而复杂，一个人永远不可能认识生活的全貌及其各方面的细节。而且很多东西他也不可能看到和经历。比如，他不可能回到三百年前成为伽利略的学生，参加一八一四年夺取巴黎的战役，或者坐在莫斯科而用手触摸到卫城的大理石柱，或者与果戈理交谈，漫步在罗马街头，或者在国民公会①坐下来听马拉②演讲，或者从甲板上眺望洒满星光的太平洋，这是因为这个人平生连大海都没见过。但人却想要了解、看到和听到一切，想要经历一切。于是想象就给予他现实来不及或不能给予他的东西。想象能够弥补人类生命中的空白。"

当然，这时你忘记了自己的谈伴，开始说起他不懂的话来。

谁能在想象和思想之间画出一条泾渭分明的界线呢？这条界线，它不存在。

想象力创造了牛顿万有引力定律、牛顿二项式定理、特里斯丹和伊瑟的哀伤故事、原子裂变、列宁格勒海军部大厦、列维坦的《金色的秋天》、《马赛曲》、无线电、电灯、哈姆雷特王子、相对论和电影《小鹿斑比》③。

人的思想如果没有想象力，正如想象脱离了现实，是不会结出果实的。

法国有句谚语："伟大的思想源于心灵。"或许，可以更准确地说，伟大的思想源于人的整个存在。心灵、想象和理性，这正是我们称为文化之所以产生的媒介。

---

① 国民公会（1792—1795），法兰西第一共和国最高立法和执行机构。
② 让-保尔·马拉（1743—1793），法国大革命时期雅各宾派领袖。
③ 《小鹿斑比》，美国电影导演和画家沃尔特·迪斯尼（1901—1966）制作的卡通片。

但是，有一件东西是我们强大的想象力也无法想象出来的。这便是想象力的消失，这也意味着它所产生的一切都消失了。如果想象力消失了，那么，人也就不再为人了。

想象力是大自然的伟大恩赐，它蕴藏在人的本性之中。

正如我所言，想象力不能脱离现实而存在。它由现实所滋养。另一方面，想象力也常常在某种程度上影响着我们生活的进程，影响着我们的事业和思想，影响着我们对别人的态度。

关于这一点，正如我已经说过的那样，皮萨列夫说得很好。他说，如果一个人不能想象未来清晰完美的画面，如果一个人不会幻想，那么什么都不能促使他为了这样的未来而行动、进行不懈斗争，甚至献出生命。[1]

> 无意中在一把小刀上
> 发现异国的一粒微尘——
> 世界重又变得奇异万状，
> 雾霭缥缈，五彩缤纷。[2]

[1] 这段转述出自德米特里·伊凡诺维奇·皮萨列夫《幼稚想法的落空》一文。原文是："假如一个人根本没有幻想的能力……假如他不能偶尔跑前一些，用自己的想象力洞察到他刚刚动笔创作的那件作品的完整清晰的美，那我就绝对想象不出还有什么动因促使他着手从事艺术、科学和实际生活领域中丰富多彩而又令人劳累的工作，并把这项工作进行到底。"

[2] 引自勃洛克诗作《你可记得，在我们梦幻的港湾……》。

这是勃洛克的诗句。另一位诗人则说：

每一汪水洼，都散发着海洋的气息。
每一粒石子，都保留着沙漠的印记。

异国的一粒微尘和路上的一粒石子！想象力常常就是从这样的微尘和石子开始了不由自主的活动。由此我想起了一个西班牙老贵族的故事。

这个西班牙贵族可能过过好日子，但是在我们这个故事开始的时候，他在卡斯蒂利亚自己领地里过着贫苦的生活。这个领地是一小块土地，加上一幢阴森得好似要塞监狱的石头房子，是祖辈传给他的产业。

西班牙贵族是个鳏夫。家里只有一个老保姆，这个老太婆连做最简单的饭菜都很吃力，记性差得什么都记不起来。甚至和她说话也是白费力气。

西班牙贵族整天坐在尖拱窗旁的破沙发椅上看书。只有书脊中干透的糨糊所发出的咔嚓折裂声打破沉寂。

西班牙贵族偶尔看着窗外。窗外耸立着一棵枯树，黑乎乎的像铁一样，一片单调的高原延伸至地平线上。西班牙的这个区域荒无人烟，满目凄凉，但是西班牙贵族已经习惯了。

他已不是年轻力壮，不能抛家舍业，踏上那令人疲劳的长途旅行，还可能忍受种种烦恼。再说，在整个王国他既没有一个亲戚，也没有一个朋友，又干吗去旅行呢！

西班牙贵族过往的生活如何，很少有人知道。据说，他有过妻子，还有一个美丽的女儿，但是她们俩在同年同月染瘟疫死了。从那时起，他便闭门不出，偶尔碰到因天黑或坏天气来投宿的旅人，他也不乐意让他们进门。

有一天，一个风尘仆仆、身披粗布斗篷的人来敲了几下门。他把一头老毛驴拴到了那棵黑乎乎的树上。吃晚饭时，在熊熊燃烧的火炉旁，他跟西班牙贵族说，感恩圣母，他毫发无损地从去西方危险的航行中回来了，原来是国王听信了一个叫哥伦布的意大利人的甜言蜜语，派了几艘轻快帆船去那里。

他们用了几周横渡大洋，听到海女塞壬的声音。海女们妖娆轻柔地请求把她们拉上船，好让她们在甲板上用自己的长发裹住赤裸的身体，就像披上布那样暖和一下。

船长下令不许答应塞壬的请求。水手们怒气冲冲。他们渴望着爱情，渴望着女人丰腴柔韧的大腿，朝思暮想，备受煎熬。

这一切以一场失败的暴动告终。三个带头的被吊死在横桁上。

他们继续航行，看到了从未见过的大海，海面上覆盖着海草，海草中盛开着一朵朵硕大的蓝花。于是他们举行了弥撒，开始环海航行，突然水平线上出现了一片新的陆地——神秘而美好的陆地。风从岸上送来了森林温柔的絮语和花草醉人的芬芳。

船长登上小桥，拔出长剑，举到空中，剑刃尖上突然闪出金色的火焰——这说明他们终于发现了黄金国①，在这里，漫山遍野

---

① 黄金国，传说中西班牙征服者在美洲发现的黄金和宝石之国。

都是宝石和金银。

西班牙贵族默默地听着这个故事。

临走时,那个人从皮囊里拿出一个黄金国带来的玫瑰色海贝壳,送给西班牙贵族来感谢他招待晚餐和留他过夜。这是一个不值钱的小物件,因此西班牙贵族便收下了。

那个人走了,夜里下了一场大雷雨。一道道闪电在满是石头的平原上空慢慢燃烧,时隐时现。

贝壳放在西班牙贵族床边的桌子上。

他醒来后看到被闪烁的天火照亮的贝壳。在贝壳深处,由玫瑰色的光、泡沫和云彩化成的幻影时明时灭。

闪电熄灭了。西班牙贵族等到下一次闪电,再次看到了贝壳里的国度,比第一次还要更清楚。宽阔的瀑布水花四溅、闪闪发亮,从陡峭的岸上倾泻到海里。这是什么?或许是一条条的河流吧。他甚至感觉到这些河上的清新空气。他的脸庞蒙上了一层细细的水滴。

他认为这种感觉是因为梦还没醒,于是站起身,把沙发椅挪到桌子前,坐在贝壳对面,俯下身子,他竭力想看清贝壳内那个国度的所有新奇景象,心莫名其妙地怦怦直跳。但是闪电越来越稀疏,很快就完全停息了。

西班牙贵族不敢点燃蜡烛,怕在昏暗的烛光下确信了这一切都是错觉,贝壳里根本没有什么国家。

他就这样坐到清晨。在晨光中贝壳并没有什么出奇之处。贝壳深处除了有点儿模模糊糊的光辉,什么也没有,仿佛那个神奇的国度一夜之间移到了几千里约之外。

就在当天西班牙贵族去了马德里，双膝跪在国王面前，恳求国王下旨，恩准他自费装备一艘轻快帆船西行，去寻找那个神秘的国度。

国王大发慈悲，准许了他的这个请求。西班牙贵族走后，他对自己的近臣们说：

"这个西班牙贵族显然是个疯狂之人。只有一艘可怜巴巴的轻快帆船，他能有何作为？但上帝连疯人也会为其指路。说不定这老头真能给我们王国增加新的陆地呢。"

西班牙贵族西渡大洋，航行了几个月。他只喝水，东西吃得很少。焦灼不安使他的身体憔悴不堪。他竭力不去想那个神秘的国度，他怕永远也到不了那里，或者怕即便看见了这个国家，却原来只是单调枯燥的平原，荆棘丛生，一阵阵风吹过，卷起漫天灰蒙蒙的尘柱。

西班牙贵族祈祷圣母保佑他避免这样的失望。

用木头粗糙雕成的圣母牢牢钉在轻快帆船的船头上。她在船的前面摇晃着，破浪前行。她鼓出的蓝眼睛凝视着远处的海面。镀金剥落的头发和褪色的紫红袍上闪耀着点点水珠。

"引领我们去吧！"西班牙贵族恳求她，"这个国度不可能不存在。无论是醒着还是在梦中，我都那么清晰地见过它。"

一天傍晚，水手们从海水里捞出一根折断的树枝。这说明陆地就在近处。

树枝上长满像鸵鸟毛一样大的树叶。树叶散发着让人神清气爽的甜蜜气息。

这一夜，船上谁都没睡。

终于，在朝霞的光辉里，一个横贯大海的国家出现了，层峦叠嶂的群山五光十色。一条条清澈的河流从这些山上倾泻而下，直奔大洋。苍翠的森林上空飞翔着一群群欢快的鸟。枝叶是那样繁茂，鸟无法飞入林中，所以都在森林上空盘旋。

岸边吹来沁人心脾的花果香气，仿佛只要吸一口到胸中，便可长生不老。

太阳升起来了，这个瀑布水汽弥漫的国家，瞬间变得异彩纷呈，如同阳光照射在多棱的水晶器皿上一般。

这个国家熠熠闪光，好似天和光的纯洁女神遗忘在海边的一条钻石腰带。

西班牙贵族双膝跪下，把颤抖的双手伸向神秘的土地，说道：

"感谢你，上苍！在生命的末尾，你在我心中激起对新事物的思索，你让我的心灵备受乐土幻影的折磨。否则我永远都不会来寻找它，我的双眼也会因每天看着单调的高原景象而干枯失明。我想用我女儿佛罗伦西亚的名字来命名这块幸福之地。"

几十道小小的彩虹从岸边赶来迎接这艘轻快帆船。西班牙贵族看得头晕目眩。太阳在瀑布的水花中燃起这些彩虹，但其实不是彩虹来迎接帆船，而是帆船飞快地朝彩虹驶去。

船帆在桅杆上庄严地猎猎作响，全体船员升起的一面面节庆旗帜欢快地发出呼啦啦的声音。

西班牙贵族扑倒在暖洋洋、湿漉漉的甲板上，不再作声。他疲惫的心脏承受不住这一天所赐予他的空前巨大的快乐。他死了。

据说,后来叫佛罗里达的那个地方就是这样被发现的。

＊　　＊　　＊

这个故事无需阐释。但还是应该指出其要旨,从而表达出一个清晰明确的思想:想象源于生活,有时又会反过来支配生活。

身披粗布斗篷的人触发了西班牙贵族的想象力。从这一刻起,想象便控制了老贵族,正因为如此,他才在贝壳深处看见了一个非同寻常的国度。

想象的突出特点之一就在于人们相信它。如若不相信,想象就是内容贫乏的智力游戏,就是小孩子玩的枯燥无聊的万花筒。

这种对想象的相信也是一种力量,能促使人们在生活中追寻想象的东西,为了使其变为现实而斗争不息,响应想象的召唤而不断前行,就像西班牙老贵族所做到的那样,最终在现实中创造出想象的东西。

但是,与想象力关系最为密切的首先是艺术、文学和诗歌。

想象基于记忆,而记忆基于现实生活中的各种现象。记忆的积累并非杂乱无章。有一种规律——联想规律，或者，如罗蒙诺索夫[①]所称的"遐想规律"，按照相似性或时空相近性，对这种杂乱无章的回忆进行分类整理，换言之，对其进行综合概括，从中理出一串环环相扣、连续不断的链条。这个联想链条就是想象的指路线。

联想丰富说明作家的内心世界丰富。如果具有这种丰富的联想，任何思想和题材便立刻具有了生动的轮廓。

有一种富含矿物质的泉眼。只要往这种泉眼里放进随便什么样的一根树枝或者一枚钉子，过了一会儿，上面便会凝结成许多雪白的晶体，从而变成真正的艺术作品。沉浸于我们记忆之泉、沉浸于丰富联想媒介的人类思想也大致如此。思想会变成艺术作品。

联想的例子比比皆是。同时还应该记住，我们每个人的联想都是与他的生活、经历，与他的回忆联系在一起的。因此，一个人的联想可能与别人的联想迥然不同。同一个词在不同人那里会引起不同的联想。作家的任务在于把自己的联想转述给，或者如常言所说，传达给读者，并使其引起类似的联想。

罗蒙诺索夫在自己的《雄辩书》中举了一个有关联想的最简明的例子。根据罗蒙诺索夫所言，联想"就是与一件已知事物一起想象与之相连的其他事物的心灵禀赋"，例如，头脑中想象一艘轮船时，便由轮船想到了它所航行的大海，由大海联想到暴风雨，由暴风雨联想到海浪，由海浪联想到岸上的喧闹，由海岸又

[①] 米哈伊尔·瓦西里耶维奇·罗蒙诺索夫（1711—1765），俄国百科全书式学者，诗人。莫斯科大学以他命名。

联想到石子，如此等等。

这是所谓"文选式"联想。通常来说，联想往往复杂得很。

不妨举例说明。

现在我在里加湾海滨沙丘上的一幢小房子里写作。隔壁房间有个快乐的人，是一位拉脱维亚诗人，正在大声朗读自己的诗歌。他穿着红彤彤的针织毛衣。这种毛衣我以前见过，还是战争以前，见爱森斯坦导演穿过。当时我在阿拉木图的大街上遇到爱森斯坦。他拿着一包刚刚买到的书。他挑选的书有点儿奇怪：《排球比赛指南》、中世纪历史文选、代数课本和诺维科夫－普里博伊的《对马》。

"导演应当无所不知。"爱森斯坦说道，"而且什么都要能表演出来。"

"连代数公式也要表演出来？"我问道。

"当然！"爱森斯坦答道。

当时诗人弗拉基米尔·卢戈夫斯基正在写一首长诗。诗中有一章是有关爱森斯坦的，标题是《阿拉木图——梦的城市》。诗中描写了爱森斯坦房间挂着的墨西哥面具。这是他中美洲之行时带回来的。

总体来说，征服美洲的全部历史就是人的卑鄙无耻的历史。这段历史就应该加上这样的标题。历史小说名为《卑鄙无耻》，很是确切，听起来如同一记耳光。

啊，斟酌标题，这些总是让人冥思苦想的事啊！

构思出标题是一种特殊的才能。有人作品写得好，却不善于给自己的作品取名。或者恰恰相反，这就像有人讲得精彩，但写得很差。他们只不过是能说会道。得需要有高尔基那样极高的才能，他可以多次重复讲同一个故事，但是后来写出来却令人耳目一新，与讲的故事完全不一样！而高尔基讲故事是精彩绝伦的。一件真事在他这儿马上就能加上许多细节。同一件事，每讲一遍都会增加、改变细节，变得更加生动有趣。他的口头讲述实际上就是真正的创作。因此，高尔基在那些索然无味、墨守成规、怀疑他故事的真实性的人中间，是落落寡合的。他皱着眉头，一声不吭，仿佛在说："同志们，与你们一起生活在这个世界上，多么枯燥乏味啊！"

很多作家都有这种基于真人真事讲述精彩故事的能力。比如，马克·吐温，一位对作品真实性吹毛求疵的批评家揭发马克·吐温撒谎。马克·吐温大发雷霆，对他说："如果您自己不会撒谎，甚至蹩脚的谎都不会撒，而且根本不知道这是怎么回事，那您是怎么判断我有没有撒谎呢？只有在这种事上经验丰富，才能这样大胆地下结论。您没有这种经验，也不可能有。您在这个领域不学无术，是个门外汉。"

伊利夫说，他在马克·吐温的故乡小城看到了汤姆·索亚和哈克贝利·费恩的纪念碑。在这座纪念碑上，费恩抓着一只死猫的尾巴。说实话，为什么我们不能也给文学作品人物立纪念碑呢？比如，给堂吉诃德或者格列佛、保尔·柯察金、塔季雅娜·拉琳娜、塔拉斯·布尔巴、皮埃尔·别祖霍夫、契诃夫的三姐妹、莱蒙托夫的马克西姆·马克西梅奇或贝拉。

以上所写的一切，就是一条联想链条，联想的数量可以是无穷无尽的。如果把这个联想链条上的第一个环节和最后一个环节——红彤彤的毛衣和贝拉的纪念碑——扣在一起,那么,自然而然地,整个联想过程就似乎成了胡言乱语。

我之所以大谈联想,只是因为联想与创作息息相关。

* * *

在这段关于想象的长篇大论中,只有一点是一清二楚的——没有想象就没有真正的散文,也没有真正的诗歌。

关于想象,说得最好的,恐怕莫过于别斯图热夫-马尔林斯基了,他说:

> 混沌是创作某种真实、崇高和诗意的先声。就让天才之光刺透这片黑暗。迄今相互敌对、势均力敌的微尘在友爱与和谐中重生,汇合成最强有力的整体,水乳交融,凝结成闪闪发光的晶体,隆起成座座高山,泛滥为汪洋大海,于是,一股生气勃勃的力量便在新世界的额头上写满它那庞大的象形文字。[1]

* * *

夜幕降临,心灵的力量渐渐复苏,它暂时还没有名字。该称它什么呢?称它想象、幻觉、对人的意识洞幽察微的洞察力、灵感?

---

[1] 引自别斯图热夫-马尔林斯基致波列伏依的信。

称它欣喜若狂或者心如止水？称它欢乐或者忧伤？谁又知道呢！

我熄灭灯，夜开始慢慢变亮。黑暗浸透着雪的反光。海湾结了冰，就像一面朦朦胧胧的大镜子，从下面微微照射着夜空，夜色变得清澈透明。

波罗的海松树黑黝黝的树冠清晰可见。远处的电气火车轰隆隆驶过，均匀的声音越来越大，而后又复归寂静，静得似乎能听到窗外针叶林最微弱的沙沙声和莫名的轻轻的噼啪声。这声音应和着星星的一闪一闪。或许是霜从星星上飘落下来，小心翼翼发出一阵阵的噼啪声吧。

房子里空空荡荡，我孤身一人。一旁便是绵延数百海里的大海。沙丘后面是一片片广阔的沼泽和低矮的森林……周围空无一人。但是只要点亮灯，坐到桌前，无论动笔写什么，孤寂的感觉便立刻消失不见。我并非孤单一人。在这间狭小的房间里，我可以和成千上万的人说话，能和整个世界交谈。我可以向他们讲述各种各样的故事，逗他们大笑，惹他们伤心，激发他们的深思和愤怒、爱情和怜悯，像领路人一样牵着他们的手在生活中前行。生活就是在这里，在这四壁之间创造出来的，但是却能冲向全世界。

牵着他们的手迎接朝霞。朝霞必然会出现。它已在东方微微揭起黑色的夜幕，用暂时还非常遥远、隐隐约约的一抹鱼肚白照亮天边。

目前我自己也不知道要写什么。存在于我头脑中的思想如同翻滚的波浪，渴望着把此刻充溢着我的头脑、我的心灵、我整个人的一切传达给他人。思想在我的头脑中生机勃勃，但是它会变成什么，用什么途径来表达自我，我自己还不清楚。但是我知道，我要为谁而写作。我要和全世界交谈。但要一清二楚地想象出全世界这个概念是困难的，几乎是不可能的。

于是你就总是想着一个人，为他写作。比如想着一个小姑娘吧，她的双眼炯炯有神，令人目眩，有一次顺着牧场跑来迎接我，一跑到我跟前就抓住我的胳膊肘，气喘吁吁地说：

> 我早就在这儿等您了。已经采了一大束花，还把《叶甫盖尼·奥涅金》第二章背诵了九遍。大家都在家等您，因为您不在，我们都觉得没趣。您这就给大家讲讲，您在湖上都发生了什么，最好编点儿什么有意思的。还是别，别编，有什么就讲什么，因为就是不编，牧场上也那么美，野蔷薇开第二遍花了！真是好看呀！

或许是为一个女人写作。多年来，她的生命与我的生命紧密相连，我们一起分担艰难困苦，共享欢乐柔情，如今已经没有什么东西能让我们担心害怕。

或许是为朋友们写作。在我这把年纪，朋友一年年越来越少。

但是归根结底我是为所有愿意阅读我作品的人写作。

我不知道，我要写什么。或许是因为想说的东西太多，暂时还未从中挑选出那个像磁体般的思想，正是这个思想才会把其他东西吸过来，使它们井然有序地进入叙述范围各就其位。

所有写作的人都熟悉这种状况。屠格涅夫说：

难怪诗人们谈灵感。当然，缪斯不会从奥林匹斯山下凡来找他们，给他们带来现成的诗歌，但是他们往往有一种特殊的情绪，与灵感相似。费特有一首诗遭到极大的嘲笑，他在诗中说，他自己也不知道要歌唱什么，但是"那首歌自己在成熟"，生动地传达了这种情绪。有些时候，你觉得想要写作，虽然还不知道到底要写什么，只是感觉一定会写。诗人们正是把这种情绪称为"神之降临"。这种时刻是艺术家莫大的享受。如果没有这种时刻，谁都不会去写作了。此后，当不得不把活跃在头脑中的一切整理就绪时，当不得不把一切诉诸笔端时，痛苦便马上随之而来。①

半夜突然听见一个声响。这是远处轮船的汽笛声。已经上冻了，哪来的轮船？

昨天里加的报纸上说，有艘破冰船从列宁格勒抵达港湾。显然，这是破冰船的汽笛声。

突然，我想起一艘破冰船上的领航员跟我讲的一件事。他说，在芬兰湾破冰时，他看见冰上有一抱冻僵的普通野花。花上覆盖着一层雪。谁会把花丢这儿，丢在这茫茫的冰面上呢？显然，这些花是一艘轮船冲破刚刚结成的薄冰时落下的。

于是形象出现了。这个形象以一种莫名的力量开始引出一个尚不清晰的童话。

这些冻僵的花是个谜，需要解开。所有人都在猜测。每个看

---

① 引自娜·奥斯特洛夫斯卡娅的《忆屠格涅夫》。

见这些花的人都有自己的想法。

尽管我并没看见花，可是我也有自己的想法。莫不是那个跑来迎接我的小姑娘在牧场上采的花？或许，这就是那些花。但是它们怎么掉到了冰上呢？这种事情只可能发生在没有时空限制的童话中。

马上我又想到了女性对花的那种特殊的、女性特有的态度。这种态度与我们男性截然不同。对我们而言，花就是装饰品。对女性而言，花却是生灵，是来自我们成年男子世界的客人，我们忙于公务，对这个世界只是匆匆一瞥，漫不经心。

可惜的是，朝霞这么快就燃烧起来。白昼的光会驱走这些想法，使它们在严肃的人看来只是滑稽可笑。

很多童话因为阳光蜷缩起来，像蜗牛那样躲进自己的壳里。

的确如此，但是那篇童话，虽然暂时还模糊不清，却已经诞生了。童话、短篇小说、中篇小说要出世时，要去阻止，几乎是不可能的。这等于屠杀生灵。它们仿佛是自动地在我们意识中开始蓬勃生长的。

把那篇童话诉诸笔端的时刻终于来临了。在大部分情况下，写童话正如用语言形容青草淡淡的气味一样困难。你写童话时几乎不敢喘气，生怕吹掉覆盖童话的细细的花粉。你写得很快，因为光亮、影子和一幅幅图景都飘飘然一闪而过。不要延迟，不要落后于飞驰而去的思想。

童话写完了。我想怀着感激之情再看一眼那双炯炯有神的眼睛，童话永驻其中。

（孟宏宏　译）

夜行的公共马车

　　我本想单独用一章写想象的力量和它对我们生活的影响。但是经过考虑,我没有写这么一章,而是写了诗人安徒生的故事。我觉得这个故事可以取代那一章,它使人对想象有更清楚的概念,比泛泛地谈这个题目好。

　　在威尼斯古老而肮脏的旅店里是找不到墨水的。他们要墨水干什么?用它给房客们开虚假的账单吗?

　　不过,当克里斯蒂安·安徒生住进这家旅店时,锡制的墨水瓶里真还剩下一点儿墨水。他开始用这一点儿墨水写他的童话。不过童话眼看着越来越发白,因为安徒生已经往墨水瓶里加了好几次水。可他依旧没有写完,这篇童话的喜剧性结局就留在墨水瓶底里了。

　　安徒生微笑了一下,决定下一个童话叫《留在干涸的墨水瓶底里的故事》。

　　他爱上了威尼斯,称它是"凋落的荷花"。

　　海上,一团团秋天的云在低空翻滚。条条运河里的污水拍溅着水花。十字路口吹着冷风。但是,只要太阳一冲出云层,墙垣

的绿霉下边就露出粉红色的大理石来,窗外的城市像古老威尼斯的艺术大师卡纳列托①的画。

的确,这座城市尽管显得有几分苍凉,但却非常美丽。为了还要去其他城市,已经到了要同它告别的时候了。

因此,当安徒生吩咐旅店的仆役购买傍晚去维罗纳的公共马车车票时,并没有感到特别遗憾。

仆役跟这家旅店倒很般配,懒洋洋的,总带着几分醉意,手脚不干净,却天生一副忠厚老实的面孔。安徒生的房间他从来没有收拾过,石板地也从来没有打扫过。

从红丝绒窗帘后边不时飞出成群的金光闪闪的蛾子。洗脸只好用一只破瓦盆,瓦盆上画着在海滨游泳的乳房丰满的女郎。油灯打碎了。代替它的是桌上摆着的一个笨重的银烛台,上边插着

---

① 卡纳列托(1697—1768),原姓卡纳尔,意大利威尼斯画派画家。

一截脂油烛头。烛台大概从提香①时代起就没有被擦洗过。

从一楼廉价的小饭铺飘来一股烤羊肉和大蒜的气味。一群年轻妇女随随便便使用破丝带系着旧天鹅绒胸衣,整天在那里嘻嘻哈哈,吵吵嚷嚷,弄得人昏头昏脑。

有时这帮妇女互相揪住头发厮打起来。安徒生偶尔从厮打的妇女身旁走过时,会停下来欣赏她们散乱的发辫,欣赏她们气得通红的面孔和燃烧着复仇火焰的目光。

但是,最迷人的自然是从她们眼眶里流到面颊上的那一颗颗小钻石般愤怒的泪珠。

一看见安徒生,女人们就都不作声了。在这位身材瘦削、风度优雅、鼻子尖尖的先生面前,她们觉得难为情。尽管她们都尊称他为"诗人先生",但却认为他是个怪僻的外地人。她们认为他是个古怪的诗人。他体内流淌的血没有激情。他不会跟着吉他的音乐唱那些悲悲切切的船歌,也不会逐一爱上他遇到的女人。只有一次他从扣眼儿里拿下一朵红玫瑰,送给一个很难看的洗盘子小姑娘。她还是跛脚,走起路来像只鸭子。

仆役去买票的时候,安徒生连忙跑到窗口,拉开厚厚的窗帘,看见仆役正吹着口哨沿运河边走去,一边走,一边顺手拧了一下卖小虾的女人的乳房,结果吃了一记响亮的耳光。

后来仆役站在拱桥上,聚精会神地啐了好久,想把吐沫啐到

---

① 提香(1490—1576),意大利伟大画家,文艺复兴时期艺术的卓越代表人物。

漂在桥桩旁的半只空蛋壳里。

他终于啐中了,蛋壳沉了下去。接着他又走到一个戴破帽子的孩子身边。孩子在钓鱼。他坐到孩子身旁,茫然地盯着漂子,等游过来的鱼上钩。

"天哪!"安徒生绝望地喊道,"莫非因为这个傻瓜,我今天就走不成了吗?"

安徒生把窗户推开。窗玻璃震得哗哗响,连仆役都听见了。他抬起头来。安徒生高举双臂,愤怒地挥舞双拳。

仆役摘下孩子头上的帽子,高兴地向安徒生挥了挥,把帽子又扣到孩子头上,跳起来,在拐角的地方不见了。

安徒生大笑起来。他一点儿也不生气。就连这些可笑的小事都使他的游兴与日俱增。

旅途中常遇到出乎意料的事。你永远不知道什么时候女人狡狯的眼波会在睫毛下突然一闪,什么时候陌生城市的塔楼会突然在远处出现,载重货轮的桅杆会在地平线上摇晃,不会知道阿尔卑斯山上暴风雨大作时你脑海里会出现怎样的诗句,是谁的歌喉像旅途中的铃铛向你唱起含苞欲放的爱情小曲。

仆役送来了公共马车的车票,但没交出找回的零钱。安徒生揪住他的衣领,客客气气地把他拉到走廊上,开玩笑地拍了一下他的后脖颈。仆役顺着摇摇晃晃的楼梯,三步并作两步地冲下楼去,一边放开喉咙唱起来。

公共马车驶出威尼斯时,稀稀落落地下起雨来。夜幕开始笼罩这一片泥泞的原野。

马车夫说，从威尼斯驶往维罗纳的公共马车必须在夜间起程，这准是撒旦定的规矩。

乘客们谁也没有搭话。马车夫沉默了一下，愤愤地啐了一口，并警告乘客们说，除了铁灯里的一截蜡烛头外，再没有蜡烛了。

乘客们并不在意。于是马车夫开始怀疑乘客们的头脑是否健全，他又说，维罗纳这地方很闭塞，正派人到那里不会有事做。

旅客们都知道根本不是那么回事，但谁也不愿去顶撞他。

乘客总共只有三个人：安徒生，一个脸色阴郁的老神甫，还有一位披黑斗篷的太太。安徒生一会儿觉得这位太太很年轻，一会儿又觉得她上了年纪；一会儿觉得她非常漂亮，一会儿又觉得她并不好看。这都是因为铁灯里的烛头作怪。它随心所欲，每次照出这位太太都不一样。

"要不要把蜡烛熄掉？"安徒生问，"现在用不着。等需要的时候，可又没得点了。"

"意大利人可从来不会有这种想法！"神甫激动地大声说。

"为什么？"

"意大利人没有预见的本领。他们总是突然醒悟，大喊大叫，但已追悔莫及了。"

"可见您，"安徒生问，"神甫大人，是不属于这个轻率浮躁的民族了？"

"我是奥地利人！"神甫生气地回答说。

谈话中断了。安徒生熄灭了蜡烛。

沉默片刻后，那位太太说："在意大利这一带，夜间出行最好不点灯。"

"可车轮声照旧会暴露我们，"神甫反驳说，接着又不以为然地说，"太太们外出旅行都应该有一位亲属陪同。"

"我的陪同，"太太回答说，狡狯地一笑，"就坐在我身边。"

她是指安徒生。安徒生为此脱帽向这位旅伴表示谢意。

蜡烛刚一熄灭，各种响声和气味就更加厉害了，仿佛它们都为对手的消失而感到高兴。马蹄声，车轮在砾石上滚动的辚辚声，弹簧的震颤声，雨点敲打车篷的声音，都变得更大了。从窗外吹进来的潮湿的青草和沼泽的气味也更加浓烈了。

"真奇怪！"安徒生喃喃地说，"我以为在意大利能闻到橙树林的气味，想不到闻到的却是我国北方的气味。"

"等一会儿就不一样了，"太太说，"我们正在往小山坡上爬，那里的空气要温和些。"

马匹慢步走着。马车真的正在爬一个不太陡的小山坡。

但是夜色并没有退去。相反，道路两旁延伸着老榆树。扶疏的枝叶间一片漆黑，浓重而静谧，隐约可以听到它与树叶和雨滴的低语。

安徒生放下车窗，一条榆树枝伸进来。安徒生从枝条上摘下几片树叶留作纪念。

他像许多想象力丰富的人一样，旅途中总要收集小东西。这些小东西有一个特点：它们能重现过去，能使他安徒生回忆起随便拾一块马赛克的碎片、一片榆树叶或一块小小的驴蹄铁时的心情。

"夜啊！"安徒生自言自语说。

这时夜的黑暗比阳光更使人感到快慰。黑暗能使人平静地思考一切。如果安徒生思考得厌倦了,黑暗可以帮助他想出许多以他为中心的故事。

在这些故事中,安徒生总把自己想象成一个年轻英俊、朝气蓬勃的人。他总是慷慨地把感情脆弱的批评家们称之为"诗之光"的词汇装点在自己周围。

事实上安徒生长得很难看,这一点他自己也明白。他身材细高,很腼腆。他的手脚活动起来像提线儿木偶,一摇一摆。在他的家乡,孩子们管这种小木偶叫"罗锅儿"。

具备了上述特征,他是不可能指望受到女士们的青睐了。但每当年轻女子从他身旁像走过一根路灯柱似的经过,他心里还是感到委屈。

安徒生打盹了。

他醒来时,首先看到的是一颗绿色大星星,在大地上空闪闪发光。显然夜已经很深了。

马车停着。车外传来说话声。安徒生侧耳倾听。原来是马车夫在跟中途拦车的几个女子讨价还价。

这几个女子的说话声清脆而婉转,因此这场悦耳的讨价还价使人联想起古歌剧中的宣叙调。

按这几个女子出的价钱,马车夫不同意带她们到一个显然不起眼的小城镇。她们于是争先恐后说,钱是她们三个人凑的,再没有更多的钱了。

"好了!"安徒生对马车夫说,"您开价简直开得没道理,不够的由我来补。要是您对客人不再这么粗野,不再胡说八道,我还会给您加钱。"

"好吧,美人儿,"马车夫对三个女子说,"上车吧。感谢圣母,让你们遇上了一位大手大脚的外国王子,他只是不愿因为你们耽误了马车。你们对于他只是过期的通心粉罢了,一点儿用处也没有。"

"啊,耶稣!"神甫哼了一声。

"姑娘们,坐到我身边来吧,"那位太太说,"这样咱们会暖和些。"

姑娘们一边小声说话,一边递东西,爬上马车,跟车上的人打招呼,不好意思地谢过安徒生之后,就坐下不言语了。

即刻散发出一股羊奶酪和薄荷的气味。尽管一片漆黑,安徒生仍然模糊地看到姑娘们廉价耳环上的小玻璃珠在闪闪发光。

马车走动了。砾石在车轮下沙沙作响。姑娘们又嘀咕起来。

"她们想知道,"那位太太说,安徒生猜想她一定在黑暗中偷偷地笑,"您是什么人。您真是一位外国王子,还是一位普通的外国游客?"

"我是预言家,"安徒生毫不犹豫地回答说,"我能预卜未来,还能在黑暗中看到一切。不过我不是招摇撞骗。如果说是的话,我大概可以算是哈姆雷特曾经生活过的那个国家的一个可怜的王子吧。"

"那么,像现在这么黑,您都能看到什么?"一个姑娘好奇地问。

"就拿你们说吧,"安徒生回答说,"我看你们看得清清楚楚,你们的美貌使我倾心。"

他说完这话，觉得自己的脸发凉。每当他构思长诗或童话时出现的那种感受又要出现了。

在这种心情下，轻微的不安，不知从哪里来的源源不断的词汇，以及突然产生的诗的力量和能驾驭人的心灵的感觉，这一切都交织在一起。

仿佛在他的一个故事里有一只古老的魔箱，盖子噌的一声飞起来，箱子里藏着没有说出的思想和没有表露的情感，藏着大地的全部魅力，它的一切花朵、色彩、声音，馥郁的风，大海的辽阔，林海的涛声，爱情的痛苦和婴儿牙牙的语声。

安徒生不知道这种心情叫作什么，有人说是灵感，有人说是诗兴，也有人说那是即兴创作的才能。

"我一觉醒来，突然听见黑夜里你们的说话声，"安徒生沉吟了一下，又平静地说，"可爱的姑娘们，能认识你们，甚至像对偶然相遇的姐妹们那样爱上你们，对我来说，这已经足够了。比方说您这位生着满头柔软的浅黄色头发的姑娘吧，您爱哭，特别喜爱一切有生命的东西，您在菜园里干活儿的时候，连野鸫都会落到您的肩上。"

"哎呀，尼科林娜！他这是说你呢！"一个姑娘出声地说。

"尼科林娜，您怀有一颗火热而温柔的心，"安徒生依旧平静地继续说，"倘若您的所爱遭遇不幸，您会毫不犹豫地翻过雪山，走过干旱的沙漠，不远万里去看望他，救助他。我说得对吗？"

"既然您这么想，"尼科林娜尴尬地嘟哝说，"我想我会去的……"

"姑娘们,你们都叫什么名字呀?"安徒生问。

"尼科林娜、玛丽娅和安娜。"一个姑娘很乐意地代表三人回答说。

"玛丽娅,您的美貌我不愿加以评论,因为我的意大利语说得不好。但年轻时我曾对诗神起过誓,不论我在什么地方看到美,我都要赞颂它。"

"耶稣啊!"神甫低声说,"他被毒蜘蛛蜇了一下。他疯了。"

"有些女人具有惊人的美貌。她们几乎都性格内向。她们独自承受着满腔炽烈情感的燃烧。热情似乎从内部烧灼着她们的面庞。玛丽娅,你正是这样的女性。这种女人的命运常常非同一般。要不就很悲惨,要不就很幸福。"

"您遇到过这样的女人吗?"那位太太问。

"现在就正好遇上,"安徒生回答说,"我这番话不仅是对玛丽娅说的,也是对您说的,夫人。"

"我想,您说这番话不是为了要消磨这漫漫长夜吧,"太太用颤巍巍的声音说,"这样对这个可爱的姑娘太残酷了。对我也一样。"她又低声说。

"夫人,我从来没有像现在这样认真。"

"那么,怎么样呢?"玛丽娅问,"我将来幸不幸福呢?"

"虽然您是一个普通的农村姑娘,但是您希望从生活中得到的太多,所以您要幸福是不容易的。不过您在一生中会遇到一个人能配得上您那颗高远的心。您选中的人当然是出类拔萃的。他也许是一位画家、诗人、为意大利自由而战的勇士……也可能是一个普通的牧羊人或是海员,但都胸怀宽广。这其实都一样。"

"先生,"玛丽娅腼腆地说,"我看不见您,所以我才敢问您,如果这个人已经占据了我的心,我该怎么办呢?我总共只见过他几次,甚至不知道他现在在什么地方。"

"去找他呀!"安徒生大声说,"找到他,他会爱上您的!"

"玛丽娅!"安娜兴冲冲地说,"就是维罗纳那个青年画家吧……"

"别说了!"玛丽娅呵斥她。

"维罗纳不是一座大城市,要找一个人不难,"那位太太说,"记住我的名字。我叫叶莲娜·格维奇奥利。我住在维罗纳。维罗纳的每个人都会告诉您我家在什么地方。玛丽娅,您到维罗纳来,就住在我家里。一直等到我们这位可亲的旅伴预言的大喜事到来。"

玛丽娅在黑暗中摸到叶莲娜·格维奇奥利的手,把它贴到自己火辣辣的面颊上。

大家都陷入沉默。安徒生发现那颗绿色的星熄灭了。它已经落到地平线下了。这说明已经是后半夜了。

"那么,您为什么不说说我呢?"安娜问,她是三个姑娘中话最多的一个。

"您会有许多孩子,"安徒生很肯定地说,"他们会一个个排队拿奶。每天早上您要花许多时间给他们梳洗。您未来的丈夫会帮您的忙。"

"该不是皮特罗吧？"安娜问，"皮特罗这个傻瓜，我才用不着他呢！"

"您每天还要花许多时间去挨个儿吻这些流露出好奇目光的男孩女孩。"

"在教区说这些疯话，真是天晓得！"神甫愤愤地说，但没有人理会他的话。

姑娘们又喊喊喳喳地在嘀咕什么，谈话还不时被笑声打断。后来玛丽娅终于说：

"先生，现在我们想知道您是什么人。一片漆黑，我们什么也看不见。"

"我是一个云游四方的诗人，"安徒生回答说，"我是个青年。一头浓密的鬈发，晒得黝黑的面孔。湛蓝的眼睛总含着微笑，因为我逍遥自在，至今还没有心上人。我唯一要做的，就是给人们做一些小礼物，或随便做一些让亲近的人快乐的小事。"

"比方说，什么事呢？"叶莲娜·格维奇奥利问。

"怎么说呢？去年夏天我在日德兰，住在一个当林管所主任的朋友家里。有一天，我到树林里散步，来到一片林间空地上，那里生长着许多蘑菇。我当天就重新去到那里，在每一棵蘑菇下边放上包着银纸的糖果、海枣或蜡制的小花、顶针、缎带。第二天，我带着林管所主任的女儿到树林里。她当时七岁。她在每一棵蘑菇下边都找到这些意外的小玩意儿。只是海枣不见了，大概被乌鸦叼走了。她高兴得眼中大放异彩，您要是看见该多好啊！

我让她相信这些小东西都是地精①藏在这里的。"

"您欺骗了一个天真的孩子!"神甫愤愤地说,"这是天大的罪过!"

"不,这不是欺骗。她会一辈子都记住这件事。我向您保证,有过这种经历,她的心不容易变得冷酷。再有,我要提请您注意,神甫大人,我不习惯听取那些强加于人的教训。"

马车停了。姑娘们却像着了迷,都坐着不动。叶莲娜·格维奇奥利低头不语。

"喂,漂亮的姑娘们啊!"马车夫喊道,"醒醒吧!到了!"

姑娘们又叽叽咕咕说了些什么,站起身来。

黑暗中两只纤细但却有力的胳臂突然搂住了安徒生的脖子,滚烫的嘴唇触到他的唇上。

"谢谢!"炽热的嘴唇悄悄地说,安徒生听出是玛丽娅的声音。

尼科林娜谢过他,悄悄地温存地吻了他一下,头发蹭得他的脸直发痒,安娜则使劲出声地吻了他。姑娘们跳下车。马车又沿着石子铺砌的路驶去。安徒生朝窗外看了一眼。除了微微发青的天空下黑乎乎的林梢外,什么也看不见。天将破晓了。

* * *

维罗纳金碧辉煌的建筑使安徒生感到震惊。建筑物的外观似

---

① 地精,西欧神话中守护地下财宝的侏儒。

乎一座比一座凝重。建筑结构的协调本应使人们得到心灵上的平静。但是安徒生心里并不平静。

傍晚，安徒生来到通往上边古堡的一条狭窄的小街上，拉了格维奇奥利的古老房子的门铃。

叶莲娜·格维奇奥利亲自出来开门。绿色的天鹅绒衣服完美地显露出她苗条的身材。天鹅绒的反光映照着她的眼睛，安徒生觉得她那双眼睛碧绿碧绿，像瓦尔基利亚女神①的眼睛，美得无法形容。

她伸出双手，用冰凉的手指握住他的大手，然后把他让进一间小客厅。

"我太想念您了，"她坦率地说着，负疚地一笑，"我觉得没有您心里空落落的。"

安徒生的脸色发白了。一整天他都怀着激动的心情暗暗地想起她。他知道自己会狂热地爱上一个女人的每一句话、掉下来的每一根睫毛，爱上她衣服上的每一粒灰尘。他明白这一点。他认为，如果自己任这种爱情燃烧，他的心是难以承受的。这种爱情会给他带来太多的苦恼和欢乐，泪水和欢笑，使他无力经受爱情的变化无常。

说不定正是由于这种爱情，他那些源源不断涌现的色彩斑斓的童话会黯然失色，离开他，一去不返呢。到那时，他还有什么价值呢？！

① 瓦尔基利亚女神，斯堪的纳维亚神话中的女神。

因此，他的爱情总是没有回应的。这样的情况他已经遇到过许多次了。像叶莲娜·格维奇奥利这样的女人常常是反复无常的。会有那么可悲的一天，她会发现他很丑。连他对自己也反感。他常常觉得背后有嘲弄的目光。这时他两腿发木，走起路来踉踉跄跄，真想有地缝可钻。

"只有在想象中，"他说服自己，"爱情才会永恒，才会永远被耀眼的光圈所环绕。看来我想象中的爱情比实际生活中所体验的爱情要美好得多。"

因此，他抱着坚定的决心来看叶莲娜·格维奇奥利，看看就走，以后永不见面。

但是，他不能对她直说。因为他们之间并没有发生什么。他们只不过昨天在公共马车上相遇，而且彼此什么也没有说。

安徒生站在客厅门口向周围打量了一下。屋角里的大烛台照射着狄安娜[①]白色的大理石头像，那神情仿佛因为自己的美貌而脸色苍白。

"是谁把您的容貌雕成狄安娜，使您的美貌流芳百世？"安徒生问。

"卡诺瓦[②]。"叶莲娜·格维奇奥利回答说，垂下了眼睛。她大概猜透了他心里的一切想法。

"我是来告别的，"安徒生用低沉的声音喃喃地说，"我就要

---

① 狄安娜，罗马神话中月亮和狩猎女神。
② 卡诺瓦（1757—1822），意大利雕塑家，古典主义代表人物。

离开维罗纳了。"

"我认出您是谁了,"叶莲娜·格维奇奥利看着他的眼睛说,"您是克里斯蒂安·安徒生,著名的童话作家和诗人。可是看来您在自己的生活中却害怕童话。连一段短促的爱情您都没有力量和勇气接受。"

"这是我沉重的十字架。"安徒生承认说。

"有什么办法呢,我可爱的流浪诗人,"她难过地说,一只手搭到安徒生肩上,"走吧!想办法解脱吧!愿您的眼睛永远含着微笑。不要挂念我。但是,如果一旦您因贫病或衰老而受到折磨时,只要您说一声,我会像尼科林娜一样步行翻过雪山,走过干旱的沙漠,不远万里去安慰您。"

她坐到扶手椅里,用双手掩住脸。大烛台上的蜡烛在噼啪作响。

安徒生看见一颗晶莹的泪珠从叶莲娜·格维奇奥利纤细的手指间流下来,滴到天鹅绒衣服上,然后又慢慢地滚下去。

他扑过去跪倒在她脚下,把脸紧贴在她温暖、有力而温馨的脚上。她没有睁开眼睛,伸出双手,扶起他的头,俯下身,吻了他的嘴唇。

第二颗热泪滴到他脸上。他觉得又湿又咸。

"走吧!"她轻声说,"愿诗神宽恕您的一切吧。"

他起身,拿起帽子,快步离去了。

维罗纳上空回荡起晚祷的钟声。

*　　*　　*

以后他们再也没有见面,但却终生彼此思念。

也许,正因为如此,安徒生在去世前不久曾对一位年轻的作家说:

> 我为自己的童话付出了巨大的,可以说是无法估量的代价。我为它放弃了自己的幸福,那些无论想象有多么强烈,多么光彩夺目,都应由现实来取代的时刻,我却错过了。
>
> 我的朋友,要善于为别人和自己的幸福掌握想象,而不是为了悲伤。

(曹苏玲 译)

早就想写的一本书

很久以来,十多年前,我就考虑写一本非常难写的书,我当时就认为,甚至至今仍认为,这本书是有趣的。

这本书应当由一些杰出人物的奇闻逸事组成。

逸事应当写得短小、生动。

我甚至已开始为这本书草拟了杰出人物的名单。

我决定把我遇到的几位最普通的人物的经历写入这本书,他们默默无闻,被人遗忘,但实际上比起已经成名和备受爱戴的人,他们并不逊色。只不过因为生不逢时,未能在身后在他们后代的记忆中留下哪怕一点点印迹。他们多半是受某种热情所驱使而献身事业、忘我工作的人。

他们中间有一位是内河航船的船长奥列宁-沃尔加里。他的经历非常神奇。他出生在一个爱好音乐的家庭里,曾在意大利学过声乐。但他想徒步环游欧洲,于是放弃了学业,当真做了一名街头歌手,走遍了意大利、西班牙和法国。每到一个国家,他都在吉他的伴奏下用所在国的语言演唱。

我是一九二四年在莫斯科一家报纸编辑部认识奥列宁-沃尔

加里的。一次下班后,我们请求奥列宁-沃尔加里为我们唱几首他在街头唱过的歌曲。我们不知从哪里找来一把吉他,于是这个身着内河航船船长制服、个子不高的干瘦老头竟变成了一位造诣精深的音乐家,一位卓越的演员和歌手。他的声音显得很年轻。

我们屏息静气聆听着酣畅淋漓的意大利歌曲,高亢激越的巴斯克人①的歌曲和小号伴奏下弥漫着硝烟气息的欢快的《马赛曲》。

奥列宁-沃尔加里漫游欧洲之后,就在海船上当了一名水手,通过了远洋航海员的考试,多次纵横航行于地中海上,后来回到俄罗斯,在伏尔加河上当船长。我认识他的时候,他正负责莫斯科与下诺夫哥罗德之间的客运工作。

他第一个冒着风险,引领伏尔加河上的一艘大客轮通过莫斯科河一处狭窄而腐朽的水闸。所有的船长和工程师一致认为这是不可能的。

他第一个建议把驰名的马尔丘格地方的莫斯科河疏直,河流在这里迂回曲折,甚至看一眼地图上河流在这地方不计其数的转弯都会令你头晕目眩。

奥列宁-沃尔加里写了许多关于俄罗斯河流的出色文章。现在这些文章均已散失、湮没。他熟谙几十条河道的漩涡、浅滩和沉树。关于改善这些河道航行的条件他有自己简单而惊人的计划。

空闲时间他将但丁的《神曲》译成了俄文。

他为人严谨、善良,一天忙到晚。他认为一切职业都同样光

---

① 巴斯克人,居住在法国和西班牙的一个民族。

荣，因为都是为人民服务，它给予每一个人机会来表现自己是"这块美丽土地上的好人"。

我还有一位朴实可爱的朋友。他是俄罗斯中部一座小城地志博物馆馆长。

博物馆在一所古老的房子里。除了馆长的妻子之外，没有其他助手。夫妻二人不仅把博物馆管理得井井有条，而且还亲自动手修缮房屋，储备木柴，干所有的粗活儿。

有一次，我正好遇上他们在干一件很奇怪的活儿。他们在博物馆杂草丛生的各个荒僻角落转来转去，把散乱在周围的石子和碎砖头都捡回来。

原来孩子们用石子打碎了博物馆的窗户，为了让孩子们没有随手可扔的"子弹"，馆长就下决心把各个角落的石子都捡回到院子里来。

博物馆里的每一件展品，从古老的花边或十四世纪的稀世扁砖和泥炭模型，到不久前才放养到周围沼泽里的阿根廷河狸鼠标本，都经过研究并写了详细说明。

可是这位说起话来轻言细语，由于腼腆而不时咳嗽几声的谦逊的馆长，在给人看画家佩列普廖奇科夫的一幅画时，竟然眉飞色舞，满面春风。

这确实是一幅非常美妙的风景画，透过一扇深邃的窗口呈现出一派北方苍茫的傍晚景色，沉睡的小白桦，一片不大的湖面，湖水像银箔一样闪闪发光。

他的工作很难做。很少有人看重他。但他却默默地工作，对任何人也没有要求。即使他的博物馆不会带来大的收益,但有他这么一个人,对于当地人,尤其对于年轻人,难道不是敬业、谦和、热爱故土的典范吗?

不久前,我找出为这本书草拟的杰出人物的名单。名单很长,无法一一罗列。因此只从中信手选取了几位作家。

在列举每位作家姓名的同时,我简单地记叙了我对每位作家的杂感。

为清楚起见,我摘录几段笔记如下。

(曹苏玲 译)

契诃夫*

我们很多人都有一个坏习惯,总是把自己的想法、印象和电话号码用三言两语记在烟盒上。后来,这些烟盒往往就丢失了,我们生活中很多日子也就随之整个儿消失了。

一天的生活完全不像想象得那样简单,那样短暂。试着回忆一下自己随便哪一天的生活,一分钟都不要漏掉:所有的会面、交谈、想法、行为,以及所有事件和精神状态,包括自己的和别人的,那么您就会确信,要完整再现这一段时间,就得写整整一本书,如果不是两本的话,说不定要整整写上三本!

* 安东·巴甫洛维奇·契诃夫(1860—1904),著名小说家、戏剧家。

有一天，契诃夫的传记作者亚·约·罗斯金①建议我们这些聚集在雅尔塔作家之家过冬的人都来做这项他所戏称的"活计"。

我们欣然同意了罗斯金的想法。每个人都开始写自己的《一日之书》，但是不久大家都放弃了做这件事。原来这项"活计"难如登天，连那些经验丰富、技巧高超的巨匠也几乎力不能及。尽管这项工作卸掉了作家绞尽脑汁构思题材、情节和结构的沉重负担——因为生活本身为我们提供了这一切——但是需要连续不断地进行紧张回忆，并且占用大量时间。

我也有把自己的想法随便记录在什么地方的习惯，其中包括烟盒。我总是打算保存下来，但随即便弄丢了。

爱德华·巴格里茨基给我读了他的诗"小船从鱼儿和星星身上划过……"②，他是对着揉皱的"黑塞哥维那·弗洛尔"牌香烟的盒子念给我听的，由此可见，这些随手记下的只言片语是有用的。

但是，我有几个烟盒好歹保存了下来。其中一个与契诃夫和他在雅尔塔的房子有关。这个烟盒上保存下来的简略笔记已有一半磨损，我只能试着把它破译出来。

我答应一家报社写一篇关于契诃夫的文章。但是，动笔之后立刻发现，现在用我们定义为"文章"的这种体裁来写契诃夫，非常困难，或许几乎是不可能的。俄语中可以用于写契诃夫的词语似乎都已说完，都已穷尽。对契诃夫的喜爱程度超过了我们丰

---

① 亚历山大·约瑟夫维奇·罗斯金（1898—1941），文艺研究家，戏剧和文学批评家。
② 引自巴格里茨基诗作《走私者们》。

富的词汇量。这种喜爱正如每一种巨大的爱,快速耗尽我们的好言佳句。因此便有人云亦云、大同小异的风险。

关于契诃夫,似乎已经谈尽。但是目前还很少谈及契诃夫为我们的性格留下什么遗产,以及契诃夫如何以自己的存在影响今天热爱他的人们的生活。

对我们而言,契诃夫是永远活着的,永远亲切的,却几乎从未谈及"契诃夫情结",从未谈及这种强烈的感戴之情。

因此我决定不写文章,而是去揣摩烟盒上的笔记。或许,那里也会闪现出我还不能准确说明的"契诃夫情结"。

我已经提及,这些笔记非常简略。例如,"一九五〇年。我一个人在房子里。毛茸茸的小狗在楼下叫。它照例叫栗丹。"

记忆被轻轻勾起,往事便开始慢慢浮现出来。

这是一九五〇年秋。我到契诃夫在雅尔塔的故居拜访玛丽娅·巴甫洛夫娜①。她不在家,去了哪个邻居家,于是我待在房子里等她。一位年老的女工作人员带我来到凉台上。

① 玛丽娅·巴甫洛夫娜·契诃娃(1863—1957),契诃夫之妹,著有回忆录《遥远的过去》。

雅尔塔的秋天如梦如幻，异常美丽，让人弄不清到底是万物凋零的暮春还是正值明朗的秋日。栏杆外有一丛不知什么名的花，洁白得如处子一般，在阳光的照耀下熠熠生辉。

花期已过，只要一阵轻风拂过，或者更准确地说，只要吐出一口气息，花瓣就会纷纷飘落。我知道，这丛花是安东·巴甫洛维奇栽种的，因此不敢去碰一下，尽管我很想哪怕折下最细的一根枝条留作纪念。最后我决定把手伸向花丛，却马上又缩了回来，因为那只叫栗丹的毛茸茸的棕黄色小狗从下面的花园里朝我汪汪大叫起来。它一边用两只后爪刨着地一边大叫，叫声正如契诃夫所描述的那样：

"呜——呜——呜……汪——汪——汪！呜——呜——呜……汪——汪——汪！"

我不由得大笑起来。小狗蹲下来，竖起耳朵仔细听着。太阳穿透了它充满善意的黄眼珠。

周围静悄悄，暖洋洋的。一片洒满阳光的蓝色烟雾从海的那边慢慢向空中升腾，如同一帘宽大的帷幕，而在这帘帷幕的后面有一艘内燃机船正声势浩大、威风十足地鸣响汽笛，音声如钟。

我听到屋里传来玛丽娅·巴甫洛夫娜的声音，心突然紧了一下，我好不容易才控制住泪水。为什么？因为生活太过铁石心肠，有些人是我们缺少了就几乎无法生存的，它至少让他们即使不能永生，也要让他们长寿，好让我们始终感觉他们在用手轻拍我们的肩膀。

我立即竭力赶走这些想法，但是悲痛并未离去。理智是一回事，心却是另一回事。我觉得，在那一瞬间，如果能听到门后响起这座房子主人轻轻的脚步声和时不时的咳嗽声，我愿意付出下半辈子的生命，而他早就从这里离去。是的，早已离去！他逝世已有四十六年。我觉得这段时间既短暂如一瞬间，又漫长得难以忍受。

栏杆外面的花在静静地凋落。我望着轻盈的花瓣飘舞飞落，担心玛丽娅·巴甫洛夫娜提前进来，看见我激动的样子，为了让自己平静下来，我便刻意去想，这丛花的每一根枝条中都有一种永恒的东西，树皮下的汁液永不停息地流动，正如夜间繁星流动，在轻声软语的大海上空永不停息地闪烁。

玛丽娅·巴甫洛夫娜回来了，提起列维坦，她说自己曾爱上他，她讲这件事的时候，像个小姑娘一样羞红了脸。

听玛丽娅·巴甫洛夫娜讲完之后，我自己也不知道怎么回事，说道：

"或许每个人都有自己的《带小狗的女人》。即使以前没有，以后也一定会有。"

玛丽娅·巴甫洛夫娜宽容地微微一笑，什么也没说。

此后我又在不同季节多次造访契诃夫故居。里面我很少去，大多是靠着篱笆站一会儿就走。

这座房子在冬天尤为引人入胜。黑沉沉的夜色低低地悬在大海上空。轮船上的灯火在夜色中朦胧地闪烁着，隐约可见。我听水手们说，从轮船的甲板上有时用望远镜可以望见一盏绿罩子灯照亮的契诃夫书房的窗户。

想来也是奇怪，这盏灯竟燃亮在我们国家的尽头，在这里俄罗斯遇海止步，再往前去，大海彼岸已是夜幕下古老的小亚细亚诸国。

我还辨认出一行笔记:"雅尔塔的冬季,雅伊拉山上的雪,雪光映照在阿乌特卡河上。"是的,冬天的雅伊拉山上覆盖着一层薄薄的雪。雪在月光下闪闪发亮。夜晚的宁静从山上降落到雅尔塔。

契诃夫和我们一样看到了这一切,了解这一切。据玛丽娅·巴甫洛夫娜所言,他有时熄灭灯,一个人久久地坐在黑暗中,望着窗外静静闪耀的积雪。

有时他静悄悄地走进花园,生怕吵醒和吓着母亲和妹妹。他受失眠的折磨,所以在漆黑的夜色中独自一人久久徘徊,就好像被所有人忘记了,尽管他已闻名于全世界。但是在那样的夜晚,他并不为声誉所累。

一旁是那幢白色的房子,已成为俄罗斯文学的栖息地。库普林[1]、高尔基、马明-西比利亚克[2]、斯坦尼斯拉夫斯基[3]、布宁、拉赫玛尼洛夫、柯罗连科[4]的声音早已在这里沉寂,但是他们的余音似乎在房子里回荡。房子也在等待他们回来。主人也在等待,他只有每夜独自一人时忧心忡忡,此时没有人能看到他的愁

---

[1] 亚历山大·伊凡诺维奇·库普林(1870—1938),著有《石榴石手镯》《奥列霞》等小说。

[2] 德米特里·纳尔基索维奇·马明-西比利亚克(1852—1912),著有《黄金》《粮食》等小说。

[3] 康斯坦丁·谢尔盖耶维奇·斯坦尼斯拉夫斯基(阿列克谢耶夫)(1863—1938),导演、演员、戏剧教育家、表演理论家,著有《演员的自我修养》。

[4] 弗拉基米尔·加拉克季昂诺维奇·柯罗连科(1853—1921),著有《盲音乐家》等小说。

容，此时也没有人能分担他的疾病、苦恼和忧心。

在有关契诃夫的大量回忆录中几乎无人提及契诃夫什么时候哭过。

但还是有人见过契诃夫的泪水，比如作家吉洪诺夫（谢列布罗夫）[①]，那是契诃夫逝世前不久与萨瓦·莫洛佐夫一道来乌拉尔的时候。那是一个内心孤独，实际上病入膏肓、命在旦夕的人为躲避众人而在深夜流下的泪水。

契诃夫心地善良，无所畏惧，品格高尚，他不仅隐藏了泪水，也隐藏了自己的痛苦，免得使亲朋好友的生活变得阴暗，免得给周围人的生活哪怕涂上不愉快的阴影。

我还辨认出另一行笔记："俄罗斯总是百看不厌。"于是我立刻想起那个傍晚，我和诗人卢戈夫斯科伊站在契诃夫书房的壁炉前，观赏着列维坦的《干草垛》。

暮色灰蒙蒙的，一轮苍白的月亮悬在雾气腾腾的沼泽上空，长脚秧鸡鸣叫着，一望无际的森林虚度了这个夜晚和其他千百个夜晚。因为无人看到它那湿润的、不时微微闪光的白桦叶，无人听到它那神秘的沙沙絮语。

森林人迹罕至，满目凄凉。夜晚孑然一身，枉费心思地踏过森林上空走向远方的黎明。契诃夫心急如焚，因为他在这里，在克里米亚虚度光阴，什么都看不到，此时他需要，急切需要待在

[①] 亚历山大·尼古拉耶维奇·吉洪诺夫（1880—1956），笔名亚·谢列布罗夫和尼·谢列布罗夫。

那里，待在俄罗斯，待在北方，好能凝视着农舍木板屋顶上或者故乡沉寂湖泊的漩涡上在深夜反射的光芒。

他迫不及待地想去俄罗斯，他看不到而只能猜测俄罗斯那一切难以言说、莫可名状的美，因此懊恼不已，痛苦难当，也因此坐立不安，形容憔悴。

在这舒适的房子里，他痛苦烦恼，懊悔莫及，因为他觉得生命太过短暂，而且在他看来，几乎结不出果实，只是用它的迅捷的翅膀轻轻碰了他一下而已。

而且不只是他一个人痛苦。不知为何，几乎每一个来到这座房子的人都开始思考起自己的名誉，特别是虚度光阴，直到此刻才忽然醒悟之人。

显然，契诃夫和谐而又充实的一生促使人们以之对照自己的生活。

"一系列照片"的笔记使我回忆起我一下子得到很多契诃夫照片的那个夜晚。

我按照年代分别摆开，从中学时代一直到弥留时拍的最后一张照片。

我没有见过比这更有教益的了。契诃夫走过的整条道路——从无所用心的庸俗之人和爱开无聊玩笑的轻浮浅薄之人到内心异常美丽、品格高尚和淡定勇敢之人——是异常直观的。

他自己教育自己，也严肃地教育我们光明正大地对待别人，对待自己的作家事业。

最后两行笔记非常简略，都只有一个词语。一行笔记是"天才",另一行是"善良"。

但是这两行笔记对我来说一清二楚。

契诃夫是一位天才作家,这一点无可争议。但是由于尊重他的高度谦逊,任何写他的人都没有直说这一点。甚至在他去世后,我们也觉得不便于提及这一点,免得惹他生气。契诃夫本人禁止使用这个词语。

契诃夫是谦逊的,只有真正的伟人才会这样谦逊。他不能容忍傲慢不逊、自高自大和自吹自擂。

他写过,一个平庸作家最典型的特点就是像最高司祭那样妄自尊大,目空一切。谦逊是俄罗斯民族最伟大的美德之一。所有优秀的普通俄国人都是谦逊的。他们当中没有一个人自我吹嘘,没有一个人嘲弄意见相左之人,没有一个人好为人师。

谦逊中蕴含着人民的道德力量和坦荡纯洁,自夸中则隐藏着人的渺小卑劣和愚昧无知。

关于"善良"这行笔记,可谈的很多。

可以谈契诃夫本人为人的善良,但是更为重要得多的是契诃夫作为一个作家是善良的,是具有人道主义精神的。在我国的文学中,或许没有一个人比他更充满善意地对待人们,为人们而痛苦,竭力帮助人们的了。

是的,他是善良的,但又是无情的。他善于憎恨,他并非心肠慈悲到宣扬宽恕一切。但是他作为医生和作家,了解人类深重的苦难,懂得人们的悲惨不幸,他要求人们心怀仁慈地对待彼此。

契诃夫在这方面的影响一直都是巨大的。几乎所有优秀经典的意大利进步电影,比如,《罗马十一点钟》《偷自行车的人》《铁路员工》《警察与小偷》《途中的幻想》①等,都源于契诃夫的人道主义精神。

我们有些文学作品缺少契诃夫的这种善良和他严肃的人道主义精神。这就使这些作品减少了或失去了最重要的一点——影响读者心灵的力量。

这便是对我在那个旧烟盒上发现的笔记的破译。正是由于这些笔记,我才能分享自己关于契诃夫这样一位富有魅力之人和这样一位优秀作家的想法。

他的一生告诉我们,人类真正的幸福并非可望而不可即,我们正是为了这种幸福而工作、斗争并去夺取胜利的。

(孟宏宏　译)

亚历山大·勃洛克*

没有比讲述河水的气息或者田野的宁静更难的事了。而且还要讲得让听者如同身临其境,闻到这种气息,感受到这种宁静。

我们在各种各样的场合都会突然之间想起普希金的诗句,可是该如何传达"水晶般的(据勃洛克的说法)音响"呢?

---

① 意大利战后第一个十年期间制作的一系列新现实主义影片。
* 亚历山大·勃洛克(1880—1921),象征主义诗歌代表人物。

世上有千百种美妙绝伦的现象。我们还没有合适的词句将其表达出来。一个现象越是奇异，越是绝妙，就越难以用我们僵化了的语言讲述。

亚历山大·勃洛克的诗歌和一生就是我们俄罗斯现实中这样一种美妙的现象，而且在很大程度上也是难以解释的现象。

勃洛克悲剧性死去的那一天越遥远，就越难以相信这个才华横溢的人确实在我们当中生活过。

对我们很多人而言，他已经与非凡人物，与文艺复兴时期的诗人们，与全人类神话中的英雄们合而为一了。对我来说也不例外。我最喜爱的半传奇性人物，甚至完全传奇性人物包括奥兰多①、彼特拉克②、阿伯拉尔③、特里斯唐④、莱奥帕尔迪⑤、雪莱或者至今还不能理解的莱蒙托夫，于我而言，勃洛克是这个队列中的一个小男孩，他在自己短暂的一生中把耗尽在沙漠中的心灵热情全都倾诉了出来。

① 奥兰多（即罗兰），意大利诗人卢多维科·阿里奥斯托（1474—1533）的长篇骑士史诗《疯狂的罗兰》中的主人公。
② 弗兰齐斯科·彼特拉克（1304—1374），意大利诗人。
③ 皮埃尔·阿伯拉尔（1079—1142），法国哲学家、神学家、诗人。
④ 查拉·特里斯唐（1896—1963），罗马尼亚诗人，达达主义运动创始人。
⑤ 贾科莫·莱奥帕尔迪（1798—1837），意大利浪漫主义诗人。

勃洛克是莱蒙托夫的继承者。他谈及莱蒙托夫时忧伤而中肯地说："他怒气填胸，烦闷异常，是因为苦苦思念不曾存在的春天。"①

我觉得自己一生中的一大憾事是从未见过勃洛克，从未听到过勃洛克的声音。

我没有听过勃洛克的声音，不知道他怎样读诗，但是我相信诗人皮亚斯特②，他写了一篇短文对此进行研究。

勃洛克的嗓音沙哑低沉，富有穿透力，舒缓平静。他的嗓音甚至在他同时代人听来，也好像是从似近若远的地方飘来的。他的嗓音中有一种充满魔力、坚定不移的东西，如同久经不息的袅袅琴声。

我说的那个勃洛克在我的意识中、在我的生活中根深蒂固，我永远不会把他想成别的模样。我和他一起默默度过许多夜晚，每次揣摩着阅读一句如歌声般的诗句时，我的心常常低沉下来。"这嗓音——它是你的，我把生命和痛苦都倾注于它莫名的音响。"③

早在遥远困苦的青年时代，他就这样走进我的生活，直至现在，正如叶赛宁所言，"已经到了收拾易朽什物的时候"④，对我而言，他从未改变。

勃洛克的诗永远也不会成为"易朽什物"。因为他的诗不受腐朽规律的制约，不受衰亡规律的制约，只要人们还生活在我们

---

① 引自勃洛克诗作《恶魔》。
② 弗拉基米尔·阿列克谢耶维奇·皮亚斯特（1886—1940），真姓是佩斯托夫斯基，俄罗斯诗人和翻译家。
③ 引自勃洛克诗作《声音近了，它听命于这催人断肠的声音……》。
④ 引自叶赛宁诗作《如今我们在渐渐地离去……》。

地球上，只要"上帝奇迹中的奇迹"——自由的俄罗斯语言不消失，他的诗便会存在。

是的，我遗憾的是不认识勃洛克。他本人说过："奇迹曾经在我们身边，但意识到已为时太晚。"

戛然而止的生命一去不返。我们无法让勃洛克这个人起死回生，也已经永远不可能在我们日常生活再看见他了。但是世上有一种与奇迹相同的现象，它违背自然规律，而且常常是残酷的自然规律，因而让人得到慰藉。这种现象就是艺术。

它可以在我们的意识中创造一切，让一切起死回生。您再读一遍《战争与和平》吧，我担保您会清晰地听到娜塔莎·罗斯托娃藏在您背后咯咯的笑声，您会爱上她，就像爱上一个活人，一个真人。

我深信，我如此热爱勃洛克，我如此思念勃洛克，他早晚都会出现在一首长诗里或者一部中篇小说里，完全是个活生生的人，一个复杂的人，一个迷人的人，一个经历再次诞生奇迹的人。我之所以相信这一点，是因为我们国家不乏人才，是因为人的精神复杂多样，不能套用同一个公式。

请原谅，这里我不得不谈几句自己的事。

我开始写一部自传体中篇小说，里面已写到中年。这并非一部回忆录，确实是一部中篇小说，作者可以不受真人真事的约束。但是在主要内容上我多多少少还是参考了真人真事的。

在自传体小说中我如实地描写了自己的生活。但是，每个人，包括我在内，或许都有第二种生活，都有第二种经历，不过如常言所说，它在现实生活中"没出来"，没发生。它只存在于我的愿望和想象中。

我想写的正是这第二种生活。如果我的生活不被各种偶然所左右，而是由我随心所欲地创造，它必然会成为另一种样子，我写的便是这样的生活。

在这第二部"自传"中，我想见到勃洛克，也一定能见到勃洛克，甚至还会和他成为好友。我会怀着对他的无限感激和倾慕尽情地写他。我想以此——仿佛通过我——来延长勃洛克的生命。

您有权问我，为何需要这样做。

需要这样做，是为了让我的生命和谐完美，是为了用我生活的例子来展示勃洛克诗歌的力量。我再说一遍，我没有见过勃洛克。在他生命的最后几年，我在远离彼得堡的地方。但是现在，我竭力想哪怕是用间接的方式来弥补这个缺憾。

或许，这看起来有点儿幼稚，但是我一直在寻访与勃洛克有关的一切——人、环境、彼得堡的风景。彼得堡的风景在诗人逝世后几乎没有发生变化。

很久以前，我就被一种自己也不明白的想法所困扰，这便是在列宁格勒找到勃洛克生活过和去世的房子，但是必须是自己找到，不要任何人的帮助，不问路，也不查看列宁格勒的地图。我模模糊糊地知道普里亚什卡河的位置（勃洛克曾住在这条河的沿河街，如今十二月党人大街的拐角处），于是，我就步行向普里亚什卡河走去，沿途没有向任何一个人问路。我为何这样做，我自己也不完全清楚。我深信一定能凭直觉找到路，我深信我对勃洛克的眷恋仿佛引路人一样，能牵着我的手把我带到他家门口。

第一次我没能走到普里亚什卡河。因为河水泛滥，桥都被封闭了。

我冻得发抖，只能眺望着西边若有若无的青雾。那边就是普里亚什卡河。湿乎乎的风从河面上迎面吹来，把雾气也带了过来，一幢幢大厦如同暴风雨中的石船，若隐若现地高耸在这雾气中。

我知道，勃洛克的房子矗立在海边，显然，波罗的海风暴袭来时，它便首当其冲。

第二次，我才走到了普里亚什卡河上的那座房子前。我不是一个人去的。我十九岁的女儿与我同行。仅仅因为我们要去探寻勃洛克的故居，年轻的姑娘又悲又喜。

那是十月的一天，雾气蒙蒙，落叶飘零。在这样的日子里，一层薄薄的轻雾总是久久地徘徊在地面上。它化作毛毛细雨，让清新的空气充溢着胸肺，让细小的水珠挂满铸铁栅栏。

勃洛克说过这样一个短语："秋日的影子。"这一天就布满了这样的影子——暗淡无光，冰凉如水。一幢幢住宅在列宁格勒围困时期被弹片炸得伤痕累累，窗玻璃闪烁着朦胧的光。闻到一股煤烟味，或许是从港口飘来的。

我们走得很慢，常常停下脚步，久久地望着周围的一切。不知为何我深信，勃洛克正是经常走这条路回家的，而不是走那条单调枯燥的军官街。

闻到一股覆盖着层层水藻的河水和锯末的强烈气味。在这里，在涅瓦河岸的这一段路上，有几个穿棉坎肩的姑娘正在用电动圆锯锯桦树木柴。锯末四处飞溅，如同一道道长长的焰火，但是总是尖声刺耳的电锯声在这里不知为何听起来柔和、低沉。电锯仿佛在小声哼唱。

这条黑沉沉运河的对岸就是普里亚什卡河，对岸耸立着造船厂的船台、烟囱、一排排熏黑的厂房，烟囱里浓烟滚滚。

我知道，勃洛克寓所的窗户是朝西的，正对着这家工厂，正对着海滨。

我们来到普里亚什卡河边，我立刻在一片低矮的石头房子后面看见唯一的一座大房子——一座普普通通的砖房子。这就是勃洛克的房子。

"瞧，我们终于到了。"我对同行的女儿说。

她停住脚步。她的眼睛里闪烁着喜悦的光芒，但是这种喜悦的光芒随即又增添了泪光。她竭力克制自己，但是泪水不听她的，反而夺眶而出，一颗颗小小的泪珠从睫毛上滚落下来。随后她抓住我的肩膀，把脸紧贴着我的衣袖，好遮住泪水。

房子的窗户上闪烁着列宁格勒昏暗的光，但是对我们父女俩而言，无论这地方，还是这光，似乎都是神圣的。

我想，诗人是多么幸福，因为青年人把自己第一次的爱——羞涩的、感激的爱奉献给他。青年人推崇年轻的诗人。因为在我们的认识中，勃洛克无论过去还是现在永远都是年轻的。几乎所有悲剧性地活着而又悲剧性地死去的诗人，他们的命运都是如此。

甚至在勃洛克去世前最后几年，他备受内心焦灼的折磨，他没有对任何人吐露，也就成了永远的谜，但他却保持了青春的风采。

这里需要插上一点儿题外话。

众所周知，有些作家和诗人具有巨大的创作感染力。

他们的散文和诗歌进入你的意识，即使是一点一滴，也会使你激动万分，使思想汹涌澎湃，使形象蜂拥而至，感染给你一种非要把这一切诉诸笔端的强烈愿望。

在这个意义上，勃洛克对很多诗人和作家都产生了正面的影响。他不仅通过诗歌，而且通过自己生活中的一些事件来影响。我在这里举个例子，或许并不十分典型，但是是我正好想起来的。

作家亚历山大·格林有一部遗作，是尚未发表的长篇小说《凤仙花》。这部小说的环境和许多细节都与勃洛克多次谈及的他在布列塔尼半岛上小港口阿伯拉克的生活相同。

在那里，勃洛克第一次接触海上生活。这种生活使他几乎像个孩子一样迷醉。一切都像童话那样有趣。

他给母亲写信说：

> 我们生活在各种航海信号的包围中。主灯塔每隔五秒钟亮一次，照亮我们的墙壁。港口停泊着一艘二十年代（上世纪）拆除了大炮的巡洋舰，它参加过墨西哥战争，叫"墨尔波墨涅"。舰首立着一座冲向大海的白色雕像。

信中还有一个代表性片段：

不久前，一座旋转灯塔上的老守夜人死了，他还没来得及在夜幕降临前把机器修好。于是他的妻子叫她两个年幼的孩子用手转动机器，转了一整夜。为此向她颁发了一枚荣誉军团奖章。

"我想，"勃洛克指出，"俄罗斯人也会这样做。"

就在阿伯拉克港口附近的一个岛上坐落着一座古老的赛松要塞。由于要塞破旧不堪又毫无用处，法国政府要以非常低廉的价格将其卖掉。

显然，勃洛克很想买下这座要塞。他甚至盘算过，购买要塞，加上耕耘土地、开辟花园和修缮，要花两万五千法郎。

在这座要塞中，一切都富有浪漫气息：无论是半腐朽的吊桥，还是暗炮台；无论是火药库，还是古老的大炮。

亲人们劝服了勃洛克，没有买下要塞。但是他曾多次向亲朋好友们讲起这座古老的要塞，——幻想不会如此轻易地让步于清醒的思考。

格林听说这件事后便写了一部长篇小说，小说中有一位老人和他年轻美丽的女儿，别名"凤仙花"。老人向政府购买了一座古老的要塞，住了进去，把残垣断壁变成了一片片芬芳四溢的灌木丛和花坛。

小说中发生了各种各样的事，但是，或许写得最好的要数要塞本身——静好（大炮早以拆除）、安宁、富有浪漫色彩。对花园的描写也很精彩，树木、花丛和鲜花全都栩栩如生。

应当承认，勃洛克有些诗句也激发我萌生了乍看起来很是奇怪的想法——写几篇与这些诗句同气相合的短篇小说。

至今我仍有这种想法。不过目前我只写出了一篇短篇小说《雨中拂晓》，完全源于勃洛克的诗作《俄罗斯》。

> 白日之梦亦可以实现，
> 路途迢迢却身轻如燕，
> 只要在那路的尽头处，
> 头巾下一瞥，顾盼流转……①

我不想也不能对勃洛克的生平和诗歌作出解释。我不太理解勃洛克对俄罗斯和人类所面临的考验所怀有的那种预言式的、神秘的恐惧。我也无法理解他那种命中注定的孤独感、毫无出路的怀疑、灾难性的沉沦以及对革命过于复杂的认识。

勃洛克身上吸引我并使我着迷的是他成熟的诗歌中和他生活中完全具体的诗意。象征主义如雾里看花，装腔作势，缺乏生动形象，也无血肉——这不过是一个中学生深陷其中不能自拔的嗜好而已。

有时候我想，对于最近这一代人而言，对于新青年来说，勃洛克身上有很多东西是无法理解的。

比如，他对贫困的俄罗斯的爱，是无法理解的。在现今年

---

① 引自勃洛克诗作《俄罗斯》。

轻人看来，怎么能爱这样一个国家，那里"低矮贫穷的村庄数不胜数，不能卒睹，远处牧场的篝火映照在阴沉沉白昼的天幕"。①

青年人之所以难以理解这一点，是因为这样的俄罗斯已经不复存在。正是勃洛克所熟悉和热爱的那般模样的俄罗斯已不复存在。如果还留下一些偏僻荒凉的村庄、枯枝铺垫的小路和深山密林的话，那么这些村庄和山林中的人也已截然不同了。世代交替，孙子已经不能理解祖父，有时甚至是儿子都不理解父亲。

儿孙辈不理解也不想理解贫困，这是歌谣中声泪俱下痛诉的贫困，是用传说、童话、吓得不敢吱声的孩子们的眼神、惊慌失色的姑娘们低垂的睫毛渲染的贫困，是被流浪人和香客们的故事吓得胆战心惊的贫困，是时时感觉可怕的神秘近在咫尺——在森林中、湖泊中、枯枝败叶中、老太婆的哭声中、钉死的小木屋中——而坐卧不安的贫困，是时时感觉奇迹即将出现而心神不宁的贫困。"我睡意矇眬，矇眬中瞥见神秘，而你，罗斯，沉睡在神秘里。"②

要有宽广辽阔和坚韧不拔的心灵，要对人民有深情厚爱，才能热爱这阴郁灰暗的农舍、哀歌、灰烬和荒草的气息，才能透过所有这些匮乏景象看见荒山密林所包围的俄罗斯那面色苍白的美。勃洛克的很多前辈也看见了这种美。但是这种罗斯日渐消亡。勃洛克哀悼它，为它唱出了挽歌：

① 引自勃洛克诗作《秋日》。
② 引自勃洛克诗作《罗斯》。

> 赤贫的芬兰罗斯啊,
> 你的安息之所不是那豪华灵柩!①

对勃洛克而言,一个新俄罗斯,"新美洲"正在南部草原崛起。

> 不,那里不是额发随风拂动,
> 不是五彩旌节在草原上飘扬……
> 那里是工厂的烟囱黑烟隆隆,
> 那里是工厂的汽笛呜呜作响。

老一辈人对新旧罗斯同样熟悉。这种对俄罗斯的广博知识正是这一代人的财富。

如果不了解旧俄罗斯,不了解"楚德人粗粗莽莽干的和梅里亚人每每必争的"②那一切,不了解古老的村庄,不了解浪迹全国中邪的香客,没见过库利科沃战场上血染的晚霞,那就不可能了解新俄罗斯。

勃洛克的爱情诗就是巫术。与所有的巫术一样,这些诗无法解释,令人痛苦。要谈这些诗几乎是不可能的。它们需要一读再

---

① 引自勃洛克诗作《新美洲》。
② 引自勃洛克诗作《我的罗斯,我的生命,我们可以痛苦与共吗?……》。

读，反复体会，每读一遍，都会感受到心潮澎湃，都会被诗歌动人心弦的音调烧灼得如此如痴如醉，都会对这些诗竟突然印入脑海就终生难忘而惊诧不已。

在这些诗歌中，尤其是在《陌生女郎》和《在餐馆里》中，诗歌技巧已登峰造极。这种技巧令人惊骇，让人觉得不可企及。或许，勃洛克斟酌这些诗的时候，向他的缪斯说：

> 比北方的黑夜更狡黠刁钻，
> 比金色的香槟更为浓烈，
> 比茨冈人的爱情更短暂，
> 是你那可怕的爱抚与慰藉……①

随着时间的流逝，勃洛克的爱情诗越来越厚重，诗中的形象令人陶醉。"她身上柔韧的绸衣诉说着古老的传说"，"我看到如梦似幻的海岸和如梦似幻的远方"，"那双湛蓝、深邃的眼眸像花朵般绽放在遥远的海岸"。②

这与其说是描写无限蜜意柔情的诗句，不如说是巨大的诗歌力量的迸发，这种力量既可俘获阅世已深的心，又可俘获涉世尚浅的心。

一种"神秘力量"使勃洛克的诗不仅仅是诗，而是高于诗，

---

① 引自勃洛克诗作《致缪斯》。
② 引自勃洛克诗作《陌生女郎》。

变成了诗歌、音乐和思想的有机融合,在融合中与每个人的心跳共鸣,变成了一种艺术现象,这种艺术现象至今还没有一个勉强恰当的定义。

只要读几句我们都熟悉的诗句,就可对此确信无疑:

> 你猛然一挣,如同一只小鸟受惊,
> 你飘然而过,像我的梦一般轻盈,
> 香水叹息一声,睫毛也泛起睡意,
> 罗衫絮絮低语,诉说起无限忧思。①

勃洛克在自己的诗歌和散文中走过了俄罗斯历史上一段波澜壮阔的道路,从九十年代的艰难岁月到第一次世界大战,到哲学、诗歌、政治和宗教流派的纷繁交织,到"戴着洁白的玫瑰花冠"的十月革命。他是诗歌的守护天使,是诗歌的游吟诗人,是诗歌的苦工,是诗歌的天才。

勃洛克曾说,天才散发出的光芒照耀至不可计量的时间距离。这句话也完全适用于他自己。他对我们每个人的命运,每个作家和每个诗人的命运,所产生的影响,或许一时还看不出来,但却是极其深远的。

早在青年时代,我就懂得了他这句至理名言的含义,并信奉至今:

---

① 引自勃洛克诗作《在餐馆里》。

抹去生活的偶然性吧。

你会看到它是多么美好……①

我竭力奉行着勃洛克的这一忠告,所以我对他深怀感激。我们生活在他天才之光的辐射下,而且这种射线只会更加明亮,照耀着我国未来的世世代代。

（孟宏宏　译）

居·德·莫泊桑*

他向我们隐瞒了他的一生。

——勒纳尔论莫泊桑

莫泊桑在里韦拉有一艘"俊友"号游艇。在这艘游艇上他创作了一篇最悲惨的震撼人心的作品——《在水上》。

在"俊友号"游艇上,莫泊桑雇用了两名水手。年龄大一点儿的叫贝尔纳。

---

① 引自勃洛克诗作《报复》。

* 居·德·莫泊桑（1850—1893）,法国作家,世界三大短篇小说巨匠之一。

两名水手丝毫也没有向莫泊桑表露他们都在为莫泊桑担心,尽管他们看出"主人"近来有些不对劲,不说他的思想能使他发疯,单单头痛也会让他受不了而发疯。

莫泊桑去世的时候,这两名水手向巴黎一家报纸编辑部寄去一封文字不怎么通顺的短信,字里行间充满了人间巨大的悲痛。

也许只有这两个普通人知道,与一般对莫泊桑的误解相反,他们的主人有一颗自尊而又羞怯的心。

他们能为纪念莫泊桑做些什么呢?他们只能尽全力使他心爱的游艇不致落入冷漠的陌生人手中。

两名水手尽了全力。他们尽力拖延游艇的出售。但他们是穷人,只有上帝知道,这对他们是多么困难。

他们求助于莫泊桑的朋友,求助于一些法国作家,但结果都是枉然。游艇最终还是转入游手好闲的富豪巴泰勒米伯爵手中了。

贝尔纳临终的时候,对周围的人说:

"我想,我曾是一名不坏的水手。"

没有比用这句话更朴实地来表达他度过的光明磊落的一生了。遗憾的是很少有人能理直气壮地用这句话来评价自己。

这句话是莫泊桑通过手下一名水手之口,给我们留下的遗言。

他走过了一段极为短促的写作道路。他说:

    我像一颗流星一样走进文学生涯，也将像闪电一样走出来。

他是人类陋习的毫不容情的观察者、解剖者，他称生活是"作家的临床诊所"。辞世前不久，他所追求的是纯洁，歌颂痛苦的爱情和欢乐的爱情。

甚至在他临终的时刻，他感到自己的头脑已被一种毒盐完全吞噬，绝望之中他仍然在想，自己短促而庸碌的一生中究竟舍弃了多少真挚的感情。

他召唤人们向何处去？他带领人们向何处去？他做过什么承诺？作为一名小艇的桨手和作家，他可曾用自己强有力的双手帮助过他们？

他明白，他没有做到这一点，倘使他的作品中多一些同情，他会作为善良的化身留在人类的记忆之中。

他像一个愁眉苦脸，怕难为情的弃儿，向往着温情。他相信爱情不仅仅是渴慕，也是牺牲，是掩蔽的欢乐，是这个世界的诗。但为时已晚，留给他的只是良心的谴责和抱憾。

他感到惋惜，深深地悔恨自己随意地抛开和嘲弄了幸福。他想起一位俄国女画家巴什基尔采娃，当时她几乎还是个小姑娘。她爱上了他，他却用嘲讽的，甚至有几分卖弄风情的书信来回答她的爱情。他的男人的虚荣心得到了满足，他不再要求别的什么了。

巴什基尔采娃又算得了什么！更使他感到懊悔的是巴黎一家

工厂的年轻女工。

波尔·布尔热叙述过青年女工的这段故事。莫泊桑很气愤。是谁授权给这位心理分析家恣意闯入真正的人间悲剧之中呢？当然是他自己，是莫泊桑的过失。但他有什么办法呢，盐已经在他的头脑里一层层地沉淀，他已无能为力！有时他甚至已经听到尖尖的小晶体刺入他的头脑，发出咝咝的声音。

一个女工！一个天真美丽的姑娘！她读过他的许多短篇小说，平生只见过莫泊桑一面，就怀着一颗像她闪亮的眼睛一样纯洁的火热的心爱上了他。

天真的姑娘啊！她听说莫泊桑还没有结婚，是单身汉，于是就产生了一种疯狂的念头，要向他奉献自己的一生，关心他，做他的朋友和妻子，奴隶和婢仆，这个念头在她胸中是那样强烈，她无法抗拒。

她很穷，穿得也不好。她整整一年忍饥挨饿，一生丁一生丁地攒钱，好为自己置办优雅的服装，穿着去见莫泊桑。

服装总算办好了。一大清早，当巴黎还在沉睡，还被笼罩在云雾般的梦境之中，初升的太阳透过云雾射出暗淡的光，这时，她已经醒来了，也只有这时才能听到街心花园的林荫路上，鸟在鸣啭。

她用冷水冲过澡，像戴精巧、芬芳的珠宝似的慢慢地、小心翼翼地穿上薄薄的袜子和闪闪发亮的小鞋，最后才穿上非常漂亮的衣裙。她照了照镜子，简直不相信自己的影子。面前站着一个由于快乐、激动而容光焕发的、苗条的美丽少女，爱情使她的眼睛变得乌黑，娇媚的小嘴殷红。她将要这样出现在莫泊桑面前，向他表白一切。

莫泊桑住在郊外的别墅里。她拉了小栅栏门的门铃。给她开门的是莫泊桑的一个朋友，一个追求享乐，追逐女性的无耻之徒。他色眯眯地盯着她，冷笑说，莫泊桑先生不在家，带着情妇到埃特雷塔去了，过些天就回来。

她尖叫了一声，就用一只戴着绷得太紧的软羊皮手套的手抓住栅墙的铁柱快步走开了。

莫泊桑的朋友追上去，扶她坐上一辆出租马车，送她去巴黎。她哭着，语无伦次地说要报复，就在当天晚上，她故意跟自己过不去，故意气莫泊桑，委身给这个花花公子了。

一年之后，她已经成了巴黎闻名的年轻交际花。莫泊桑从朋友那里得知这件事后，没有把他赶走，没有赏他耳光，也没有要求跟他决斗，只是冷冷一笑，觉得这个小姑娘的故事很有趣。说不定还是写短篇小说的好素材呢。

多么可怕啊，时光不能倒流，不能回到当年，这个姑娘像芬芳馥郁的春天，站在他的房子门口，怀着对他的信任，用她的一双小手向他捧出自己的一颗心！

他甚至不知道她的名字，现在他用他能想到的最亲昵的名字呼唤她。

他疼痛得扭曲着身子。他这位高不可攀的伟大的莫泊桑，心甘情愿亲吻她的脚印，请求她宽恕。但现在一切都无济于事了。这段故事只能提供给布尔热写一篇不大好理解的人类感情方面的有趣故事罢了。

不大好理解吗？不，现在他已经很清楚了！这些感情都是最美好的！它是我们这个尚不完美的世界上最神圣的东西！若不是毒盐，他现在就会倾全力，用他的才华，他的写作技巧去写它。盐在吞噬他，尽管他大口大口地把盐吐出来，气味刺鼻。

（曹苏玲　译）

伊万·布宁*

不管在这个无法理解的世界上多么忧伤，但是它依然美好。
——伊万·布宁

早在上中学时，我读布宁就读得入了迷。那时我对他知之甚少，仅从他本人为文格罗夫①编的《作家辞典》所写的传记中了解到一点。传记中说，布宁在叶列茨和叶夫列莫夫市（当时属图拉省）之间的一个村庄度过童年，后来就读于叶列茨中学。

在一九一六年寒冷的四月里我第一次去叶夫列莫夫探望亲戚——一位孤老太太。她请我去她家做客，让我在漂泊南方多年后歇歇脚。

---

* 伊万·布宁（1870—1953），俄罗斯第一位诺贝尔文学奖得主。
① 谢苗·阿法纳西耶维奇·文格罗夫（1855—1920），俄国文学史家，目录学家。

老太太曾在叶夫列莫夫市中学教书。同所有的中学女教师一样，她常常犯咽喉炎。她用尽各种方法来治疗，甚至还用过"布宁的巫医疗法"。

"哪个布宁？"我诧异地问道。

"叶甫盖尼·阿列克谢耶维奇。作家布宁的哥哥。他在我们叶夫列莫夫税务局工作。他发明了一种治咽喉炎的方法。用一片干兽皮擦脖子，咽喉炎马上就好。只是这种兽皮对我没用。叶甫盖尼·布宁是位一本正经的绅士，非常不讨人喜欢。可是他弟弟，那个作家，据说为人非常好，很招人喜欢。他有时到我们城市来。"

我一听说布宁也常到这里来，叶夫列莫夫在我心目中立刻改观，尽管总的来说，它还是个荒凉的小城市。如今，我觉得它成了俄罗斯外省悠闲舒适的化身。

我国所有偏僻的城市几乎都很相似。用契诃夫的话来说，它们全都是叶夫列莫夫型城市——修道院的一间间禅房荒废破败，教堂石门上的圣徒面如土色，县警察局局长三套马车上的小铃铛丁零零作响，牧场上耸立着监狱，地方自治会是全城唯一一座大门口亮着白炽灯的房子，寒鸦在墓地椴树上呱呱乱叫，深深

的沟壑随处可见。夏天，沟壑中长满荨麻，像一堵堵密不透风的墙，冬天，火炉和茶炊中倒出的一块块木炭在沟壑中冒着瓦灰色的烟，积雪也被染成了灰色。

布宁的俄罗斯就在那时，在叶夫列莫夫走进我的心中，使我久久为之着迷。

叶列茨就在附近。我决定去那里一趟，去看看这座布宁的城市。

从少年时代起，我就有一种无法遏制的癖好，酷爱造访与我所喜爱的作家和诗人生活有关的地方。我认为（而且至今仍然认为）世上最好的地方是普斯科夫圣山修道院围墙下的那个山冈，那里埋葬着普希金。从这个山冈上可以一览无余地望见那些迢遥明朗的远方，这种地方在俄罗斯是为数不多的。

叶夫列莫夫和叶列茨之间有一趟所谓"马克西姆·高尔基"的通勤列车。我乘坐这趟车去了叶列茨。

我在咣当作响的破旧车厢里迎来了寒气袭人的拂晓。我坐在摇曳的烛光下，阅读布宁的短篇小说《先知伊里亚》[①]，这篇小说收在《现代世界》杂志的一本破旧合订本中。

这篇小说就其描写的锥心之痛而言，是俄罗斯文学中的杰作之一。小说中的每个细节、每根线条（甚至像"如殓衣般惨白的燕麦"这个句子）都令人肝肠寸断，因为它们预示着灾难、贫穷、孤苦不可避免，这都成为当时俄罗斯的厄运。

[①] 《先知伊里亚》，布宁的短篇小说《牺牲品》，初版时作家将其命名为《先知伊里亚》。

有时真想头也不回地逃离这个俄罗斯。但是很少有人下得了决心这样做。因为子不嫌母贫，更何况她还备受痛苦和屈辱。

布宁也离开了他唯一所爱的国家。但他只是表面上离开。他是一个极度自尊和严肃谨慎的人，直到生命的最后一刻还苦苦思念着俄罗斯，在巴黎和格拉斯那异国他乡的深夜，为俄罗斯流下许多不为人知的泪水，这是一个去国怀乡、自我放逐之人的泪水。

我乘着火车驶向叶列茨。窗外不断闪过一片片稀疏瘦弱的庄稼。风在铁皮通风机里呼啸，驱赶着低垂的乌云。我又读了一遍《先知伊里亚》，又读了一遍叶列茨县普列捷琴斯基乡农民谢苗·诺维科夫悲伤的故事。我竭力想弄明白这个不折不扣的奇迹是怎样创造出来的，用了什么语言，用了什么魔法？这个奇迹就是创作出一篇简洁有力、充满悲伤而又精彩绝伦的短篇小说。

在叶列茨我没有住在宾馆。当时我太穷了，住不起。整整一天，直至深夜坐上去叶夫列莫夫的回程火车离开时，我一直在城里徘徊，当然，累坏了。

当时高高的天空灰蒙蒙的。突然下起了一场迟来的小雪。风扬起马路上的雪，露出被马蹄铁磨坏的白乎乎的石板路面。

整个城市都是石砌而成。这种市容使人觉得有点儿像城堡，空荡荡的街道也给人这种感觉。我听说叶列茨一直是一座人声鼎沸的商业城市，因此，城市这样冷清让我很是惊讶，直到后来我才明白是战争造成了这里的满目肃然和人烟稀少。

叶列茨的确曾是一座城堡。布宁在《阿尔谢尼耶夫的一生》中曾谈起它：

……这座城市……以其悠久的历史而自豪,它也有自豪的充分权利:它确实是最古老的俄罗斯城市之一,横卧在森林草原过渡带的伟大黑土地原野中,位于那条充满灾难的边界上,越过这条边界是"一片片野蛮陌生的土地"。在苏兹达利公国和梁赞公国时期,它在罗斯最重要的堡垒之列,据编年史讲,这些堡垒最先呼吸到阴森恐怖的亚细亚乌云带来的风暴、尘土和寒气……

在这个片段中,几乎每个词都以其质朴、精确和生动给人以享受。仅仅是这些古老的城市呼吸到亚细亚侵袭的风暴和寒气的词句就令人赞叹不已!这些词句栩栩如生地再现了哨兵们嘟嘟打着呼哨报警、用木槌当当敲着铁板、召唤全城居民到城墙御敌的场景。

我在一所有石砌院落的男子中学前伫立良久。布宁就读于这所中学。校园里静悄悄的,窗户里面正在上课。

后来我穿过集市广场,广场上弥漫着各种气味,我很惊讶。有茴香的气味,马粪的气味,破旧鲱鱼桶的气味,从正在给什么人举办葬礼的教堂开着的一扇扇门里飘出来的神香的气味,还有花园里腐败落叶越过高高的灰色栅栏散发出的气味。

我在一个小饭店喝足了茶。那里门可罗雀,冷飕飕的。我从小饭店去了城郊。到火车出发还剩很多时间。

城郊是延伸至低地的一长片光秃秃的牧场。几家黑黢黢的铁匠铺冒着烟,打铁声叮叮当当。牧场上的天空一片苍白。一旁是墓地的一排围墙。

我走进了墓地。墓前花圈上残破的瓷玫瑰花和生锈的铁皮树叶迎风作响,发出轻微的轧轧声。

有些地方立着铁铸十字架墓碑,刻着华丽的涡纹装饰,油漆已经剥落,上面嵌着椭圆形的金属相框,框内棕褐色的照片已被雨水淋皱。

傍晚时分,我来到火车站。我一生中经常孤身一人,但是很少像在叶列茨的那个晚上感受到那样痛苦的心神不宁。

在附近一座座房子的四壁内,在暖融融的房间里,或许是欢乐、光明的生活,也或许是贫乏、寡言的生活。但我却在这温暖的四壁之外。我坐在三等车昏暗的候车室里,闻着煤油的臭味,一股寒气从脚底往上钻。

每个人的一生中总是有各种奇奇怪怪的巧合,有的令人愉悦,有的让人忧伤。我也有这样的经历。这种奇怪的巧合就发生在叶列茨火车站的这个晚上。

我在报亭买了一份当天的《俄罗斯言论》。三等车候车室昏暗得无法看报。我数了数自己的钱,足够到灯火通明的车站小吃部喝足茶,甚至还能给微醺的服务员一点儿小费。

我在小吃部一个白铜空桶旁的桌子旁坐下来,打开了报纸……

直到一小时后我才如梦初醒,此时车站守门人正一边摇铃,一边故意带着鼻音喊道:"去叶夫列莫夫、沃洛沃、图拉的注意啦,第二遍铃!"

我跳起来，冲进车厢，缩在黑乎乎的车窗旁，一直坐到叶夫列莫夫。

我整个内心都在因忧伤和爱而战栗。是为了谁呢？

是为了一位美好的姑娘，在这个火车站被杀害的那位女中学生奥丽娅·梅谢尔斯卡娅。报纸上刊载了布宁的短篇小说《轻盈的呼吸》。

我不知道，能否称这部作品为短篇小说。这不是短篇小说，而是启迪，是充满恐惧和热爱的生活本身，是作家忧伤而冷静的思索，是为少女的美所写的祭文。

我深信，我在墓地曾走过奥丽娅·梅谢尔斯卡娅的坟墓，风吹拂着残旧的花圈，发出怯生生的沙沙声，好像在呼唤我停下脚步。

但是，我走了过去，完全不知道。啊，如果我知道就好了！如果我能做到就好了！我就会把大地上盛开的所有鲜花都撒到这座坟墓上。我已经爱上了这个姑娘。她无可挽回的命运让我不停地战栗。

车窗外，一座座村庄里稀疏、凄凉的灯火颤抖着，忽明忽暗。我望着这些灯火，天真地安慰着自己，奥丽娅·梅谢尔斯卡娅是布宁虚构的，我之所以突然爱上这位死去的姑娘而深感痛苦，只是因为我倾向于浪漫地接受世界罢了。

或许，就是在这个深夜，在寒气逼人的车厢里，在俄罗斯黑暗阴郁的旷野中，在被夜风吹得沙沙响的、还未萌芽长叶的白桦林里，我第一次彻彻底底、清清楚楚地懂得了何谓艺术，以及艺术有怎样崇高、永恒的力量。

我好几次打开报纸，在渐渐熄灭的烛火下，后来又在飘忽不定的黎明时分的淡淡晨光下，反复阅读描述奥丽娅·梅谢尔斯卡娅轻盈呼吸的词句，反复阅读那句：

   如今，这轻盈的呼吸重又在这世界上，在这白云朵朵的天空中，在这料峭的春风里四处飘荡。

*　　*　　*

  第二次全苏作家代表大会有发言说，布宁应当回归俄罗斯文学，这句话博得鼓掌欢呼。①

  布宁终于回来了。布宁那极为珍贵的作品回到了祖国，其中包括中篇小说《阿尔谢尼耶夫的一生》。

  描述这部小说很难，几乎不可能，正如描述布宁本人一样不可能。他是那样渊博，那样慷慨，那样多才多艺，那样冷酷无情地看透任何一个人，从旧金山的来客到雇工阿韦尔基，那样洞若观火同时又严酷而温柔地看见每一个最细微的动作和每一个内心活动，在人的日常生活中描述大自然，因此，要描述这一切，正如常言所说，不过是"隔靴搔痒"，几乎是徒劳无益。

  要读布宁的作品，永远都不要自找苦吃，试图用通常的而不是用布宁的语言来讲述他以经典作家的笔力和精确性所写的一切。

  ① 指费定的发言博得与会者的鼓掌，原文是："我认为，不应该从俄罗斯文学史上划掉布宁，他创作中一切可贵的东西都应该属于读者……"

不可能用自己的语言来讲述普希金的《阴霾的白天逝去了……》、列维坦的《在永恒的安宁之上》或者莱蒙托夫的《幻船》。这都是盲目之举,正如用枯燥的代数去检验莫扎特和其他伟大作曲家的和声。因此,我不会白费力气地去试图转述布宁的作品,不去围着"焦点"阐释他的作品。

"焦点"——换言之,即当代的概念——如若不与我们时代之前的一切事物紧密联系,不与在某种程度上决定了这类概念的一切事物紧密联系,就不能存在下去。

布宁的作品之所以出色,是因为它们完全属于他那个时代,同时与我们人民的往昔息息相关。

在布宁的散文和诗歌中,明显感觉到一个人由生到死的漫长生活历程,而且主要是美好的生活历程。这种感觉尤其强烈地表现在《阿尔谢尼耶夫的一生》中。

这部小说不仅仅是一首对俄罗斯的赞美诗,也不仅仅是布宁一生的总结,不仅仅表达了他对祖国最深沉、充满诗意的爱,也不仅仅表达了他对祖国的忧虑和喜悦,这种喜悦有时在字里行间化作几滴闪耀的泪珠,好似天边寥落的晨星。这部小说还是别的东西。

《阿尔谢尼耶夫的一生》的某些章节很像画家涅斯捷罗夫的画作《神圣的罗斯》和《在罗斯》。在这两幅油画中,画家完美表现了自己理解的祖国和人民。

画面上是小树林、小山丘、发黑的原木教堂、荒凉的乡村墓地和小村庄。正是以此为背景描绘出整个罗斯!古代的沙皇身穿沉甸甸的锦缎黄袍,头戴赤金皇冠,庄稼汉身着粗布衣衫,一个个畏畏缩缩,牧童手握长鞭,男女香客头戴尖顶法冠,姑娘们低垂着睫毛,一根根好像染黑的睫毛在她们白皙的脸上投下一片淡淡的阴影,她们内心似乎散发着一种纯洁的光芒,照得她们容光焕发。画面上还有圣愚、叫花子、虔诚的老太婆、拄着拐杖的威严老头,以及浅色头发的孩子。

在人群中有列夫·托尔斯泰,离他不远处是陀思妥耶夫斯基。他们同各自的寻找真理的人民一道走向光明的、但暂时还很遥远的未来,关于这个未来,他们孜孜不倦地谈了整整一生。

这两幅画作与布宁的作品有某些共通之处。唯一的区别是,相较于涅斯捷罗夫,布宁笔下的祖国更加质朴,更加贫困。

在布宁笔下,我们俄罗斯中部表现为迷人可爱的、灰蒙蒙的白昼,静悄悄的田野、雨水和大雾,有时又日光淡淡,满天夕阳微露霞光。

这儿不妨说一句,布宁对色彩和光的感觉是罕见而精确的。

世界是有由缤纷的色彩和陆离的光线组合而成的。轻松而准确捕捉到这种组合的人是最幸运的,尤其是如果他是画家或者作家。

从这个意义上来说,布宁是一位幸运的作家。他以同样的敏锐洞察一切:无论是俄罗斯中部的夏季,抑或阴郁的冬季;无论是"短暂、铅灰色、宁静的深秋时节",抑或"透过荒山野林突然望着我的、好似一大片黑魆魆荒漠的"大海。

布宁的日记中有一个简短的句子。这句话写于一九〇六年夏初。"漫天瑰丽云彩的时节开始了。"布宁写道,这句话好像为我们透露了他作家生活中的一个秘密。这句话是说布宁即将开始自己不可避免而又迷人可爱的劳动，这种劳动是与夏季、"云彩的时节"、"雨水的季节"、"开花时节"联系在一切的。

布宁用这样寥寥数语记录下自己的活动，他即将开始观察天空，开始研究神秘而迷人的云彩。

每当你读到布宁描绘夏季的句段时，你就会想起他日记中的这句话。他描述夏季的词句总是令人陶醉的，即使一共只有两行。

　　花园里的花凋谢了，树木披上了绿装，夜莺整天在花园里歌唱，窗户整天都开着……

布宁以同样的敏锐和细致来洞察他在生活中看到的一切。而他一生见多识广，从青年时代他就爱好漂泊的生活，着迷于不安定的生活，渴望看到所有未曾见过的东西。

他承认，再没有比即将远行更让他感到幸福的了。

在光线、气味、声音和颜色等这些现象之间存在着一种紧固的联系。

这种联系表现在哪里呢？举例来说，当你望着梵·高画作上那些未曾见过的、好像藏红花的硕大花朵时，望着画上那好像一些异国水果透明汁液的厚实光线时，突然，你就会闻到这些水果甜丝丝的诱人香气和海边湿漉漉沙滩的淡淡清新气息。这种气息仿佛是徐徐清风从异国岛屿的画廊吹来的。

阅读布宁的作品时，你常常会发现有这种感觉。色彩产生气味，光线产生色彩，而声音则再现一系列惟妙惟肖的画面。所有这一切就会营造出一种特殊的内心状态,有时凝神忧郁,有时轻松愉悦,因为和风习习,树木沙沙作响,海浪永不停息地轰鸣,孩子和女人可爱的笑声萦绕耳边。

在《阿尔谢尼耶夫的一生》中,布宁谈及他对色彩的感情、对大自然颜色的态度:

> 我一眼看到颜料盒,就浑身战栗,从早到晚在纸上信手涂抹,一连好几个小时站着,望着空中那渐渐变为淡紫色的、美不胜收的一片湛蓝,这片湛蓝在大热天里顶着骄阳,穿过绿荫如盖的树冠,而树冠仿佛沐浴其中。于是,我对大地和天空的各种色彩便永远怀有最深厚的感情,感受到它们真正美好的意义。当我对生活所赋予我的一切做总结时,我发现这是最重要的总结之一。枝叶间露出的这种渐渐变为淡紫色的湛蓝,我至死不会忘记……

俄罗斯中部特有的色彩是略微暗淡的,而当布宁谈及南方、热带、小亚细亚、埃及和巴勒斯坦时,色彩立刻就变得浓烈了。

一九一二年秋,布宁住在卡普里岛时,他常与自己的外甥尼古拉·阿列克谢耶维奇·普舍什尼科夫长谈。

普舍什尼科夫关于这些谈话的日记保存了下来。这些日记很朴实,让我们看到了布宁这个非常矜持的人极少吐露心声的一面。

所有这些日记都说明了布宁对生活的强烈热爱。望着车窗外蒸汽机车的烟雾慢慢在空气中消散,布宁说道:

活着是多么愉快啊！哪怕只能看到这烟和光呢。如若我缺胳膊少腿，只要我能坐在长凳上望着夕阳西下，我也会因此而感到幸福的。需要的只是看和呼吸，仅此而已。没有什么能像色彩那样给人以享受。我习惯了看。画家教会了这门艺术……诗人不会描绘秋天，因为他们不会描绘色彩和天空。法国人埃雷迪亚和勒贡特·德·列尔①在描绘方面达到了特别完美的程度。

普舍什尼科夫的日记中有一处不同寻常的记录，揭开了布宁创作技巧的"秘密"。

布宁说，无论开始写什么，他首先都必然要"找到声音"。"一旦我找到了它，其余一切就水到渠成了。"

"找到声音"是什么意思呢？显然，布宁赋予这几个词的含义比我们乍一眼看到时以为的要深刻得多。

"找到声音"就是找到散文的节奏，找到散文的基本音调。因为散文与诗歌和音乐一样，也有内在旋律。

这种散文的节奏感和音乐感显然是其本身所固有的，同样也基于对母语的精通和敏锐的语感。

布宁甚至在童年时期就敏锐地感受到了这种节奏感。他还是个孩子的时候，他就在普希金《鲁斯兰和柳德米拉》的献词中发

---

① 勒贡特·德·列尔（1818—1894），法国巴那斯派诗人。

现了诗歌轻盈的圆形运动("连续不断转着圆圈的妖术"):

  无论白天——还是黑夜,一只猫儿——学富五车,沿着链子——转圈走着。

在俄语领域布宁是一位不可超越的大师。

他从不计其数的词汇中精确万分地为每一篇小说挑选最生动、最有感染力的词汇,这些词汇与小说中的故事之间存在一种隐秘甚至是神秘的联系,而且对于描述这样的故事而言是不可或缺的。

布宁的每一篇短篇小说和每一首诗歌都像磁体一样,把这篇小说或诗歌所需要的所有粒子都吸引过来。

如果现在有一个像克里斯蒂安·安徒生这样的童话作家,他可能会写一则童话,说有个拥有魔法磁体的作家,把一切意想不到的东西,包括寒霜覆盖的灌木丛中的一线阳光和身穿瓦灰色丧服的乌云碎片,都吸到身边来,而作家就按照他一个人知道的一种特殊顺序把它们排列起来,洒上活命水,于是世上就诞生了一部新作品——一部长诗、一首诗歌或一部中篇小说——而且没有什么能夺去它的生命。只要地球上有人活着,它就会永垂不朽。

布宁的语言简洁朴实,几乎惜字如金,纯净而且生动。但是与此同时,就形象性和声响而言,他的语言又极其丰富,包罗万象,从铙钹咣嚓的乐声到泉水叮咚声,从节奏分明的铿锵声到情意绵绵的絮语声,从悠扬的歌声到大发雷霆的圣经训诫声,从所有这些声音一直到神灵活现、令人称奇的奥廖尔农民的说话声。

我只以《阿尔谢尼耶夫的一生》为例。这部小说需要细读。

我把《阿尔谢尼耶夫的一生》称作中篇小说。这当然是不准确的。这不是中篇小说,也不是长篇小说。这是一种新型作品,其体裁尚未命名。这种体裁令人惊叹,独一无二,能俘获人心,让人伤心痛苦又令人心生喜悦。

《阿尔谢尼耶夫的一生》通常被视为自传。布宁否认了这个说法。若是自传的话,《阿尔谢尼耶夫的一生》就写得过于自由了。

这不是自传。这是一块熔合了很多人间苦楚、诱惑、沉思和欢乐的合金。这是一个人生活中各种事件、漂泊流浪、游历不同国家和城市、漂洋过海的汇编,在这五彩缤纷的大千世界中,占据首要地位的始终是我们俄罗斯的中部。

> 冬天是无边无际的雪海,夏天则是庄稼、青草和花朵的海洋……这些旷野中是永恒的宁静,旷野中是谜一样的沉默……

在《阿尔谢尼耶夫的一生》中,布宁成功地把自己的生活装进一个魔法水晶中,但是,与普希金的魔法水晶不同的是,这部中篇小说的远景,作家生活的远景勾勒得清晰分明,清澈见底。

我还是把《阿尔谢尼耶夫的一生》称作小说,虽然我同样有权将其称作史诗或传说。

《阿尔谢尼耶夫的一生》是世界文学中最卓越出众的现象之一。极其幸运的是,它首先属于俄罗斯文学。

在这本令人称奇的作品中,诗歌和散文融为一体,有机地融为一体，创造出一种卓尔不群的新体裁。

诗意地认识世界和以散文形式描绘世界交融在一起，在这种交融中有一种严肃的，有时还是严酷的东西。这部作品的风格本身就有一种圣经气质。

在这本书中已经无法区分诗歌和散文，书中很多词句就像烙印一样刻在心中。

只要读几行关于母亲的句子，就能明白，布宁为了他想说的一切找到了独一无二的语句。

阅读这样的句子，不可能不引起心灵震撼：

在遥远的故乡，她孤身一人，整个世界永远地把她遗忘，愿她在世上安息，愿她珍贵的名字永远受到赞美。莫非如今长眠在故乡某处，长眠在衰败的俄罗斯城市墓地树林中，长眠在已经磨灭姓名的坟墓下边，那个没有眼珠的头颅就是她吗？那堆枯骨就是她吗？莫非是那个曾把我抱在怀里晃悠的她吗？

《阿尔谢尼耶夫的一生》中语言和精确形象的感染力是如此之大，令人忧伤、激动，甚至流下眼泪。这是美好所带来的非同寻常的眼泪。

《阿尔谢尼耶夫的一生》的新颖之处还在于，布宁还没有一部作品如此充分地揭示了一种现象，由于语言贫乏，我们把这种现象称为人的"内心世界"。内心世界和外部世界似乎泾渭分明？外部世界与内心世界似乎并非一个整体？

布宁在这本书中所描绘的一切都看得见,听得到,摸得着,都是实在具体的,让我们久久地为之喜悦或感伤。我从这本书中引用几个段落。比如,小男孩初次进城的那一段:

　　城里最让人惊奇的是……黑鞋油。我有生以来在世上所见过的东西中——而我见过的东西数不胜数——没有一样像在这个城市的集市上拿在手里的一小盒黑鞋油那样让我那么兴高采烈,那么欢天喜地。这个小圆盒是用普通树皮做成的,然而这树皮多么精美,把树皮做成盒子的手艺多么灵巧,多么无与伦比!还有那黑鞋油本身呢!黑黝黝,硬绷绷,泛着淡淡的光泽,散发出一种令人陶醉的酒精味。

布宁描写贫穷的故乡时惜字如金,却形象生动。

　　我在哪里出生,哪里长大,见过什么?没有山,没有河,没有湖泊,没有树林,只有谷地长着灌木丛,有些地方有小树林,只是偶尔有类似森林的地方,像什么扎卡斯、杜布罗夫卡,其余的地方全是旷野,旷野,无边无际的庄稼的海洋……这里是……森林草原过渡带,田野凹凸不平,到处是凹地和山坡,草场大多是砂砾土壤,草长得稀疏低矮,其间可见几个小村庄,穿树皮鞋的村民似乎已被上帝遗忘,——他们无欲无求,昧昧芒芒,与柳条麦秸为伴。

作家们有一个向雕塑家借用来的术语,叫作"塑造人物"。很少有作家像布宁那样惟妙惟肖,或无情或感人地"塑造人物"。以他笔下的一个牧童为例:

> 牧童……是一个非常有趣的孩子。他那身家织麻布衬衫和短裤衩上窟窿挨窟窿,双脚、双手、脸蛋都被太阳晒得干巴巴的,脱了一层皮,嘴唇烂了,因为他一刻不停地嚼东西,有时是酸酸的黑麦皮,有时是牛蒡,有时就是那些烂嘴唇、生溃疡的羊草,一双锐利的眼睛贼溜溜乱转,因为他很清楚我们与他的友谊是离经叛道的,何况他还怂恿我们吃了老天才知道是什么的东西。然而这种离经叛道的友谊是多么甜蜜啊!他偷偷摸摸、断断续续、不时四处张望着讲给我们听的那一切是多么诱人啊。此外,他还把自己那根长鞭甩得啪啪直响,令人称奇,我们也试着甩几下,结果鞭梢把自己的耳朵抽得火烧火燎地疼,此时他就疯狂地哈哈大笑。

俄罗斯的景色,连同它的娇媚温柔,它的羞涩春天,它的其貌不扬,以及转眼之间就化为淡淡忧伤的美,终于找到了描绘它们的人,而这个人从不试图去粉饰美化它们。俄罗斯景色中,甚至是细微末节之处,无不被布宁看在眼里,无不被他描绘过。

> 我们走过满是淤泥的池塘,水流进了被牲畜踩得坑坑洼洼的斜坡间的谷地,发烫的水面变得狭长,寂寞地闪着亮

光。斜坡一些高高的土堆上，站着几只不知为何无家可归的白嘴鸦，心事重重。

在《阿尔谢尼耶夫的一生》中有一个篇幅不长的章节。开头第一句话是：

在我少年时代生活的环境中，一切都是真正俄罗斯的。

接着布宁讲到了斯坦诺瓦亚村附近的一条大路，讲到了强盗、恐惧、黑夜，然而，他在这里勾勒出了不久前的俄罗斯的一幅多么惊心动魄的画面啊：

大路在斯坦诺瓦亚村附近下降到一条非常深的宽沟中，我们那儿叫上游，这地方总是让所有晚归的过路人心生一种近乎迷信的恐惧……我本人在青年时期乘车路过斯坦诺瓦亚村时也不止一次体验过这种纯粹的俄罗斯式的恐惧……一切都好似在眼前：瞧，他们，就是他们，一字排开，直冲你走来，手里都提溜着斧头，斧头低低地紧紧贴在大腿上，帽檐拉得很低，遮住凶光毕露的眼睛，突然停下，异常冷静沉着地低声喝道："站住，掌柜的……"

在这本书中，精彩的地方不胜枚举。我还没有在我国的散文作品中见到过像我下面引用的文字那样来描绘冬天的：

我还记得许许多多灰蒙蒙的凛冽冬日,记得许许多多阴沉沉的、泥泞满地的冰雪消融的日子,那时,俄罗斯县城的生活就变得特别令人愁闷,那时,人人都是一副百无聊赖的神情,个个恶言厉色,——俄罗斯人还像原始人一样受着大自然的影响!——世上的一切,正如其本身的存在一样,都因无用武之地而痛苦。

我记得,一连几个星期前所未有地从亚细亚刮来昏天黑地的暴风雪,县城里的钟楼隐约可见。我记得主显节时的天寒地冻,这种寒冷让人想起远古时代的罗斯,想起那"使地裂一俄丈"的严寒。那时,整个县城都淹没在雪堆里,到处都是白雪皑皑,一到夜间,在乌漆墨黑的空中就阴森森地闪烁着白色的猎户星座,而到了早上,两个模糊得像镜子一样的太阳散发出不祥的光芒,令人憋闷的空气凝滞不动,如同绷紧的弦,一触即响,全城家家户户的烟囱里都缓缓升起红彤彤的浓浓炊烟,全城响彻着行人脚下的咯吱咯吱声和雪橇滑板尖厉的咪溜声。

一谈起布宁,你就会不由得变成一个喋喋不休的人。总是不由得想把布宁书中精彩的地方一一指给读者看。总是觉得这是最后一处了。但是原来下面还有更精彩的地方,于是就无法闭口不谈它。比如那些描写青春,描写近乎两小无猜的爱情的词句吧。每个人回忆起逝去的青春时,都会心怀感伤。那时,我们爱着爱情,爱着爱情带给我们的一切:

在东方天空中静静闪烁的那颗七彩星星,它远远地挂在花园外面,挂在村外,挂在夏季田野的尽头,有时从那里传来鹌鹑一声遥远的啼鸣,声音隐隐约约,因而也分外迷人……

还有心爱的姑娘睡意沉沉的呼吸:

我遐思迩想,仿佛看见丽莎睡在那里,睡在这个房间里,在敞开的窗户外面,树叶上流着涓涓雨水,发出簌簌的低语声,田野轻拂的和风不时吹进窗户,抚摸着她那几乎还是孩子的梦,全世界似乎没有比这梦更纯洁、更美好的了!该如何传达此时的这种感情呢。

* * *

布宁的作品我读得越多,就越清楚,布宁几乎是无法穷尽的。
不管怎样,都需要很多时间才能认识布宁所写的一切,才能认识布宁充满疾风暴雨的、动荡不安的、湍急如流而滚滚逝去的生活,尽管这位作家多愁善感。

布宁一生的经历有一部分是他自己做的描述(在《阿尔谢尼耶夫的一生》中和在很多几乎都在某种程度上有关他生平的短篇小说中),有一部分是他妻子薇拉·尼古拉耶夫娜·穆罗姆采娃-布宁娜讲述的,一九五八年她在巴黎出版了《布宁的一生》一书——这是一本很有价值的书,书中汇集了有关布宁的回忆录和资料。

布宁的一生直到最后的日子都还在流浪和创作。

布宁无所畏惧,忠于自己的信念。他在自己的小说《乡村》中揭穿了脱离实际的民粹派们所创造的关于俄罗斯农民是上帝化身的神话,而他是最早一批揭穿这种甜丝丝神话的人之一。

布宁除了那些辉煌夺目、十足经典的短篇小说外,还有关于犹地亚、小亚细亚、土耳其、希腊和埃及的游记,这些游记就刻画之精细、观察力之出色和对遥远国家的感受之深刻而言,都是非同一般的。

布宁是纯粹的"卡斯塔利亚"学派(如果可以这样称呼的话)的第一流诗人。他的诗歌至今没有得到充分评价。其中有真正的经典佳作,既富有感染力,又传达出各种难以捕捉的事物。

布宁一生都在期待幸福,描写人的幸福,寻找通往幸福的道路。他在自己的诗歌和散文中,在对生活和祖国的热爱中找到了幸福,他说了一句至理名言,那就是幸福只给予懂得幸福的人。

布宁度过了复杂的有时甚至是矛盾的一生。他阅历丰富,见多识广,他情感丰富,敢爱敢恨,他著作等身,他不止一次走上歧途,然而,他一生对祖国、对俄罗斯却始终怀着最伟大、最温柔、最忠贞的爱。

> 无论青草还是麦穗,无论蜜蜂还是花枝,
> 无论蔚蓝的天空,还是午间的暑气……
> 期限一至,上帝便问游子:

"你是否幸福地活在尘世?"

可我会把一切都忘记,
只记得麦穗和青草间的花蹊,
泪水甜蜜,我还未及把双唇开启,
就在仁慈的膝前跪倒在地。①

(孟宏宏 译)

马克西姆·高尔基*

关于阿列克谢·马克西莫维奇·高尔基已经写得很多了,如果他不是一个取之不尽的人,那么就很容易感到为难,从而却步,在已有的关于他的文章之后,不再增添片言只语。

高尔基在我们每个人的生活中占有重要地位。我甚至想说,存在

---

① 此为布宁的一首无题诗,写于1918年7月14日。
* 马克西姆·高尔基(1868—1936),著有自传体小说《童年》《在人间》《我的大学》。

一种"高尔基的感情",在我们的生活中经常感觉到他的存在。

对我说来,高尔基代表了整个俄罗斯。我不能想象俄罗斯没有伏尔加河,同样不能想象俄罗斯没有高尔基。

他是具有无穷才干智慧的俄罗斯人民的全权代表。他热爱俄罗斯,非常深入地了解俄罗斯,正如地质学家所说,了解俄罗斯时空方面的每一个"剖面"。在这个国度里没有任何被他忽略的东西,而且他是以他自己的方式,即高尔基的方式来看待一切的。

他是一个捕捉各种才干智慧的人,一个决定时代的人。有像高尔基这样的人,可以说是一个新纪元的开始。

初次见面,我首先就被他非凡优雅的仪表所惊倒,尽管他有点儿驼背,说话声音有些喑哑。他正处于精神的成熟和鼎盛时期,这时他内心的完美,在他的外表、言谈举止、衣着,对于他的整个面貌都留下了不可磨灭的印迹。

从他那双宽阔的手,他关切的目光,他的步态和他随随便便,甚至有些像艺术家那样不修边幅的穿着上,都看得出他那透着自信的优雅风度。

高尔基的形象常常在我脑海中浮现,就像一位作家向我讲述过的样子。他在克里米亚,在捷谢利高尔基家里做过客。

这位作家有一天醒得很早,他来到窗前。暴风雨在海上肆虐。从南方而来的强劲的风在花园里呼啸,风信仪吱吱作响。

离作家住的小屋不远,有一棵大杨树。要是果戈理,他会说,这是一棵蹿天杨。作家看见高尔基站在树下,拄着手杖,抬头全神贯注地凝望着这棵又粗又壮的大杨树。

白杨沉甸甸的茂密树叶在风暴中抖动,喧哗,所有的树叶都被狂风吹得拼命倒向一边,翻出银白色的背面。杨树像一架管风琴呜呜地鸣响。

高尔基摘下帽子,望着这棵杨树,一动不动地站了许久。后来他说了一句什么,就向花园深处走去了。但他仍几次停下来回头看这棵杨树。

吃晚饭的时候,作家壮起胆来问高尔基,他在杨树下说了些什么。高尔基并不觉得奇怪,他回答说:

"好了,既然您在暗地里监视我,我也就只好承认了。我是说:多么强大的力量啊!"

有一次,我到郊外戈尔基高尔基的别墅去看他。那是一个夏日,周围飘浮着盘卷、轻柔的云团,莫斯科河对岸繁花似锦的绿色山岗透过淡淡的阴影,更显得五色缤纷。屋里吹着和煦的风。

高尔基和我谈起我新近写的一个中篇小说《科尔希达》,当时他把我看作亚热带自然的专家,这使我感到非常尴尬。尽管如此,我们还是围绕狗是否会患疟疾展开了争论,高尔基最后认输了,他甚至含着温和的微笑回忆说,他有一次在波季附近看见一群害疟疾的母鸡,蓬着毛,不住地哼哼。

我们现在已经没有人能像他当时那样说得清清楚楚、绘声绘色了。

当时我刚刚读完我们的海员格尔涅特船长写的一本非常罕见的书,书名叫《冰苔》。

格尔涅特有一段时间曾任苏联驻日本海军代表,这本书就是在那里写的。因为找不到懂俄语的排字工人,他亲自去印刷厂排版,用日本产的薄纸,总共印了五百册。

在这本书里，格尔涅特船长阐明了自己有关中新世亚热带气候回到欧洲的独特理论。在中新世时期，在芬兰湾两岸，甚至在斯匹次卑尔根群岛，都生长着茂密的木兰树和柏树的大森林。

在这里我不能详细讲述格尔涅特的理论，这需要很多篇幅。但格尔涅特毋庸置疑地证实，如果能成功地融化格陵兰的冰盖，那么中新世就会回到欧洲，自然界就会开始一个黄金时代。

这一理论唯一的不足之处，是根本不可能融化格陵兰的冰层。在已经发现原子能的今天，也许能够做到这一点。

我向高尔基讲述了格尔涅特的理论。他一边用手指在桌上敲着鼓点，一边听我讲，我以为他听我讲，只是出于礼貌。没想到他竟被这一理论吸引住了，被这一理论的严谨、无懈可击，甚至被它的庄严郑重所折服了。

他对这个理论讨论了很久，兴致越来越高，他还要我把这本书寄给他，他好在俄罗斯大量再版。而且反复说，每走一步都有聪明、美好的意外事物在等待我们。

但是，高尔基没有来得及出版格尔涅特的书，他不久便去世了。

（曹苏玲　译）

维克多·雨果[*]

在维克多·雨果的流放地拉芒什海峡的泽西岛上，为他建造

---

[*] 维克多·雨果（1802—1885），著有《悲惨世界》《巴黎圣母院》等。

了一座纪念像。

纪念像建造在滨海的悬崖上。纪念像的底座不高,总共二三十公分。周围杂草丛生。因此看起来雨果就像直接站在地上。

纪念像塑造的是雨果顶着狂风前进。他弯着腰,身上的斗篷在飘摆。雨果扶住帽子,怕被吹掉。他正倾全力与海上风暴顽强搏斗。

纪念像建造在一处荒凉的地方,从这里可以看见《海上劳工》①中的水手吉利亚特溺水的那块岩石。

极目四望,周围是无边无际的咆哮的大海,滔滔巨浪冲刷着崖脚,一丛丛海草被托起,飘飘摇摇被卷进海底的洞穴,发出轰隆隆的声音。

起雾的天气,可以听见远处灯塔上的警报器发出悲凉的笛声。到了夜晚,灯塔的灯光投在海天汇合的海面上。灯光有时沉入水中。单凭这一点迹象就说明,海水将多么巨大的浪涛推向泽西海岸,遮住了灯塔投下的光柱。

维克多·雨果周年忌时,泽西的居民挑选了岛上最漂亮的姑

---

① 《海上劳工》(1866),描写一个意志坚强的渔人吉利亚特战胜了海洋的狂风恶浪和章鱼暗礁,但他没有闯过爱情这一关。他发现未婚妻戴吕舍特爱上青年牧师艾伯莱兹,在成全了他们的美满姻缘之后,便怀着绝望的心情让海潮淹没了。

娘,将几枝槲寄生摆放在纪念像的脚下。

槲寄生长着茂密的椭圆形橄榄绿色的树叶。据当地传说,它会给生者带来幸福,让逝者获得永生。

这传说果真应验了。雨果逝世后,他的叛逆精神始终在法兰西徘徊游荡。

他是一个感情热烈、满腔激情的狂热的人。他总是夸大他在生活中看到的和他所写的一切。他就是这样看待一切。生活是由表现得昂扬、激越的愤怒之情与喜悦之情构成的。

他是仅由精神乐器组成的语言乐队的伟大指挥家。铜号欢快的铿锵声,定音鼓的咚咚声,悲凉刺耳的长笛声,双簧管低沉的吹奏声。这就是他的音乐世界。

他作品中的音乐也像拍岸的涛声一样强有力。这音乐使大地震颤,也使脆弱的人类的心灵震颤。

但他并不同情他们。他狂热地竭力用自己的愤怒、狂喜,用沸腾的爱情去感染全人类。

他不仅是自由的骑士。他是自由的喉舌,自由的报信人和歌颂自由的诗人。他好像站在大地上的每一个十字路口高呼:"公民们,拿起武器吧!"

他像一阵飓风,一阵旋风,闯入了一个古典的、稍嫌落寞的世纪,带来接连不断的大雨,树叶,乌云,花瓣,硝烟和从帽子上掉下来的帽徽。

这阵风叫作浪漫主义。

他向欧洲停滞的空气吹了风,送来阵阵充满理想的气息。

孩提时代，当我一口气第五遍读完他的《悲惨世界》时，我就被这位狂热的作家惊呆了，被他迷住了。我刚刚看完这本小说，当天就又从头看起来。

我找来一张巴黎地图，把小说故事情节发生的所有地点都标出来。我仿佛亲身参与了一切，在我的心灵深处至今仍把冉·阿让、珂赛特、卡福汝当作我童年时代的朋友。

从那时起，巴黎已不仅是维克多·雨果人物的故乡，也成了我的故乡。虽然我从未到过巴黎，但我却爱上了它。而且，这种感情与日俱增。

维克多·雨果的巴黎是与巴尔扎克、莫泊桑、大仲马、福楼拜、左拉、儒勒·瓦莱斯、阿纳托尔·法朗士、罗兰、都德的巴黎，与魏尔兰和兰波，梅里美和斯丹达尔，巴比塞和贝朗瑞的巴黎是一脉相通的。

我收集了一些关于巴黎的诗，抄在一个单独的本子上。可惜我把它弄丢了，但其中许多诗句我都能背出来。这些诗句多种多样，有华丽的，也有朴实的。

> 您会看到世世代代为之祈祷的，
> 神奇的城市。
> 心灵会忘记责备。
> 疲累的手会颤抖。
> 在卢森堡花园的喷泉旁，
> 您会像缪塞小说中的弥米，

在阔叶法国梧桐下，

沿着小路远去……

雨果令我们许多人产生了这种对巴黎的初恋之情，为此，我们感激他，特别是那些无缘亲眼看到这座伟大城市的人。

（曹苏玲　译）

别在纽襻儿中的一朵小小玫瑰花（尤里·奥列沙*）

我与尤里·卡尔洛维奇·奥列沙曾多次相遇。每次相遇都让我久久难忘。现在我就来讲讲其中的一次相遇吧。

这是一九四一年七月战争刚刚爆发时的事。我从蒂拉斯波尔附近的前线乘坐军用卡车来到敖德萨，在火车站附近跳下火车就向伦敦饭店走去。

我在空无一人的普希金大街上走着。天刚刚破晓，下着瓢泼大雨。

战争最初的几天，敖德萨居民用调得稠稠的炭黑涂抹在南方白色的房子上。他们觉得黑房子不像白房子那样在空中容易被发现。

涂抹房子这件费力劳心的事有一个响亮的名称，叫"迷彩"，

---

* 尤里·奥列沙（1899—1960），敖德萨文学界代表人物，著有《嫉妒》等小说。

但完全是白费力气。夏天雨水充沛。第一场雨过后，房子就褪了色，留下一道道脏乎乎的水迹。

我在普希金大街上走着，发现这座早就熟悉的可爱的城市面目全非。这是敖德萨，同时又不完全是敖德萨。我看着这座城市，似乎是醒着的，又似乎是在做梦。

一种不祥的雨水从排水管里哗哗地流出来。四周除了雨点急促地打在铁皮屋顶上的噼里啪啦声，悄无声息。或许只有湿淋淋的槐树叶子的气味让人想起不久前烈日炎炎的夏季。

当时不知为何，我深信战争带来一种新的空气。它揭去了笼罩大地的老的大气层，揭去了风轻日暖有时雾蒙蒙的大气层，而代之以使所有地方和所有事物都改观的寒峭凛冽、空无一物的空气。新的空气好似稀释的硝化甘油。它的气味就像焦煳味混合了刺鼻的药味。

也许是由于陌生的空气，由于死寂的街道，由于雨天的潮湿，我感到万分孤独，就好像来到了一个了无人烟的荒城。

因此，当我在伦敦饭店阴暗的前厅看见一个胡子拉碴、身穿浅紫色背带裤和皱巴巴衬衫的老人时，我如释重负地深呼了一口气。

他坐在柜台后，正在读亚历山大·仲马的《玛戈皇后》。

他面前点着一根黄色的蜡烛头，烛火一动不动。一缕勉强看得到的蓝色烟气像根麻线似的在火苗上方缭绕。

"您是门卫吗？"我不太肯定地问。

"就算是吧。"

"可以在您这儿住宿吗？"

"多奇怪的问题！"老人生气了，"旅馆一个人都没有。房间随便挑。套间或者单间都有。如果您爱讲排场，那也可以一个人住两个房间，或者三个也行。而且全免费。分文不取！"

门卫说了句旧时生意人和推销员的常用语，那个常用语的意思是商品免费出售。

"分文不取！"老人又说了一遍，"付钱又付给谁呢。'国际旅行社'撤退了。我留在这儿当看门的。"

"难道旅馆里一个人都没有？"我问道，听到走廊里响起打碎玻璃的声音。

"怎么没有？！"老人气呼呼地大声说道，"您不把尤里·卡尔洛维奇·奥列沙算作人吗？"

"他在这儿？"

"那还用说。您说说，他不在敖德萨，还能在哪儿。我早就认识尤里·卡尔洛维奇。他在这儿长大，也在这里生活，那时的敖德萨热闹得像旋转木马，整天转圈。什么光景都在眼前：轮船、乌托奇金①们、时髦的女人、花花公子、船长、强盗、意大利歌剧女主角、名医、小提琴家。我全认识，谁能跟我比！如今敖德萨遭难啦。当年奥列沙在这儿，如今他还在这儿。他是个地地道道的敖德萨人，您懂吗！现在他一个人待在房间里。刚生了一场病。每次拉警报，我都去找他，劝他去地下室躲躲。可他说

---

① 谢尔盖·伊萨耶维奇·乌托奇金（1876—1916），最早的俄国飞行员之一。

啥也不去,反倒立马跟我开起玩笑来。他对我说:'索洛蒙·沙耶维奇,您看着点儿,德国鬼子轰炸的时候,别把我在童话《三个胖国王》里写的那些路灯给炸了。'我能怎么回答他呢?您知道吗,我也开个玩笑。我就说,要是我做得了主,那我就给那些路灯镀上一层银,让敖德萨永远记住这本书。"

我上楼去奥列沙的房间。他正无精打采地坐在桌子旁,用他那挥洒自如的粗大字体写着什么。

我们热烈地互吻了好几次。奥列沙完全没有刮胡子,瘦骨嶙峋,他刚生过一场痢疾。脸色憔悴蜡黄。但是双眼却同往常一样锐利,流露出善意的嘲弄。还同往常一样的是,这双眼睛随时打算燃起想象之火和召之即来的灵感之火,随时放射出恰到好处而又出人意料的比拟之光。他一开口讲话,生活立刻变得饶有趣味,似乎还熠熠生辉了。是什么让生活发生了变化呢?是他的幽默、诗意和瞬间洞察人心的理解力的火焰。

我一向觉得(或许,事实也的确如此),尤里·卡尔洛维奇一生都在内心同天才、孩子、快活的女人和善良的怪人无声交谈。

他争论时勇敢而且热烈。他毫不留情、一针见血地切中对方要害。

在奥列沙周围时而稠密时而稀疏地存在着一种特殊的生活，这种生活是他从周围现实中精心挑选出来的，又饰之以天马行空的想象。这种生活在他周围热热闹闹，正如他在《嫉妒》中所描绘的花繁叶茂的那根树枝一样。

奥列沙身上有一种贝多芬式的大雷雨般雄浑有力的东西。甚至他的嗓音中也有。他锐利的双眼发现周围有很多令人快慰的美好事物。他简洁而准确地描写这些事物，他深知一条规律，那就是两个词能产生空前强大的力量，而四个词却比两个词的力量减弱一半。

房间角落里放着一根自制手杖。手杖头上挂着一个方格背包。

"瞧，"奥列沙用头指了一下手杖和背包，说道，"到最后一小时，最后一分钟时，我就步行去尼古拉耶夫，然后再去赫尔松。要走到那里，什么都不能想，就只能走啊，走啊，走啊，只要两只脚还能走动……顺便麻烦你一件事，给我随便弄张什么地图，哪怕学校的地图册也行，没有地图我就很难走去了。"

我一边听他讲，一边坐着打盹。需要躺下休息休息，哪怕一小时也行。奥列沙同我顺着旅馆空荡荡的走廊去挑选最好的房间。

几乎所有的窗户都被爆炸的气浪震碎了。穿堂风在旅馆里乱窜，拂动着一幅幅落满灰尘的深红色窗帘，干枯的棕榈叶子也随之飒飒作响。

我已经没有了睡意。我们挨个房间转悠，吹毛求疵地挑剔着，淘汰了一间又一间。一间嫌里面散发着草莓皂的气味，另一间嫌窗间镜碎了，第三间又嫌《大贵族的婚礼盛宴》那幅画因为不久前的空袭溅上了石灰。

最终我们选中了一间最小最暗的房间。房间的窗户是朝内院开的。院子里长着几棵几百年的法国梧桐。

"好一个掩蔽所！"奥列沙说道，"这是旅馆里最安全的房间。"

我没脱衣服，立刻就睡着了。一些返航的轰炸机遥远的轰鸣声把我惊醒了。夕阳的余晖照在敞开的窗户上，老化得出现鳞状花纹的玻璃闪着金光。

我跳下床去找奥列沙。他不在房间里。我在宾馆附属餐厅的狭长、昏暗的大厅里找到了他。

这是一个颇有历史的餐厅。正如报纸通讯中常说的那样，"它的四壁见过"许多名人。不久前这个大厅还闪耀着各种水晶玻璃、银器、瓷器和白铜器皿的光芒。一张张桌子铺着挺括的淡蓝色桌布，像羊皮纸一样发出窸窣的声音。枝形吊灯像一串串葡萄似的悬在精雕细刻的天花板下光芒四射。冰块在一只只小银桶里叮当作响，菜单神秘而又奢华。

现在餐厅却是空荡荡、黑乎乎的，天花板下只挂着一盏战时小灯，发出病恹恹的光。这盏灯从不熄掉。两个像敖德萨一样老的服务员是奥列沙的朋友，穿着皱巴巴的白上衣，慢悠悠地在大厅里走来走去，给难得才有的食客端来不加糖的淡茶和滑溜溜的黑面条。

奥列沙和一个满脸忧郁、沉默无语的黑人坐在一张餐桌旁，他是敖德萨电影制片厂的演员。

"刚刚有空袭,"奥列沙对我说,"您睡着错过了。好,您说说吧,对敖德萨有何'观感'?"

我回答说,这个城市从战争爆发后就变了样,停滞了,敖德萨人也似乎失去了历来的生气。

"净——胡——说!"奥列沙一字一顿、字字清晰地说,"敖德萨人不会屈服于人,也不会束手待毙。他们的俏皮幽默和大无畏精神是融为一体的。他们幽默机智的话语滋养着他们的勇敢。您对敖德萨人有成见。就像,比方说,对第欧根尼①的那种成见。"

我当然明白,奥列沙并非针对我,我从未当着他的面说过对第欧根尼的看法,虽说仅仅是因为我对第欧根尼根本说不出什么看法来。第欧根尼是他的一个借口,是为了引出一个幽默机智的想象来。

"瞧,"奥列沙说,"所有人,包括您在内,都认为第欧根尼是犬儒主义者的头目。可他算个什么犬儒主义者啊!他是个胆小怕事、稀里糊涂的老头。顺便说一句,他住在木桶里。这也是因为他头脑糊涂。虽然木桶不怎么样,但也成了住处。那就得付钱。谁都清楚,第欧根尼从来都是身无分文。木桶主人经常威胁说,老头欠了房钱,要把他赶大街上去。于是第欧根尼就去找朋友们,红着脸,吞吞吐吐地说:'给我点儿钱,付木桶的钱。'我的天啊,这一下子可好了,又是骂又是叫:'拿钱买木桶?''无

---

① 第欧根尼(约前400—约前325),古希腊犬儒学派哲学家。

耻！'"损人利己！'"犬儒主义者！'"

那个沉默无语的黑人突然哈哈大笑起来。奥列沙瞥了他一眼，说道：

"奥德萨人即使是现在，在战时，也跟平常一样勇敢、快活、乐观。走，咱们到城里转转，我可以担保，我们一定能在什么地方看见不论面对什么都不屈服的敖德萨老人。这也是一种英雄主义。"

我们走出了旅馆。透明的天空被夕阳染成了玫瑰色。林荫道上的树叶沙沙作响。

在大海上空，法西斯航空队正朝着奥恰科夫方向飞去。海军高射炮对着它们开炮，远远传来沉重的隆隆炮声。

我们向希腊集市走去。据奥列沙说，那里有一家茶馆，直到最危险的时候还在营业，端上桌的是纯正的摩尔达瓦羊奶干酪。

但是，我们没有走到希腊集市。我们遇到了空袭警报。警察对着空中猛烈鸣枪（显然是为了提醒那些没有从收音机听到警报的人）。此外，他们还把所有行人都赶进了院子里。

我们进了第一个院子。这是一个典型的希腊式院落。这种院子几乎是无法描述出来的，需要亲眼所见或者甚至在这里住几天，才能明白它全部的妙处。

这是一种长方形院落，四周都是老式两层楼房。这种院落只有一个朝街开的大门可供出入。希腊式房屋各层楼的所有房间和单元都有老式露天木质凉台，以及同样老式的楼梯。

凉台一个接一个顺着每幢房子的墙壁排列开来，全都摇摇晃晃，吱吱呀呀作响。它们是每个房间和单元的附加建筑，是人们最喜爱的地方，也是最热闹的地方。

人们在凉台上用煤油炉烤鲭花鱼或比目鱼，用"紫瓜"熬著名的鱼子酱，给孩子们洗澡，洗衣服，吵架（一层跟另一层），听留声机，甚至跳舞。

我们走进了这样一个院落。院子里空空荡荡。

德国轰炸机俯冲下来，发出钢铁般尖厉的呼啸声。爆炸声轰隆隆直响。高射炮的弹片皮噼噼啪啪打在院子的石头地面上。

我们躲到二楼凉台的遮阳棚下面去躲避弹片。看院子的老人坐在我们一旁的箱子上打瞌睡，肩上挂着一个破裂的防毒面具。尽管炮声隆隆，子弹呼啸，还有尘土飞扬，他都没醒过来。尘土像排炮齐射似的从大街上往院子里直冲进来。

我们看到正对面门廊里有一扇厚重的门。这扇门显然通向一套单门独户的住所。门上钉着一小块铜牌，上面刻着一行字："牙医魏因特劳布"。

姓氏末尾的硬音符号说明，魏因特劳布在很早很早以前就在此落户了。

"早在革命前就在这儿落户了！"奥列沙指出，"这在现在听起来就像'早在耶稣降生前'或者'早在世界大洪水之前'一样。"

门廊旁是一扇遮着窗帘的威尼斯式窗户。窗帘后面隐隐约约可以看到黑乎乎的橡皮树叶子。

又有一架飞机嗥叫起来。响起了金属炸裂般的爆炸声和高射炮齐射的隆隆声。

那时我们看到一个普普通通、平平常常的场景。顺便说一句,我至今都不明白,为何我和奥列沙事后回想起这个场景时都会哈哈大笑,而且大笑很久。

有个人愤怒地一下拉开威尼斯式窗户上的窗帘,一掌打在窗框上,窗户啪的一声打开,两扇窗门撞到了墙上。

一个年老的犹太人从窗口探出头来,胡子拉碴,背带裤松松垮垮,衬衣皱皱巴巴。显然,这是魏因特劳布医生本人。他手里拿着一张报纸。他可能是在睡觉,用这张报纸遮住脸挡苍蝇。爆炸声和飞机嗥叫声把他惊醒了。

他用手掌顶住窗台,把身子探出窗外。他勃然大怒,血管硬化的双眼涨得通红,望着那架低飞掠过院子的飞机发出厉鬼般的叫声,他愤怒地吼道:

"怎么!又来了?流氓!!"

他满腔愤怒地朝飞机背影啐了口唾沫,砰的一声关上了窗户,唰一声拉上了窗帘。

那个甚至在隆隆爆炸声中都没醒来的看院子老人,当时立刻惊醒了,打了个哈欠,怏怏不乐地说道:

"这是我们整个院子最不怕死的人,就是个拿破仑!"

空袭结束了。我们走到大街上。天色已经暗下来。

"看见了吧,"奥列沙说,"我没说错吧。这就是那个无论什么情况都不屈服的老敖德萨。"

"您不过是碰巧了。"我回答说。

我们向伦敦宾馆走去。歌剧院附近倒着一棵连根拔起的槐树。树根卡在一幢老式房子的二层阳台上,根须钩住了阳台上的栏杆。

大门口停着一辆急救马车。一滴滴鲜红的血从二楼的窗台上慢慢滴落到人行道上。

大海上空弥漫着滚滚浓烟。佩列瑟皮沙洲上不知什么地方着火了。也或许是月亮正从沙洲的咸沼后面慢慢升起吧。

《三个胖国王》中的路灯完好无损,为此我感到很高兴,我的高兴不亚于奥列沙。

关于奥列沙,我还能谈很多,但目前这还难以做到。他不久前去世了,我怎么都忘不了他那张美好的脸,这是一位在我们面前平静沉思的人的脸。我也忘不了别在他那件老式西装上衣纽襻儿中的一朵小小的红玫瑰。这件上衣我看到他穿了很多年。

(孟宏宏　译)

米哈伊尔·普里什文*

如果自然界能对人抱有感激之情,感谢他了解它的生活,歌颂它的生活,那么它首先应当感谢的就是米哈伊尔·普里什文。

米哈伊尔·米哈伊洛维奇·普里什文——这只是他在城里用的名字,而在那些他觉得和在家里一样的地方,在护林巡查员的

---

* 米哈伊尔·普里什文(1873—1954),著有《大自然的日历》等生态文学作品。

小屋里，在雾幕笼罩的河滩地，在云层密布或繁星点点的天空下，在俄罗斯的田野上，都简单地叫他"米哈雷奇"。显然，当他消失在都市中时，人们会难过，因为只有在铁皮屋顶下筑巢的燕子才能使他想起他那"仙鹤的故乡"。

如果一个人摆脱后天沾染或强加给他的一切，开始只"按照心意"生活，那么普里什文的一生就是他的榜样。这种生活方式包含着最伟大健全的理性。"按照心灵"生活，与内心世界表里一致的人永远是创造者，艺术家，丰富充实生活的人。

如果普里什文一直做农艺师（这是他最初的职业），那么不知他一生会做出些什么。至少他未必能向千百万人揭示俄罗斯自然是一个最美妙的光明的诗的世界。他根本不会有时间去做这些。大自然要求专注的观察和不间断的内心工作，以便在作家内心建造自然界的"第二世界"，这个世界用思想丰富我们，用艺术家看到的它的美提高我们的精神境界。

如果仔细读一遍普里什文的全部作品，你会深信普里什文体察入微，他的所见所闻连百分之一都没有来得及向我们讲述。

普里什文能把秋天的每片落叶写成一首长诗，像他这样的巨匠，只活一辈子是不够的。而落叶千千万万。多少落叶带走了作家没有说出的思想，如普里什文所说，这些思想像落叶一样那么随意地散落了！

普里什文出生于古老的俄罗斯城市叶列茨。布宁也生长在这一带地方，他与普里什文一样，都善于用人类的思想情绪，为大自然增添色彩。

这又如何来解释呢？显然，这是因为奥尔洛夫东部一带以及叶列茨周围的自然界都是非常俄罗斯化的，非常纯朴，不富裕。正是大自然的这种本性，甚至它的严酷，显示出普里什文作为作家的高超洞察力，越是单纯，大地的本质也就表露得越清楚，目光越敏锐，思想越集中。

闪光、五彩缤纷的晚霞、闪烁的星空、表面闪着光辉、像由树叶和花朵组成的、气势澎湃的尼亚加拉大瀑布似的热带植被，比起这一切来，单纯对于心灵的作用更强烈。

要写普里什文很难。应当把他的作品摘抄在珍藏的笔记本里，反复去读，不断去发现字里行间珍贵的东西，进入他的作品，就像沿着一条隐约可见的小径，进入泉水汩汩、草香四溢的密林，沉入人的单纯理性与心灵所具有的纷繁的思想与心绪中去。

普里什文认为自己是"钉在散文十字架上"的诗人。但是他错了。他的散文要比许多长诗和短诗富于更强烈的诗意。

普里什文的作品，用他的话说，是"不断有新发现的无穷乐趣"。

我多次听见刚刚读完普里什文作品的人说同样的话："这才是真正的魅力！"

从进一步的谈话中,我们弄清了人们用这句话说明普里什文独具的那种难以解释但却鲜明的魅力。

这种魅力的秘密何在呢?他的作品的神秘之处又在哪里呢?"魔法""妖术"等字眼通常是与童话相关联的,但普里什文并不是童话作家。他是实实在在的人,大地之子,是周围世界的见证人。

普里什文的魅力,他的魔法的秘密恰在于他的洞察力。

这种洞察力在于能从每件小事中发现有趣的东西,在令人生厌的表象下看到深层的内涵。

一切都闪耀着诗的光辉,像披着露珠的小草。一片最微不足道的杨树叶都有它自己的生命。

我拿起一本普里什文的书,读起来:

夜在皎洁的月色下逝去了,天快亮时,下了霜。周围一片白色,只是水洼没有上冻。太阳一出来就热起来,树上和草上覆盖着浓重的露珠,黑魆魆的树林里云杉的枝条闪着斑斓的色彩,全世界的金刚石都不足以装点这景致。

在真正用金刚石组成的这一小段文字中,一切是那么朴实,准确,洋溢着永恒的诗意。

细读这段文字,您会同意高尔基的话,他说普里什文"具有非凡的才能,善于将普通词汇灵活组合,使人甚至在感官上有所感受"。

但这还不够。普里什文的语言是人民的语言。这种语言只有在俄罗斯人与大自然的紧密联系中，在劳动中，在人民性格的纯朴与智慧中才能形成。

"夜在皎洁的月色下逝去了"，寥寥数语非常清楚地描绘出笼罩着沉睡国度的夜沉静而庄严的进程。"下了霜"，"树上和草上覆盖着浓重的露珠"，这都是人民的、鲜活的语言，决不是偷听来的，或是从笔记本中抄来的，完完全全是他个人的，自己的。普里什文是人民中的一分子，他不是仅仅从旁观察人民，以便获取写作的素材，遗憾的是作家通常都这样做。

植物学家们有一个术语——草甸子。这个词通常指野花盛开的草地。草甸子像一片片湖泊似的分布在河流两岸的河滩地上，开满了百十种各色怡人的花朵。

有充分的理由称普里什文的散文为俄罗斯语言的"草甸子"。普里什文的词语都开花，闪光。它们时而像小草沙沙作响，时而像淙淙的泉水声，像小鸟啾啾地鸣叫，像最初的冰凌发出毕毕的响声，最后，也像一行缓缓移动的星辰留在我们的记忆中。

普里什文的散文之所以富有魅力，是因为他知识渊博。人类知识的任何领域都蕴含着无穷的诗。诗人们早就应当懂得这一点。

如果诗人精通天文学，那么他们所喜爱的星空这一主题便会更加雄伟。

不了解星座的名称，对夜空的描写不够，是一回事，同样一个夜晚，如果诗人懂得星辰运动的法则，映在湖中的不是一般的星座，而是光灿灿的猎户星座时，那就是另一回事了。

最普通的知识有时也会为我们开辟新的美的领域，这种例子可以举出很多。我们每人都有这方面的经验。

现在我想谈一件事，那就是普里什文的一句话向我解释了我一直认为偶然的一种现象。他不仅作了解释，而且，我可以说，他还赋予这种现象以合乎情理的美。

我早就注意到在奥卡河沿岸水浸的草地上，有些地方盛开的野花似乎都集中成一块块单独的花圃；而另一些地方，在普普通通的杂草中间又弯弯曲曲地绵延着密密匝匝开着同一种野花的花带。当你乘上"乌-2"型小飞机就看得特别清楚，这种飞机是飞到草地上去消灭泥潭和水洼滋生的蚊子的。

多年来我一直观察这些高高的、馥郁的花带，并为之神往，但不知怎样来解释这一现象。坦白地说，我也根本没有去思考过它。

但是在普里什文的《四季》中，在题为《花朵的河》的一小段文字中，我终于找到了答案。对于这一现象的解释总共只有一行：

凡春洪奔流过的地方，现在到处是花的洪流。

读完这一段之后，我即刻明白那盛开着一条条花带似的地方，正是春洪泛滥过的地方，春洪过后，留下了肥沃的淤泥。这像是一幅用鲜花标志出的春洪地图。

离莫斯科不远的地方，有一条杜布纳河流过。几千年来，人们就在这里繁衍生息，这条河很出名，地图上也能找到。它静静地在莫斯科近郊莙草丛生的小树林，在绿色的山岗和田野间流过古老的城市和乡村，流过德米特罗夫、韦尔比洛克、塔尔多姆。

成千上万的人到过这条河上。他们中间有作家、艺术家和诗人。但谁也没有发现杜布纳河有什么值得写的特别地方。没有人像走过尚未开发的地方那样走过这条河流的两岸。

普里什文却做到了。这条微不足道的杜布纳河在他的笔下，在雾霭中，在落日的余晖下，像地理上的新收获，新发现，像我国最美丽的河流之一，开始闪光了。他描写了这条河流的生活，它的植被，它特有的地貌和两岸居民的习俗和历史。

我们过去有过，现在也有像季米利亚泽夫、克柳切夫斯基、凯戈罗多夫、费斯曼、奥布鲁切夫、缅兹比尔、阿尔谢尼耶夫这样的学者诗人，也有英年早逝的植物学家科热夫尼科夫，他写过一本描述春秋两季植物生活、富于严肃科学性的引人入胜的书。

我们过去有，现在也有像梅利尼科夫－彼切尔斯基、阿克萨科夫、高尔基、皮涅金等等这样的作家，他们擅长把科学作为散文的要素之一应用于自己的小说创作。

但普里什文在这些作家中占有特殊地位。他将他在民族学、物候学、植物学、动物学、农艺学、气象学、历史学、民俗学、鸟类学、地理学、方志学，以及其他科学领域的渊博知识有机地纳入了他的创作生活。这些知识并不是死的重负。它们在普里什文胸中，不断丰富他的经验，他的洞察力和他透过富于诗意的表现形式看到的或大或小，但却出乎意料的那些科学现象，这种能力是普里什文所特具的。

普里什文目光敏锐，但他在写人时，却常常好像眯起眼睛。他对非本质的东西不感兴趣。无论伐木工人、鞋匠、猎人或著名学者，令他感兴趣的只是他们每人心中的幻想。

揭示心灵深处的幻想，这就是他的任务所在。但要做到这一点并不容易。被一个人隐藏得最深的莫过于幻想了。也许因为它承受不了最轻微的嘲笑，甚至玩笑，当然更经受不住漠不关心的手的触摸。

只有向志趣相投的人才能放心地倾诉你的幻想。普里什文就是与我们这些默默无闻的幻想家志趣相投的人。只要想想他的短篇小说《鞋》，就很能说明问题。小说写的是马里纳树林的几个老鞋匠，他们想给共产主义社会的妇女们制作世界上最精致、最轻便的鞋。

普里什文去世后，留下了大量的笔记和日记。笔记中有许多米哈伊尔·米哈伊洛维奇对于写作技巧的思考。他在这方面的见解与他对自然界的见解同样透彻。

普里什文有一个论散文朴实性的短篇，在思想的正确性方面，我认为堪称典范。这篇小说题为《著作者》。小说中有一段作家与牧童关于文学的对话。

下面就是他们的谈话。小牧童对普里什文说：

"如果你写真事就好了，怕都是瞎编出来的。"
"不都是瞎编的，"我回答说，"不过多少有一点儿。"
"要是我写，我就那么写！"
"都写真事？"
"全都是。就说写夜吧，写沼泽地带的夜是怎么过去的。"
"怎么过去的呢？"

"就这样过去的！夜。水洼旁边有一棵老大老大的灌木。我坐在树底下，小鸭子呷，呷，呷，呷……"

他不言语了。我以为他在找词，或是找形象的说法。可他却抽出扎列卡①，在上面钻起孔来。

"那么，后来呢？"我问，"你不是要如实地来写夜吗？"

"我不都已经照实说了吗？！"他回答说，"灌木老大老大！我坐在树底下，小鸭子整夜呷，呷，呷，呷。"

"不过太短了。"

"怎么会'短'！"小牧童很吃惊，"呷，呷，呷，呷，不停地叫了一整夜……"

我一边在想这段故事，一边说：

"太好了！"

"也不算坏呀。"他回答说。

普里什文在他的创作生涯中是胜利者。这不禁使我想起他的话："……即使只有荒凉的沼泽是你胜利的见证，那它也会繁花似锦，春天将永远与你同在，只有春天，光荣属于胜利。"

是的，普里什文散文的春天将永远活在我国人民和苏维埃文学中。

（曹苏玲 译）

① 扎列卡，俄罗斯、乌克兰、白俄罗斯、立陶宛的一种民间管乐器。

亚历山大·格林 *

在我的少年时代,我们这些普通中学的中学生迷上了名叫"万有文库"的出版物。那是用黄纸作封面,八磅铅字排的小书。

这些书很便宜。花十戈比就能读到都德的《达达兰》或哈姆松的《秘密祭》,花二十戈比就能读到狄更斯的《大卫·科波菲尔》或塞万提斯的《堂吉诃德》。

"万有文库"只是偶尔破例出一两本俄国作家的作品。因此,当我买到新出版的一本书时,我觉得《特卢利的蓝色瀑布》这个书名很古怪,封面上作者署名亚历山大·格林,我自然以为格林是外国人。

书里有几个短篇小说。记得我就站在买到这本书的书亭旁,随便翻开书读起来:

> 没有比利斯更乱,更奇妙的港口了。这座操着多种语言的城市,像一个最终下决心在一处偏僻地方落户定居的流浪汉。房屋凌乱地建在一些像是街道的地方。普通含意的街道在利斯不可能有,因为城市建在用阶梯、桥梁和羊肠小道相连的山岩和小丘的断面上。一切都隐蔽在浓密的热带植物丛中,在扇形的绿荫下闪烁着妇女们炽热的孩子般目光。黄色的石子,蓝色

---

* 亚历山大·格林(1880—1932),著有小说《红帆》,俄罗斯庆祝毕业的"红帆节"由此得名。

的树影,古老的墙壁上如画的裂纹。在一处像小丘般高起来的院子里,孤零零的光脚汉叼着烟斗,在修理一只大木船。远处传来歌声和这歌声在山谷里的回响。在帐篷和大伞下,一个个市场摊位都架在木桩上。武器的寒光,艳丽的衣裙,芬芳的花木,这一切仿佛在梦中,使人暗暗产生对恋爱和幽会的渴望。港口很脏,像一个清洁烟囱的青年工人。卷起的帆,帆的梦,插着翅膀的早晨,绿色的水,岩石,无涯的海。夜晚,催人欲睡的点点星光,洋溢着欢笑的木船——这就是利斯!

我站在正在开花的基辅栗树的浓荫下,一口气读完这本别致的梦幻般奇妙的书。

我突然感到向往那风的光辉,那清澈海水的淡淡咸味,向往利斯,向往它炽热的小巷和妇女们闪烁的目光,那夹杂着白色碎贝壳的粗糙的黄石子,那冲向碧空的桃红色烟云。

不!这也许不是向往,而是想亲眼看到这一切,追求无忧无虑、自由自在的海港生活的强烈愿望。

我立刻想起,对于这个闪光的世界,我已经知道一些它的特点。这位不知名的作家格林只不过把这些特点集中写到一本书里罢了。可我是在哪里看到这一切的呢?

不久我就想起来了。当然是在塞瓦斯托波尔。这座城市仿佛是从碧绿的海涛中涌出水面,迎着耀眼的阳光,到处是一道道天蓝色的阴影。所有塞瓦斯托波尔市的欢乐和杂乱都写在格林的作品中了。

我开始往下读,读到一首水兵的歌:

南十字星座在远方闪烁,
一起风罗盘就会醒来。
上帝啊,保佑我们的船,
饶恕我们吧!

当时我还不知道,格林为自己的小说编歌。

人们为美酒而陶醉,为太阳的光焰和无忧无虑的欢乐而陶醉,为生活的慷慨,为它永不疲倦地将我们引向它光辉而阴凉的诱人角落,为这一切所陶醉,最后,为"高尚的情感"而陶醉。

这一切都在格林的作品中。它们像离开令人窒息的城市里的乌烟瘴气之后,吸入阵阵芬芳馥郁的不习惯的空气一样,令我们头晕目眩,令我们陶醉。

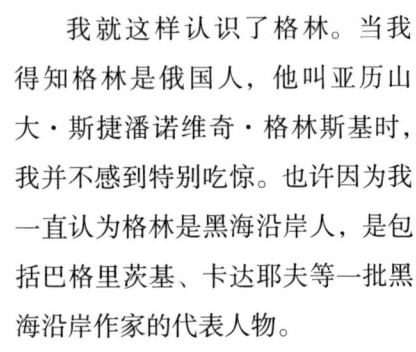

我就这样认识了格林。当我得知格林是俄国人,他叫亚历山大·斯捷潘诺维奇·格林斯基时,我并不感到特别吃惊。也许因为我一直认为格林是黑海沿岸人,是包括巴格里茨基、卡达耶夫等一批黑海沿岸作家的代表人物。

当我看到格林的传记,得知

他那背叛者和颠沛流离的流浪者闻所未闻的沉重生活时,我吃惊了。不明白这个孤僻的、受尽折磨的人,经受过生活的磨难仍然能保持丰富而纯洁的想象力的巨大才能,保持对人的信心和腼腆的微笑。难怪他说自己"总是在低矮房屋的废料和垃圾堆上看到云雾缭绕的景色"。

他完全可以用法国作家朱尔·勒纳尔的话来说明自己。勒纳尔说:"我的祖国啊,那里飘荡着最美丽的云。"

如果格林去世后仅为我们留下《红帆》这首散文诗,那就足够使他跻身于那些召唤人们、激起人们的心灵去追求完美的杰出作家的行列了。

格林的全部作品几乎都是为幻想辩护的。为此我们应当感谢他。我们知道,我们所刻意追求的未来是由无法遏止的人类本性——善于幻想,善于爱——产生的。

(曹苏玲 译)

爱德华·巴格里茨基*

应当预先警告要为爱德华·巴格里茨基写传的人,他们会吃许多苦头,或者如常言所说,"尝到苦头的滋味",因为给巴格里茨基写传,要确定事实不容易。

---

* 爱德华·巴格里茨基(1895—1934),诗人。

巴格里茨基讲述了许多关于自己的奇怪荒诞的故事，这些故事最终融入他的生活，使人有时难辨真伪。不能确定事实，但"唯一的是真实，除了真实，别无其他"。

而且，我还不能肯定是否值得去做这件徒劳无益的事。巴格里茨基编造的东西，在他的传记中还是富于特色的部分。他自己也深信这些编造的东西。

没有这些编造的东西，就很难想象出这位生着笑眯眯的灰眼睛，气喘吁吁，但声音悦耳的诗人。

在爱琴海两岸居住着一个美丽的民族——"黎凡特人"①。他们快乐、勤劳。他们联合了希腊、土耳其、阿拉伯、犹太、叙利亚、意大利等不同民族的代表。

我们苏联也有自己的"黎凡特人"，那就是"黑海人"，也来自不同民族，同样乐观开朗，好说好笑，勇武强悍，热爱他们的黑海，热爱燥热的太阳、海港的生活、"敖德萨妈妈"，热爱杏和西瓜，热爱多彩的沸腾的滨海生活。

爱德华·巴格里茨基就属于这样一类人。

他有时像赫尔松大木船上懒洋洋的水手，有时像敖德萨捕鸟

---

① 黎凡特指地中海东部沿岸地区。黎凡特人指旅居近东地区的法、意等国侨民的后裔。

的"小伙子",有时像科托夫斯基①部队中一名放荡不羁的战士,有时又像蒂尔·乌兰什比格。

以上这些似乎不能并存的特点,加上他对诗忘我的热爱和非常渊博的诗才,就构成了他完整的、富于魅力的性格。

我第一次与巴格里茨基相遇是在敖德萨的防波堤上。他刚刚写完长诗《西瓜》,这首诗在感觉和语言的表现力上是惊人的,仿佛溅上了暴风雨中黑海的浪花。

我们把长长的自动捕鱼钩索抛到海里钓鰕虎鱼和羊鱼。一只只从奥恰科夫来的黑色木船,张着打满补丁的帆,满载着带条纹的花皮西瓜,从我们身旁驶过。吹起一阵强劲的海风,大木船摇晃起来,海水没到两侧的船舷,周围溅起水花。

巴格里茨基舔了舔咸丝丝的嘴唇,喘着气,开始有板有眼地朗诵起长诗《西瓜》来。

一个姑娘在岸上捡到一只被海浪冲上来的西瓜,西瓜上刻着心的图形,显然是从遇难的纵帆船上抛下来的。

> 这里没有人告诉她,
> 她手上捧的是我的一颗心!……

他喜欢背诵任何一位诗人的诗。他的记忆力非凡。他朗诵的时候,即使朗读非常熟悉的诗篇,也会突然出现新的动听的旋

---

① 科托夫斯基(1881—1925),战争英雄。

律。无论在巴格里茨基之前，或在他之后，我都没有听到过像他这样的朗诵。

诗中的每一个词，每一节诗的音律，在质上都得到了淋漓尽致的表现，使人感到痛苦和忧伤。无论是彭斯①的《约翰·亚缅内·泽尔诺之歌》，勃洛克的《唐娜·安娜》，或是普希金的《为了遥远的故乡的海岸……》，无论巴格里茨基朗诵什么，听者都会不禁激动得喉头哽咽，这说明要落泪了。

我们从码头来到希腊市场。那里有一家茶馆，一杯茶还带一份糖精、一片黑面包和羊奶干酪。我们从一大早就没有吃东西了。

当时敖德萨住着一个老乞丐。全城的人都怕他。因为他乞讨的方式不同一般。他不低三下四，不伸出颤巍巍的手，也不带着鼻音唱："大慈大悲的老爷们哟，看看我这个残废人吧！"

完全不同！他高高的个子，胡须灰白，眼睛通红，专门在各茶馆行乞。还没有跨进门，他就用沙哑洪亮的大嗓门，向茶客们劈头盖脸地大骂起来。

《圣经》中骂名昭著的最残酷的先知耶利米，面对这个乞丐，引用敖德萨人的话，大概也"黯然失色"了。

"你们的良心何在，你们是人不是人？！"这个老头大喊起来，接着立刻回答自己有意提出的问题，"你们坐在这里吃面包夹油腻的羊奶干酪，饱食终日，无所用心，可我这个老头子，从

---

① 彭斯（1759—1796），苏格兰诗人。他的诗主要表达苏格兰农村青年的日常生活和诗人对自由平等的追求。

早晨起就腹中空空，像一只木桶，饿着肚子，到处奔走！你们算什么人！你们的老娘要是知道你们成了这个样子，她们没有活到亲眼看到你们这么无耻，她们心里会高兴的。喂，同志，您干吗把脸转过去？您耳背吗？您最好还是为您的黑良心求得平安，帮帮我这个肚皮空空的老头子吧！"

大家都赏给他点儿什么。谁也经不住他数落。据说，这个老乞丐用讨来的钱大做盐的投机买卖。

在茶馆里，给我们端来了茶和用湿亚麻布包着的美味咸干酪。羊奶干酪吃得我牙床都疼了。

就在这时，老乞丐来了，一进门就大骂起来。

"啊哈！"巴格里茨基带着不祥的预示说，"他大概要倒霉了。只要他到我们这边来。让他到这边来试试！只要他敢过来！"

"那又怎么样呢？"我问。

"他会倒霉的，"巴格里茨基回答说，"嘿，倒霉！只要他到我们这张桌上来。"

老乞丐一步步朝我们这边挪过来。终于在我们桌旁停下，用疯狂的目光盯着羊奶干酪，看了一会儿，喉咙里呼噜呼噜响，也许他气坏了，直喘气，说不出话来。但他总算清了清嗓子，喊起来：

"到什么时候这两个年轻人才能良心发现啊！咱们站在旁边看看，瞧他们忙着把干酪吃完，我不说一半，就连四分之一的一小块干酪也不愿赏给我这个可怜的老头子。"

巴格里茨基站起来，一只手紧贴着胸口，目不转睛地盯着这个直僵僵的老头子，满腔热情地低声开口说话，他说话声音颤抖，含着泪水，像在念悲剧台词那么激动：

> 我的朋友，我的兄弟，我那疲累而苦难的兄弟啊，
> 不管是谁，都不要灰心丧气……

老乞丐突然打住了。他目不转睛地盯着巴格里茨基，他的眼睛发白了。然后，他开始慢慢向后退，当听见说"你相信吧，到时候连巴尔神也会灭亡"时，他转身碰倒了椅子，屈膝朝茶馆门口跑去。

"你看看，"巴格里茨基认真地说，"连敖德萨的乞丐都经不住纳德松①！"

茶馆里一片哄笑。

巴格里茨基整天泡在干河口湾那边的草原上设套索捕鸟。

在莫尔达万卡街巴格里茨基那幢用白粉刷过的房子里，挂着十几只笼子，关着脱了毛的小鸟。他很喜欢炫耀这些小鸟，尤其是几只特别的云雀。这些难看的草原上的云雀，和其余的鸟一样，羽毛凌乱。

啄空了的谷壳不停地从鸟笼里落到客人和主人头上。

巴格里茨基把仅有的一点儿钱，都用在喂养这些鸟上了。

敖德萨报纸付给他的稿酬微乎其微，一首非常优秀的诗只付五十卢布。几年之后，年轻人都知道这些诗，并且能够背诵。

---

① 纳德松（1862—1887），主要诗作有《歌手》《幻想》《不，缪斯，不要召唤！》等。

而巴格里茨基却认为这是公正的。他不知道自己真正的价值。遇到实际问题，他很拘谨。他第一次来到莫斯科时，从来没有单独一个人到出版社或编辑部去过，总是拉上一个"朋友"为他壮胆。由朋友出面代他商议，他只在一旁微笑不语。

在莫斯科，他住在奥贝津斯基巷我家地下室里。他一来就预先对我说："我是到你家来寄宿的。"实际上，整整一个月他的确只进过两次城，其余的时间就像土耳其人那样，盘腿坐在沙发床上，咳得喘不过气来。

在沙发床上，他被埋在书和别人的诗稿，还有空香烟盒堆里。他把自己的诗写在这些空烟盒上。有时候烟盒弄丢了，他心里即使不痛快，也很快就过去了。

他就这样整整待了一个月，谢尔文斯基①的《乌里亚拉耶夫性格》使他欣喜若狂，他有时讲一些令人难以置信的故事，有时和"文学少年"座谈，那都是他刚到莫斯科时云集到他身边的敖德萨人。

不久他就完全搬到莫斯科来了。他不再养鸟，而是养了几大缸鱼。他的房间简直像水底世界。他能在沙发上一坐就是几小时，注视着五颜六色的鱼，陷入沉思。

从敖德萨的防波堤上也能看到同样神秘的水底世界。珊瑚似的银色水草的草茎也是这样摆动，蓝色的水母缓缓游动，一边推动着海水。

① 谢尔文斯基（1899—1968），叙事长诗《乌里亚拉耶夫性格》是他的代表作。

我觉得他搬到莫斯科来是一个错误。巴格里茨基不应当离开南方，离开海，离开敖德萨，甚至不应当离开他心爱的敖德萨的食品——茄子、番茄、羊奶干酪、新鲜鲭鱼。他是被南方，被多孔的黄色石灰石——敖德萨便是由这种石灰石建造的——所散发的热温暖的，浑身散发着艾蒿、盐、洋槐和海的气味。

他还没有成熟，没有像他说的为再攀登几座艰难的诗的高峰做好准备，就早逝了。

在他的灵柩后边行进的是骑兵连的马队，马蹄踏着花岗石路面发出嘚嘚的马蹄声。这令人想起《奥帕纳斯之歌》，想起"闪着白色方糖光辉"的科托夫斯基的马，想起和巴格里茨基手牵手，沿着尘土飞扬的滚烫的道路并肩走过的辽阔草原的诗歌，作为《伊戈尔远征记》和塔拉斯·谢甫琴科的后继者的诗歌，像百里香那样芬芳，浓郁，像海边的姑娘一样黝黑，像吹拂着故乡黑海的黎凡特清新的风一样欢快。

（曹苏玲　译）

看见世界的艺术

> 绘画教人去看和看见(这是两回事,且极少重合)。因此,绘画使孩子特有的那种感觉一直保持活力和纯真。[①]
>
> ——亚历山大·勃洛克

> 令人驻足惊叹的往往是那些对人的生活毫无用处的东西:捕捉不到的影子,不能播种的陡崖,天空的绮丽色彩。
>
> ——约翰·罗斯金[②]

有些无可争议的真理,常常由于我们的懒惰或无知被束之高阁,从未对人类活动产生影响。

在这种无可争议的真理中,有一条与作家创作技巧,特别是散文作家的写作有关。这条真理是,所有与散文毗邻的艺术领域的知识,包括诗歌、绘画、建筑、雕塑和音乐等领域,都会极大

---

① 引自勃洛克的《色彩和语言》。
② 约翰·罗斯金(1819—1900),英国作家,历史学家和艺术理论家。

地丰富散文作家的内心世界,并赋予他的散文以特殊的表现力。散文便充满绘画的光线和色彩、诗歌语言特有的内涵和新奇、建筑的和谐对称、雕塑的棱角分明,以及音乐的节奏和旋律。

所有这一切都是小说的附加财富,仿佛是它的补色。

我不信任不爱诗歌和绘画的作家。往好里说,这种人是有点儿懒惰又自视甚高,往坏里说,就是不学无术。

一个作家如果是行家而不是匠人,如果是价值的创造者而不是庸俗之人,就像嚼美国口香糖那样只会一味地从生活中吮吸安乐,那么,他就不可能忽略任何可以开阔其视野的东西。

经常是读完一篇短篇小说、中篇小说或者甚至是一部大部头的长篇小说后,除了乱成一堆的模模糊糊的人物,什么都没记住。你苦思冥想,竭力想看清这些人物,但是看不清,因为作者没有赋予他们丝毫生动的特点。

这种短篇小说、中篇小说和长篇小说的情节发生在一个无光无色、凝滞的日子里,发生在作者只列其名而未亲眼所见的一堆事物中,因此,我们读者也就无从得见了。

这些作品尽管以当代现实为题材,但毫无才气,往往只是唱唱高调,想要借此感受快乐,特别是劳动的快乐。

之所以造成这种可悲的局面,不仅是因为作者情感贫乏、文化修养不足,还因为他的眼睛像鱼眼一样呆滞无神。

真想一下打碎这样的中长篇小说,就像在一间满是灰尘的闷热房间里打碎密封的玻璃窗一样,玻璃碎片哗啦一声飞溅开去,外面的风声、雨声、孩子的喊叫声、蒸汽机车的汽笛声、湿漉漉的马路的闪光立刻一股脑儿地涌进房间,整个生活,连同生活中乍看起来杂乱无章却丰富多彩的光线、色彩和声响,都会一拥而入。

我们有不少书就好像是瞎子写的。可这些书又是给明眼人看的,这就是出版这些书的荒唐之处。

要想恢复视力,不仅眼观四周,还要学会看见。只有热爱人们和大地的人才能真正看见人们和大地。散文写得毫无特点、苍白无色,是作家冷血造成的后果,是他麻木不仁的可怕症状。不过,有时这也可能是因为能力差,文化修养不足。那么,这种情况,正如常言所说,尚可救药。

如何看见光线和色彩,如何理解光线和色彩,这件事画家可以教会我们。他们比我们看得清楚。而且他们善于记住所见之物。

我还是一个青年作家时,我认识的一位画家对我说:

"您啊,我亲爱的,看得还不是非常清晰。有点儿模模糊糊。还有点儿粗枝大叶。从您的短篇小说来看,您只是注意到主要色调和色彩强烈的表面,而过渡色和细微之处在您这里就混为一谈,变成千篇一律的东西了。"

"我又有什么办法呢!"我辩解说,"天生就是这样的眼睛。"

"无稽之谈!好的眼睛是后天培养出来的。在视力上下功夫,别偷懒。像常言所说,一丝不苟。试上一两个月,看什么都想着,我非得用颜料把它画出来。坐电车也好,坐公交车也好,不管在哪里都这样来观察人。过上两三天,您就会相信,在此之前,您在人们脸上看到的,连现在的十分之一都不到。过两个月,您就学会看了,而且您也不用勉强自己这样做了。"

我听从了画家的话，果不其然，不管是人还是东西，都比以前我走马观花地看要有趣多了。

于是，我为那些稀里糊涂浪费掉而又无可挽回的时间而深感惋惜。在过去的岁月里，我本可以看见多少美好的东西啊！多少有趣的东西一去不返，再也不可能追回了啊！

这是画家给我上的第一课。第二课还要更加直观。

* * *

有一年秋天，我从莫斯科去列宁格勒，但是不经过加里宁和波洛戈耶，而是从萨维奥洛夫车站上车，途经卡利亚津和赫沃伊纳亚。

很多莫斯科人和列宁格勒人甚至都想不到还有这条路线。这条路线虽然有点儿远，但是比去波洛戈耶的那条常规路线更有趣。有趣之处在于，这条路线穿过荒漠和森林地带。

我的旅伴个头矮小，穿的衣服又肥又大，一双眼睛又窄又小却炯炯有神。这个人带着一个装满油画颜料的大箱子和一卷卷涂好底色的画布。不难猜出，这是一位画家。

我们攀谈起来。我的旅伴说他这是去季赫温市郊，他在那儿有个护林员朋友，他要住在护林哨所里画秋天。

"可您为什么跑那么大老远，去季赫温市郊呢？"我问道。

"我在那儿看中一个地方，"画家信任地回答，"没有比这里更好的地方了！哪儿也找不出第二个这样的地方。清一色的山杨林！只是个别地方偶有几棵云杉。秋天，白杨树披上一身华丽的盛装，没有一种树能比得上。它的叶子可真是五彩斑斓。紫红的、淡黄的、淡紫的，甚至还有黑色带金色斑点的，像是在阳光下生起了一堆灿烂的篝火。我在那里一直画到冬天，到了冬天就去列宁格勒那边的芬兰湾岸。您可知道，那里有俄罗斯最好看的霜。我在哪儿都没见过那样的霜。"

我对我的旅伴说，当然只是开玩笑，他有这么渊博的知识，都能编写一本有价值的画家旅行指南了，说明要去什么地方画什么。

"您都想什么呢！"画家严肃地回答，"编本指南并不难。但只不过没啥意义。大家挤破头涌向一个地方，哪能像现在每个人分别给自己寻找美的地方。这就不如现在好了。"

"为什么呢？"

"这样国家就能更千姿百态地呈现出来。俄罗斯大地那么美，够所有画家画上几千年。但是您知道吗，"他忧心忡忡地补充道，"不知为何，人竟然已经开始践踏破坏土地了。要知道，土地的美可是一种神圣的东西，是我们社会生活中一种伟大的东西。这是我们的终极目标之一。我不知道您怎么想，但是我坚信这一点。如果一个人不懂得这一点，他又算得上什么先进的人！"

午间，我睡着了，但是没多久，我的邻座就把我叫醒了。

"您可别生我的气，"他难为情地说，"不过您还是起来的好。出现了一幅惊人的画面——九月的大雷雨。您看看吧！"

我朝窗外看了一眼。浓密的乌云正从南边升腾起来，高高的云层盖住了半个天空。一阵阵的闪电不时把乌云劈开。

"我的亲娘啊！"画家惊叹道，"多少色彩啊！就是列维坦本人,这种明暗也画不出来。"

"什么明暗?"我茫然地问道。

"天哪!"画家绝望地说,"您这是往哪儿看啊?看那边——那儿的森林完全变暗了,模模糊糊,这是因为乌云的阴影把它遮住了。再往远处看,森林上就是淡黄和淡绿的斑斑点点了,这是微弱的阳光穿过云层照在了上面。再远一点儿,森林就全在阳光下了。看见了吗?整个儿像是赤金打成的,整个儿玲珑剔透。就像是一堵雕花金墙。或者像我们季赫温绣金作坊里的巧绣娘绣出的一条长围巾,铺展在天尽头。您现在往近点儿的地方看,看那片云杉。看见针叶上青铜色的闪光了吗?这是那堵金墙的反光。金墙把光照到云杉上,就出现了反光。这种反光很难画,很容易弄巧反拙。您瞧那儿,只有一点儿微弱的光,要我说,这种细腻的敏感层次自然只有挥洒自如的大手笔才能画得出来。"

画家看了我一眼,笑了起来。

"秋日森林反光的力量是有多大啊!整个包厢好似洒满了霞光。尤其是您的脸。如果这样给您画张像就好了。但是可惜的是,一切都转瞬即逝。"

"这正是画家的事业,"我说,"把转瞬即逝的东西保留几百年。"

"我们尽力做到,"画家回答说,"如果这种转瞬即逝的东西不像现在这样让我们措手不及的话。说实话,画家从来都不应该离开颜料、画布和画笔。你们作家就好多了。你们把这些颜料都存放在记忆里。您瞧,这一切瞬息万变。嗬,森林一会儿耀眼夺目,一会儿暗淡无光,变化真快!"

一块块撕碎的白云赶在雷雨云前面朝我们奔驰而来,它们快速移动,的确把大地上所有的色彩都糅合在一起了。在森林的远方,深红色、赤金色、白金色、碧绿色、紫红色和深蓝色,都开始混杂在一起了。

偶尔有一线阳光穿过乌云,落到几棵白桦树上,接着,它们就一棵接一棵突然闪出光芒,如同一把把金色的火炬,但是随即就熄灭了。雷雨前的狂风一阵阵袭来,让这些色彩变得更加混杂。

"天空,什么样的天空啊!"画家喊道,"您瞧,它真是什么奇迹都能创造出来啊!"

雷雨云冒着浅灰色的烟,急速向地面压来。乌云全是青板岩的颜色。但是每一道闪电的迸发都会劈出可怕的淡黄色龙卷风云、蓝色的洞穴和弯弯曲曲的裂缝,裂缝里亮着朦朦胧胧的玫瑰色火焰。

闪电刺眼的光芒在乌云深处变成熊熊燃烧的铜色火焰。而在靠近地面的地方,在乌云和森林之间已大雨如注,垂下一道道雨帘。

"真是奇观啊!"画家激动地喊道,"这样的奇观可不常见!"

我们两个人从包厢窗口来到走廊窗口。风吹着窗帘不停颤动,光线更是变得忽明忽暗。

暴雨倾注而下。列车员急忙拉上车窗。一股股斜斜雨顺着玻璃流下来。光线昏暗下来,只有在很远很远的地方,紧挨着地平线,透过雨幕还可以看到森林中闪耀的最后一抹金光。

"您记住点儿什么了吗?"画家问道。

"记住了一点儿。"

"我也只记住了一点儿,"他痛心地说,"等雨过天晴,色彩会更强烈。您明白吗,太阳会照得湿淋淋的树叶和树干闪闪发光。顺便说一句,您在阴天下雨前仔细观察一下光线。下雨前一个样,下雨时一个样,雨停了又是一个样。因为湿淋淋的树叶能使空气增添一点儿微弱的光,灰暗、柔和、温暖。总的来说,我亲爱的,研究色彩和光线是一种享受。我只干画家这一行,决不会改成其他任何一行的。"

深夜,画家在一个小站下了火车。我走到站台上和他告别。站台上亮着一盏煤油灯。火车头在前面沉重地喘着气。

我羡慕这位画家,突然对杂七杂八的事情生起气来,因为这些事情不得不继续前行,而不能在北方哪怕逗留几天。这里每一枝帚石楠都能激发那么多想法,够写好几首散文诗。

此时我感觉特别难受的是,我同很多人一样,一生中不能让自己随心所欲地生活,而只是忙碌那些刻不容缓和非做不可的事情。

* * *

大自然中的色彩和光线与其说是需要观察,不如说是需要埋头潜心研究。对于艺术而言,只有那种在心中占有牢固地位的素材才是有用的。

绘画对于散文作家之所以重要,不仅仅是因为绘画可以帮助他看见并且爱上色彩和光线。绘画的重要性还在于，画家往往能注意到我们视而不见的东西。我们只有等到他画出来之后，才能看见这些东西并感到诧异，我们以前竟没注意到。

法国画家莫奈来伦敦画了威斯敏斯特教堂。莫奈是在伦敦的一个平常的雾日里作画的。在莫奈的这幅画中，教堂的哥特式轮廓在雾中若隐若现。这是一幅精品画作。

这幅画展出时，在伦敦人中间引起一场轩然大波。他们感到诧异不解，莫奈画的雾是紫红色的，但是众所周知的是，雾是灰色的。

起初，莫奈的鲁莽之举引起了愤怒。但是愤怒的人群走上伦敦大街，仔细观察了雾，才第一次发现雾的确是紫红色的。

于是人们立刻开始寻找造成这种现象的原因。他们一致认为，雾发红是因为浓烟。此外，伦敦的红砖房屋也把雾染成了红色。

但是不管怎样，莫奈胜利了。看过他的画之后，所有人都开始用这位画家的眼光来看伦敦的雾。莫奈甚至被称为"伦敦雾的创造者"。

如果以我自己的亲身经历为例，那么我是在看了列维坦的画作《在永恒的安宁之上》之后，才第一次发现俄罗斯阴天是五颜六色的。

在此之前，我眼中的阴天只有一种灰暗的颜色。正如我曾认为的那样，阴天之所以勾起惆怅，正是因为它吞没了各种色彩，并且用阴霾遮住了大地。

但是列维坦在这种灰暗的色调中看到了一种壮丽甚至庄严的

色调，并在其中发现了很多纯净的色彩。从此以后，阴天不再使我感到压抑难受。恰恰相反，我甚至爱上了阴天，爱阴天空气的清新、冻得面颊发烫的寒气、河上银灰色的涟漪和乌云沉重缓慢的徘徊。最后，还因为阴天时你就会珍惜最普通的世俗安乐——温暖的小木屋、俄式火炉中的火焰、茶炊的嗞嗞声、在干草上盖一条粗布床单的地铺、打在房顶上令人昏昏欲睡的雨声和甜蜜的睡梦。

几乎每一位画家，不论他属于哪个时代或哪个流派，都向我们揭示了现实的新特征。

我曾有幸多次参观德累斯顿画廊。

除了拉斐尔的《西斯廷圣母》，那儿还有古代美术大师的很多画作，在这些画作前驻足简直是危险的。它们不放开你。这些画作可以一连看几个小时，或许一连好几天，你看得越久，心里莫名的激动就越强烈。这种激动会愈演愈烈，让人情不自禁地流下眼泪。

为何会情不自禁地流泪呢？因为在这些油画中，精神的完美和天才的力量促使我们追求个人思想的纯洁、力量和高尚。

我们观赏美的时候，心中会有一丝不安，这种不安是我们内心净化的前奏。似乎雨、风、鲜花盛开的大地气息、午夜的天空和充满爱意的泪水，这一切的清新之气都沁入我们感恩的心灵，并永远留在了内心。

印象派画家仿佛在自己的画布上洒满了阳光。他们总是露天作画，有时或许故意加重色彩。因此，在他们的画作中，大地闪耀着一种欢乐的光芒。

大地变成了欢乐的大地。这又有什么罪过呢，就像任何给人增添哪怕一点点快乐的东西一样，没有任何罪过。

印象派就像过去所有丰富的遗产一样，是属于我们的。否定印象派，就意味着有意作茧自缚。要知道，我们不否定拉斐尔的《西斯廷圣母》，尽管这幅天才之作是宗教题材。对我们而言，革新家毕加索[①]、印象派画家马蒂斯[②]、梵·高或高更[③]又有什么危险呢？顺便说一句，高更曾参加反对法国殖民当局的斗争，为塔希提岛人争取独立，这样的人会有什么危险呢？

这些画家的创作中有什么危险或者不好的东西呢？什么样妒贤嫉能或见风使舵的脑袋才会冒出必须从人类文化，包括我们俄罗斯文化中清除掉这一群璀璨耀眼的画家的想法呢？

我与那位在火车上相遇的画家告别后到了列宁格勒。这个城市的广场以及比例和谐的建筑的庄严格局又再次展现在我面前。

我久久地凝视着这些建筑，想要揭开它们建筑风格的奥秘。这种奥秘在于，这些建筑事实上并不高大，却给人以宏伟的印象。最出色的建筑之一是参谋总部大厦，它位于冬宫对面，呈现出流畅的弧形，最高处不过四层楼，然而，却比莫斯科任何一栋高楼都要宏伟得多。

---

① 巴勃罗·毕加索（1881—1973），真姓路易斯，法国画家。
② 亨利·马蒂斯（1869—1954），法国画家、版画家、装饰艺术大师。
③ 保罗·高更（1848—1903），法国画家。

谜底很简单。建筑的宏伟取决于它的对称，取决于和谐的比例和锦上添花的装饰——窗框贴脸、卷边装饰和浅浮雕。

仔细观察这些建筑时，你就会明白，高水平的审美力首先就在于分寸感。

我相信，局部对称，线条分明并给人以真正享受的朴素无华，这些规律都与散文有某种关系。

一个热爱古典建筑的完美形式的作家，不会让自己写出结构臃肿繁复的散文。他会力求局部对称和词句严谨。他会避免使散文平淡无味地过度装饰，即所谓华丽风格。

散文作品的结构应该达到不删不减，从而不会损害故事内容和合乎规律的事件进程的精练程度。

就像我通常在列宁格勒时一样，我大部分时间都用在了俄罗斯博物馆和埃尔米塔日博物馆里。

埃尔米塔日的一个个展厅内闪耀着镀金色的微微发暗的光线，我感觉这种光线是神圣的。我走进埃尔米塔日博物馆，就像走进了人类才华的宝库。我还是个青年时，就在埃尔米塔日博物馆里第一次感受到生而为人的幸福，并且懂得人怎样成为一个伟大的人，成为一个好人。

最初，我沉浸在豪华的画家阵容中。丰富和浓重的色彩让我头晕眼花，为了休息一下，我走进了雕塑展厅。

我在那里坐了很久。我越是长久地看着无名希腊雕塑家们创作的雕像或者卡诺瓦雕塑的挂着一丝若隐若现微笑的女人，就越是清楚地懂得，所有这些雕塑本身都是对美的召唤，是人类纯洁无瑕的朝霞的先声。那时候，诗歌将主宰心灵，而社会制度——我们以成年累月的劳动、操持和毫不懈怠的精神所走向的那种社会制度，——将建立在公平正义的美之上，建立在智慧、心灵、人们的关系和人们的肉体的美之上。

我们的道路是通向黄金世纪的。这个世纪必将来临。当然，遗憾的是我们活不到那一天。但是我们应该感到幸福，因为这个世纪的风已经在我们周围飒飒吹响，我们的心跳也更加澎湃。

难怪海涅去卢浮宫时总是一连好几个小时坐在米洛斯的维纳斯雕像旁哭泣。

哭什么呢？哭的是人的完美被凌辱。哭的是通向完美的道路艰难而遥远，而他，海涅，把自己智慧之毒药和智慧之光都奉献给了人们，当然已经不可能达到那块乐土，这是他的一颗不安之心终生向往的地方。

这正是雕塑的力量，没有这种力量的内在火焰，就难以想象会有先进的艺术，特别是我们国家的艺术，从而也就难以想象会有掷地有声的散文。

* * *

在转而谈诗歌对散文的影响之前，我想先稍微谈谈音乐，何况音乐和诗歌有时是不可分割的。

这段有关音乐的简短议论只限于谈我们所谓的散文的节奏和音乐性。

真正的散文总是有自己的节奏的。

散文的节奏首先需要在行文中让句子文笔流畅，使读者一目了然。契诃夫在给高尔基的信中谈及这一点，他说，"小说文学应该在瞬间，在一秒中之内。"读者了然于心。

读者阅读一本书不应该中途停顿，不断调整词句的节奏变化来适应散文中某一段落的特点。

总的来说，作家应该使读者时刻保持全神贯注的状态，紧随自己身后，而不应该让作品中有晦涩难懂或者无节奏感的地方，以免读者卡在这些地方，从而逃离作者的控制。

使读者全神贯注，牢牢抓住读者，使读者与作者同思同感，这正是作家的任务，也是散文的作用。

我认为，散文的节奏感靠人为的方法是永远难以达到的。散文的节奏取决于天赋、语言和良好的"作家听觉"。这种良好的听觉在某种程度上与音乐听觉是相通的。

但是最能丰富散文作家语言的是诗歌知识。

诗歌具有一种惊人的特点。它能使词语恢复最初的处子般的纯洁清新。那些毫无特色的"陈词滥调"，对我们来说已经完全丧失了形象性，只剩下了一个空壳，在诗歌中却开始大放异彩，叮咚作响，芬芳袭人。

我不知道这该怎么解释。我猜想，词在两种情况下会恢复生机。

一种情况是，词的语音（声音）力量得到恢复。而做到这一点，在富于韵律的诗歌中比在散文中容易得多。因此，无论是在抒情诗还是在抒情歌曲中，词对我们的感染力都比平常讲话时更强。

另一种情况是，词被置于富于旋律、悦耳动听的诗行中。即便是毫无特色的词，也好像充满了诗歌的总旋律，并开始与其他所有的词一起和谐地奏响起来。

最后还有一点，诗歌广泛使用头韵。这是诗歌的一个可贵长处。散文也有权运用头韵。

但这并非主要的。

主要的是，散文如果达到完美，实际上也就是真正的诗歌了。

契诃夫认为，莱蒙托夫的《塔曼》和普希金的《大尉的女儿》证明散文与丰盈的俄罗斯诗歌有血亲关系。

列夫·托尔斯泰写道：

散文和诗歌的界限在哪里，我永远也弄不明白。[①]

他在《青年时代的日记》中以他少有的激烈口吻问道：

为什么诗歌与散文、幸福与不幸会这样密切相关？该怎么活啊？是干脆一下子把诗歌和散文融为一体，还是先尽情享受一个，然后再全神贯注于另一个呢？

理想中有好于现实的地方。现实中也有好于理想的地方。将两者融为一体才会有完美的幸福。

---

① 引自列夫·托尔斯泰的《青年时代的日记》。

这些话虽是仓促而就,却包含了一个正确的思想:文学中最高、最令人倾倒的现象,真正的幸福只是诗歌和散文有机地融为一体,或者更确切地说,使散文充满诗的本质,充满赋予万物生命的诗的浆汁,充满一尘不染的诗的气息,充满俘获人心的诗的力量。

在这种情况下,我不怕使用"俘获人心"(换言之,"俘虏人心")的说法。因为诗歌俘虏人,征服人,而且用潜移默化的方式,以不可抵抗的力量提升人,使人接近于那样一种境界:真正地为大地增色,或者用我们祖先朴直而诚挚的说法,成为"万物之冠"。

弗拉基米尔·奥多耶夫斯基曾说:

> 诗歌是人类进入不再获取而开始应用已获取之物这种境界的先声。①

他这句话在某种程度上是有道理的。

(孟宏宏 译)

---

① 引自弗·费·奥多耶夫斯基的《心理学札记》。原文是:"据说,诗歌是世界的创造者,它是……的先声。"

在卡车的车厢里

一九四一年七月，我乘军用卡车从德涅斯特河上的雷布尼察去蒂拉斯波尔。我坐在驾驶室里，身旁是一位沉默寡言的司机。

褐色的尘土被太阳晒得滚烫，在车轮下扬起一团团尘雾。周围的一切——农舍、向日葵、槐树和干巴巴的青草——全都蒙着这种粗大颗粒的尘土。

太阳在没有颜色的天空中冒着烟气。铝制军用水壶中的水也晒得发热，散发着橡胶的气味。德涅斯特河对岸炮声隆隆。

车厢里坐着几位年轻的中尉。有时他们开始用拳头砸着驾驶室的顶盖，喊道："空袭！"司机刹车，我们跳下车，跑到离公路尽量远的地方匍匐下来。紧接着几架黑乎乎的德国"梅塞"便发出幸灾乐祸的呼啸声，朝公路俯冲下来。

有时，他们发现了我们，便用机枪扫射。但是，幸运的是，没有一个人受伤。子弹掀起一道道尘土。"梅塞"飞走了，由于趴在发烫的地上，只觉得全身燥热，脑袋里嗡嗡响，口渴难耐。

在这样一次空袭之后，司机突然问我：

"您趴着躲子弹时都在想些什么？回想过去吗？"

"回想。"我答道。

"我也回想，"司机沉默了一会儿说道，"回想我们科斯特罗马的森林。要是我能活下来，回到家乡就申请当个护林员。带上我妻子——她脾气好，又长得好看——和小女儿一起去，住在护林哨所里。您相信吗，我一想到这，我的心就一跳一停的。可当司机不该这样。"

"我也是，"我回答，"总是回想我们故乡的森林。"

"你们的森林好吗？"司机问。

"好啊。"

司机把船形军帽拉到额头上，加大了油门。我们便没再交谈。

也许，我从未像在战争期间那样清晰地回想起我最爱的那些地方。我发现自己迫不及待地盼着夜晚来临，此时在草原上一个干燥的小山谷里，躺在卡车的车厢里，盖上军大衣，就可以回忆这些地方，慢慢悠悠、从容不迫地走在这些地方，呼吸着松树的气息。我对自己说："今天我要去黑湖，明天呢，如果还活着，就去普拉河边或者特列布季诺。"由于预感到想象中的这些漫游，我的心激动地快要停止跳动了。

有一次，我就这样躺在军大衣下面，想象着去黑湖路上的种种细节。我觉得，再次看到这些地方，去这些地方走走，忘记所有烦恼和痛苦，听着心脏在胸中轻快地跳动，生活中没有比这更幸福的事了。

在这些想象中，我总是一大早就走出乡间的住所，沿着沙土街道经过一间间小木屋。家家窗台上的铁皮罐头盒里盛开着一株株火红的凤仙花。当地人把凤仙花叫作"水灵灵的万尼卡"。大概是因为凤仙花粗壮的茎秆在太阳照射下变得透明了，能看出碧绿的汁液，有时还能在这种汁液中看到气泡。

水井边整天响着叮叮当当的水桶声，一群打水的小姑娘叽叽喳喳，个个光着脚丫儿，穿着褪色的印花布连衣裙。到了水井附近，就该拐进一个小巷子了，或者，像当地人所说的，拐进一条"过道"。这个巷子尽头的一间小木屋里养着一只闻名全区的漂亮公鸡。它常常单腿站在阳光最强烈的地方，全身的羽毛红得像一堆火炭，熊熊燃烧着。

走过这只公鸡就没有房子了。前面是一条像玩具一样的窄轨铁路，路基呈平缓弧形，伸入远方的森林。奇怪的是，路基斜坡上的花草跟周围完全不同。窄窄的铁轨两旁被太阳晒得滚热，长着一丛丛菊苣，哪儿都没见过这种植物。

窄轨铁路的那边耸立着一片幼松林，像一排密实的栅栏难以穿行。不过只是从远处看才显得难以穿行罢了。这片松林什么时候都是可以穿行的，但是当然，幼松的针叶会刺痛你，手指还会沾满黏糊糊的松脂。

幼松间的沙土地上生长着高高的、干巴巴的野草。每根草茎的中间是灰色的，但四周是墨绿色的。这种草能把手划破。就在草丛中间盛开着许多黄色的蜡菊，鳞片状的花瓣手指一碰就簌簌作响，还有白色的石竹，芬芳袭人，乱蓬蓬的花瓣上满是淡红的斑点。松树下面满地都是乳白色的蘑菇，菇柄上沾满了一粒粒洁净的灰白沙粒。

松林那边就是高耸挺拔的针叶林了。林子边上有一条杂草丛生的路。

走出闷热的幼松林,可以在第一棵枝叶繁茂的松树下惬意地躺一会儿,歇口气儿。仰面躺着,隔着薄薄的衬衫感受着土地的凉意,仰望着天空。或许甚至还会睡着,因为一朵朵边缘亮晶晶的白云催人入眠。

俄语中有一个优美的词语叫"慵倦"。近年来我们几乎忘掉了这个词,甚至不知为何还羞于出口。但是,当你在和煦的清晨躺在森林中,望着无边无际的一朵朵白云,这些云朵来自远处的碧空,却不知从何处飘来,又不停地飘啊飘,不知飘向何处去。此时,你会进入一种宁静而又略带困意的状态,形容这种状态没有比这个词更贴切的了。

当我躺在这样的林边时,我常常想起勃留索夫的诗句:

　　……我要自由自在,留一人孤影,
　　在无垠的旷野中,听庄严宁静,
　　我要阔步走自己的路,不管方向,
　　没有未来的日子,也无过去的光景。
　　摘下罂粟般转瞬即逝的鲜花,
　　吸入犹如初恋的缕缕光华,
　　我倒下,死亡,在黑暗中沉沦,
　　不再经受一次次复活的悲喜交加!

这些诗句虽然提及死亡，却充满了生命力，所以我什么都不想做，只想就这样接连几个小时地躺着，望着天空思索。

杂草丛生的路穿过古老的松林。松林长在一座座沙丘上，沙丘就像宽阔的海浪均匀地此起彼伏。这些沙丘是冰川沉积的遗迹。沙丘顶上盛开着许多风铃草的花，而低地上则密密麻麻长满了一丛丛鳞毛蕨。鳞毛蕨叶子背面布满孢子，像是沾了一层淡红色的尘土。

沙丘顶上的森林里是明亮的，可以望到很远的地方，林子里洒满阳光。

这座森林是狭长的（大约两公里宽，不会再多了），过了森林现出一片沙土平原，长满了快要成熟的庄稼，迎风起伏摇摆，闪闪发光。这片平原后边又是一片茂密的针叶林，一直延伸至目之所及的地方。

平原的上空飘浮着朵朵白云，尤为华美壮丽。或许这是因为那里视野开阔，能望见整个天空吧。

沿着庄稼地里牛蒡丛生的田埂才能穿过平原。田埂上有些地方生满了一簇簇长势健壮的丛生风铃草，蓝莹莹的一片。

此时我在头脑中想象的一切只不过是真正森林的门户。你走进去，走进这些森林，就像进入了一座阴森森的宏伟教堂。首先要沿着狭窄的林间小径经过池塘，池塘水面上覆盖着一层浮萍，犹如一席厚实的、绿得发亮的地毯。如果在池塘边停下脚步，就能听到轻微的咂嘴声，这是鲫鱼在水底下吃水草。

接下来便是一片面积不大的湿润的白桦林，林子披着一层闪闪发亮的青苔，宛如碧绿的天鹅绒一般。那里总是散发着一股腐叶的气味，这是去年秋天飘到地上的落叶。

（我躺在卡车的车厢里想象着这一切。夜深了。从拉兹杰利纳亚车站方向传来隆隆的爆炸声——正在轰炸那个地方。爆炸声停下来之后，听到了怯生生的蝉鸣——蝉被爆炸声吓坏了，眼下只敢小声鸣叫。头顶上有一颗淡蓝色的星星，像曳光弹一样降落下来。我发现自己不由自主地注视着这颗星星并倾听着，它究竟何时才会轰隆一声爆炸开来？但是星星没有爆炸，而是悄无声息地在大地上空熄灭了。这儿离那片熟悉的小白桦林，离那庄严肃穆的森林是多么遥远啊！此时此刻，那儿也是深夜，但却是万籁俱寂的夜，是满天星光的夜，散发出来的不是汽油味和火药味——也许，应该说是"爆炸"的气味——而是林中一汪汪深邃平静的湖水的气息和刺柏针叶的气息。）

过了小白桦林，道路便陡然升至沙质山崖上。一片片潮湿的低地落在身后，但是轻风偶尔会把这些低地上碘酒般的气息吹拂到这里，吹到干燥炎热的森林里来。

小山冈顶上是第二处休息的地方。我在铺满发烫针叶的地上坐下来。不管碰到什么，无论是早就空心的松球，还是幼松像羊皮纸那样沙沙作响的、透明的黄色树皮，无论是被太阳晒透了的树桩，还是每一条粗糙、芳香的树枝，全都是干烘烘、热乎乎的，甚至连草莓叶子也都是热乎乎的。

老树桩只用手就可以掰碎，于是就可以抓起一把热乎乎的褐色木屑倒在手掌心里。

暑气炎炎，万籁俱寂。这是三伏盛夏时节宁静的白昼。

一只只红翅膀的小蜻蜓落在树桩上酣睡。而硬实的淡紫色伞形花朵上落满了蜜蜂，它们把花朵压得快垂到了地上。

我查看了一下自己绘制的地图，到黑湖还剩八公里。这张地图上标识了所有记号——路边一棵干枯的松树、地界桩、卫矛丛、蚂蚁堆，然后又是低地，那里总是盛开着勿忘我花，低地那边是一棵松树，树皮上刻着一个代表湖泊的字母"O"。到这棵松树就要笔直拐进森林，根据树上的砍痕往前走，这些砍痕还是一九三二年留下的。砍痕一年年愈合，结满了松脂。需要再砍一次了。

你发现一处砍痕时，一定会停下来，用手抚摸着它，抚摸着它上面凝结得如琥珀般的松脂。有时你会掰下一块变硬的松脂，端详着贝壳状的断口。阳光在断口中燃起一团团淡黄色的火焰。

在靠近湖泊的地方，森林中开始出现一个个幽深的大坑，里面长满了密实的赤杨，你休想钻到坑底去。这里以前可能是一汪汪小湖。

然后又要上坡，坡上是一丛丛刺柏，挂着干巴巴的黑色刺柏果。最后，终于出现了最后一个记号——挂在松树枝上的一双干透的树皮鞋。过了树皮鞋是一片狭长的青草丛生的林中空地，林中空地那边是陡峭的悬崖。

森林到此为止。悬崖下面是一片片干涸的沼泽，这是苔藓沼泽，这里生长着小树林，有小白桦树、白杨树和赤杨树。

这是最后一处休息的地方。白天已经过去了一半。它像一群看不见的蜜蜂，不停发出嗡嗡的叫声。一阵风，哪怕是一丝微风吹过,暗淡的日光也像波浪一般掠过这片矮树林。

就在那边,在离这儿两公里的地方,在苔藓沼泽间,黑湖隐匿其中,这里是黑沉沉的湖水、浸在水中的断树和大朵黄色睡莲的王国。

走过苔藓沼泽的时候要步步留心,因为在厚厚的苔藓中撅着小白桦树的断枝,随着时间的推移,这些断枝变得尖如长矛,踩上去就会把脚扎破。

矮树林又闷又热,散发着一股腐烂的气味,脚下渗出的黑乎乎的泥炭水扑哧扑哧直响。每走一步,树木也会摇晃。要一直走,不要去想,在你脚下,在只有一米厚的泥炭和腐殖土下面,是深不可测的地下湖。据说,湖里有一种像煤炭一样黝黑的沼泽狗鱼。

湖岸的地势稍高,因而比苔藓沼泽干燥些,但是在湖岸上也不能在一个地方久站,因为脚印必定会注满水。

最好是迟暮时分去湖边,此时,周围的一切——湖水和最先出来的星星的微光,正在熄灭的余晖、纹丝不动的树冠——全都不可分割地融入谨小慎微的寂静中,使人觉得是寂静孕育了这一切。

在篝火旁坐下来,一边听着枯枝噼啪噼啪的响声,一边想着,如果不惧怕生活,心胸坦荡地接受生活,生活就会异常美好……

在回忆中,我就这样徜徉在森林里,然后又漫步在涅瓦河两岸,或者登上普斯科夫粗犷大地上那一座座被满地亚麻映照成蔚蓝色的山冈。

我回想着所有这些地方，感觉到一阵阵刺痛，仿佛我永远失去了这些地方，仿佛此生我再也看不见这些地方了。显然，正是由于这种感受，这些地方在我心中变得异常迷人。

我问自己，为何从前我没注意到这一点，我立刻找到了答案，这一切我当然都看到过，也感觉到了，但是只有背井离乡时，我的内心视线才注意到故乡景色那种扣人心弦的美。可见，走进大自然要融入其中，应该如同每个乐声——哪怕是最微弱的乐声——都融入到音乐的和声中一样。

只有当我们把大自然当作人一样对待时，只有当我们的精神状态、我们的爱、我们的快乐或忧伤，全都与大自然完全一致时，只有当我们最爱的双眼中的亮光与早晨的清新空气融为一体，我们对过往生活的思索与森林节奏分明的喧嚣浑然一体、难以分别时，大自然才会全心全力地对我们产生影响。

对散文而言，风景并非添枝加叶，也非装饰美化。写散文时，需要沉浸于风景描写，这就像你把脸埋进雨后一大堆湿漉漉的树叶中，便会感觉到令人神清气爽的凉意、芳香和气息。

简言之，要热爱大自然，这种爱就像其他所有爱一样，会找到正确的方式充分地自我表达。

（孟宏宏　译）

自我寄语

至此,第一本关于作家创作的札记即将告一段落,我却清晰地感觉到,工作才刚刚开始,前方还是一片尚未开垦的领域。应该说,还有很多方面要谈:我们文学的审美、文学对于培养思想崇高和情感丰富的新人所具有的极为深远的意义;文学的题材、文学的幽默性、人物性格塑造,俄语的演变;文学的人民性、浪漫主义、高尚的文学品位、手稿的修改等等,不胜枚举。

写作这本书,就好像在一个不太熟悉的国家旅行,每走一步,都能看到远方新的风景和新的道路。这些道路通向何处无从知晓,却总能带给我许多意想不到的发现,为思考提供养料。因此,即使不能充分地,如常言所说大约分辨清楚这些纵横交错的道路,也是令人向往的,而且是实为所需的。

(孟宏宏　译)